눈으로 보는
광고천재

눈으로 보는 광고천재 6

킹묵 현대 판타지 소설

초판 1쇄 찍은 날 § 2021년 3월 26일
초판 1쇄 펴낸 날 § 2021년 4월 2일

지은이 § 킹묵
펴낸이 § 서경석

총괄팀장 § 노종아
편집책임 § 박현성
디자인 § 스튜디오 이너스

펴낸곳 § 도서출판 청어람
등록번호 § 제387-1999-000006호
등록일자 § 1999. 5. 31
어람번호 § 제1-3128호

주소 § 경기도 부천시 부일로 483번길 40 서경B/D 3F (우) 14640
전화 § 032-656-4452 팩스 § 032-656-4453
http://www.chungeoram.com
E-mail § chungeorambook@daum.net

ⓒ 킹묵, 2020

ISBN 979-11-04-92331-9 04810
ISBN 979-11-04-92281-7 (세트)

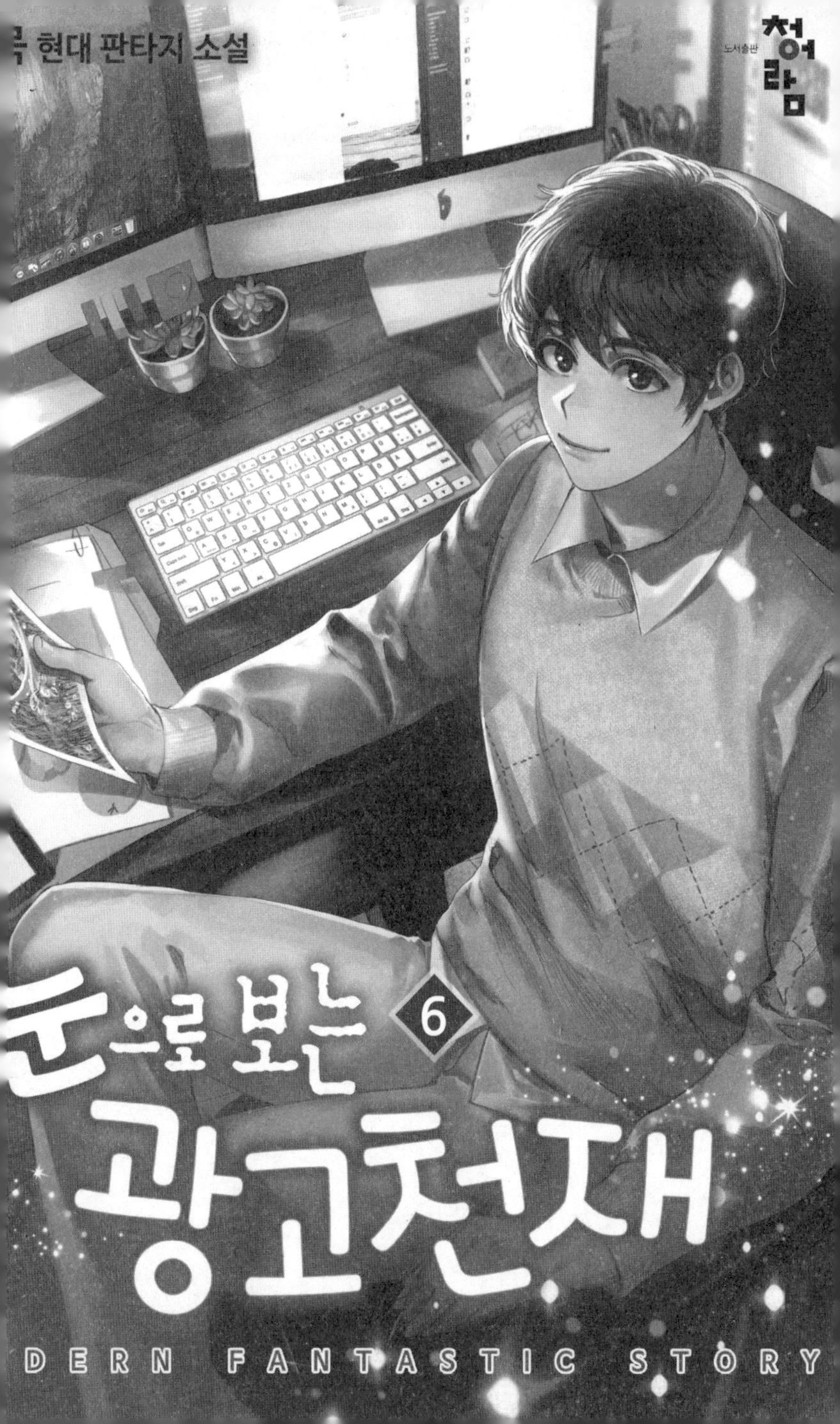
현대 판타지 소설
도서출판
청어람
눈으로 보는
6
광고천재
DERN FANTASTIC STORY

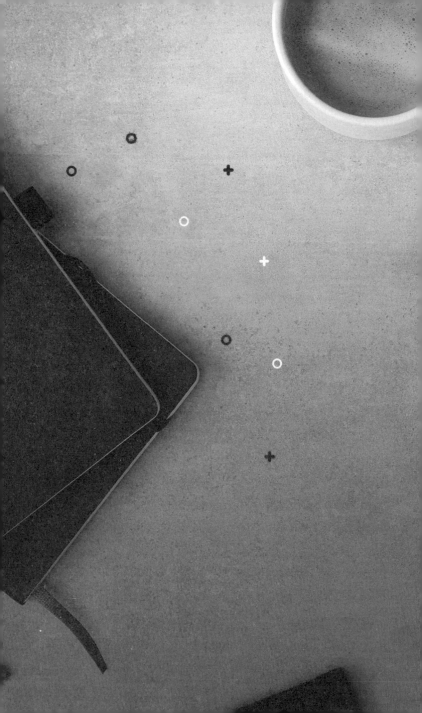

목차

제1장.   광고 대상 시상식 II ·· 7

제2장.   컬래버레이션 ·· 21

제3장.   기획 팀과 임프로 ·· 103

제4장.   대만 분마 ·· 153

제5장.   두립 DIO I ·· 249

제1장

광고 대상 시상식 II

　박재진이 분마로 유명한 데다가 최근 마리아톡이 무섭게 치고 올라오다 보니 기자들이 모델인 박재진에게 관심을 보이는 건 당연했다. 그런 박재진과 친분을 보인 덕분에 박재진이 돌아간 뒤에도 기자들의 관심은 계속되었다. 그 관심은 시상식이 시작되기 전까지 계속되었고, 시상식이 시작되자 그제야 카메라가 돌아갔다.

　순서는 디지털 부문부터 시작되었다. 승기의 영상도 상을 받았으면 좋았을 텐데 쉽게 접할 수 없는 광고였던지라 제외됐다. 아쉽기는 했지만, 한겸도 이해하고 있었다. 지금 수상 작품만 하더라도 캠페인과 병행해서 상대적으로 잘 알려진 광고들이었다.

　잠시 뒤, 동영상광고 부분 시상이 시작되었다. 박순정 김치로 받는 은상은 수정이 받기로 했고, 분트 광고로 받는 금상은 범찬이 받기로 되어 있었다. 두 사람은 상을 받기 위해 앞으로 이동했고, 한겸은 카메라를 들고서 그 모습을 담았다. 범찬은 수상 소감까지 준비했지만, 소감을 말하는 시간은 따로 주어지지 않았다. 그럼에도 범찬은 만족하며 사진에 잘 찍히도록 상까지 들어 올리는 포즈를 취했다.

그 뒤로도 시상식은 한참이나 계속되었다. 한겸과 종훈도 무대에 올라가 수상을 하고 돌아왔음에도 아직 시상식이 꽤 길게 남아 있었다. 박재진의 공연은 물론이고 다른 가수들의 축하공연까지 하다 보니 시간이 꽤 흘렀고, 세 시간이 넘어서야 시상식이 끝났다.

다들 시상식장을 빠져나가고 있었지만, C AD 팀원들은 잠시 자리를 지키고 있었다. 기자들이 보인 관심 덕분에 긴장을 해서 기진맥진한 상태이기도 했고, 지금 나가면 기자들에게 인터뷰 요청을 받을 수도 있을 것 같다는 생각에 모두가 자리를 지켰다.

"어우, 너무 긴장했네."

"긴장한 사람치고는 무대에서 너무 여유롭던데?"

"사진 잘 나와야 하니까 그렇지. 아, 우리 엄마 아빠한테 뭐라고 그러지?"

"왜?"

"상 받으면 꼭 얘기한다고 했는데 왜 수상 소감이 없어."

"광고 시상식장에서 부모님 얘기를 왜 해."

"뭐 어때, 내 소감인데. 그게 좀 아쉬워."

한겸은 어이없다는 듯 헛웃음을 뱉으며 종훈과 수정을 봤다. 두 사람 역시 범찬과 마찬가지였는지 아쉽다는 표정으로 동의하는 모습에 한겸은 다시 헛웃음을 뱉었다. 그때, 앞자리에 있던 TX기획 사람들도 자리에서 일어나는 모습이 보였다. 그런데 그 사람들 중에서 대표로 보이는 사람이 자신들에게 다가왔다.

"축하해요."
"네, 감사합니다. TX기획도 축하드립니다."
"이런 걸로 뭘요. 그런데 두립 휴대폰 광고 인바이트 받으셨죠?"
"네, 받았어요."

한겸은 TX기획이 갑자기 두립에 대한 말을 하는 모습에 신경을 곤두세웠다. 인바이트를 받았지만 아직 여유가 있어서 결정된 것은 없었다. 이런 곳에서 TX기획이 두립 휴대폰 광고에 대해 말을 꺼내는 걸 보면 인바이트를 받지 말라는 뜻처럼 느껴졌다. 한겸이 피식 웃을 때, 자신의 예상과 벗어나는 말이 들렸다.

"두립 휴대폰 광고로 다시 붙어보죠."
"네?"
"인바이트 받으시죠, 하하. 그동안 저희가 두립 휴대폰 광고 계속 맡았던 건 아시죠?"
"압니다."
"그럼 공평하지 않나요? 분트 때는 C AD가 홈그라운드였다면

두립은 우리가 홈그라운드. 어웨이에서 한 번 붙었으면 홈에서
도 한 번 붙어야지 공평하지 않을까요? 하하."

한겸이 대답이 없자 남자는 웃으며 입을 열었다.

"농담입니다. 반가웠어요. 다음에 또 보죠."

TX기획의 임원이 웃으며 자리를 떠났고, 한겸은 불쾌한 표정
으로 그 모습을 지켜봤다. 저 남자의 말뜻에는 아버지란 배경
덕분에 광고를 입찰받았다는 말이 내포되어 있었다. 그렇지 않
아도 마리아톡 광고 때문에 예민한 상태인데 실력이 아닌 인맥
으로 상을 받았다는 느낌에 기분이 좋지 않았다. 그때, 옆에 있
던 팀원들이 한겸보다 더 화를 내며 입을 열었다.

"어디서 탐관오리같이 생겨 가지고! 겸쓰, 한판 붙자!"
"그래, 최범찬 말처럼 우리 두립 광고 참여해서 우리가 뺏어
오자!"
"난 무조건 찬성!"

한겸은 피식 웃고선 입을 열었다.

"이상하네. 왜 저렇게 우리한테 신경 쓰지?"
"우리가 잘나가니까 자기네 자리가 위험하다는 걸 안 거지! 한
판 붙어! 내가 전략 짤 테니까 겸쓰, 선봉은 네가 서."

"붙긴 뭘 붙어. 하게 되면 경쟁인 거지. 휴, 기분은 좀 나쁘네."

"내 말이! 이 좋은 날에. 에이, 안 되겠다. 우리 빨리 회사 가서 회식이나 하자. 오랜만에 목 좀 축여줘야지."

"또 뻗으려고?"

애써 기분을 풀어주려는 팀원들의 모습에 한겸은 피식 웃고는 자리에서 일어났다.

*   *   *

"광고 대상에서 총 네 개의 수상을 한 C AD를 위하여!"

"위하여!"

수상 기념 회식을 하기 위해 C AD 모든 직원이 고깃집에 자리했다. 이미 몇 번이나 건배사와 함께 술잔을 부딪친 상태였다. 그럼에도 직원들의 축하는 계속되었다. 직원들은 상패를 돌려보며 기뻐했고, 우범 역시 상을 보며 뿌듯한 표정이었다.

"고생했다."

"다들 열심히 해주신 덕분이죠."

"그래. 그래도 고생했다. 설립 첫해에 이렇게 상을 받는 회사도 드물지. 다 너희 덕분이다."

"다 같이 한 건데 건배사는 이제 그만해요."

"후후, 아직 좋은 일이 많이 남았지."

우범은 기분이 좋았는지 술을 마신 덕분에 얼굴이 붉은 상태였다. 게다가 무뚝뚝한 걸로 유명한 우범이 평소에 잘 하지도 않던 칭찬을 남발했다. 그때, 옆에서 신나게 술잔을 들이켜던 범찬이 대화에 끼어들었다.

"내 말이 맞지?"
"무슨 말 하려고 그래. 술이나 마셔."
"견제하는 거라니까."

그 말을 들은 우범이 의아한 표정으로 물었다.

"무슨 말이지? 시상식장에서 무슨 일 있었나?"
"갑자기 TX기획에서 시비 걸고 가잖아요."
"너희들이 아무런 잘못도 없는데 시비를 걸었다는 말이지?"
"그렇다니까요. 분트 광고 진 게 분했는지 괜히 시비 걸고 가더라고요."

범찬은 과장된 몸짓까지 하며 시상식장에서 있었던 일을 설명했다. 그러다 보니 C AD의 모든 직원이 범찬에게 집중했고, 범찬의 말이 끝나자마자 모든 직원이 동시에 화를 냈다.

"뭐, 그런 놈들이 다 있어!"
"분트 때처럼 또 한 번 콧대를 확 눌러줘야 정신 차리지!"

"안 그래도 두립전자에서 인바이트 또 왔는데 이참에 광고 따오죠!"

한겸은 자신도 모르게 웃음이 나왔다. 자기 일인 듯 화를 내는 모습들에 큰 위안이 되었다. 이래서 소속감이 생기는 건가 싶을 정도로 직원들이 고마웠다. 한겸은 웃으며 직원이 했던 말 중 모르고 있던 얘기에 대해 물었다.

"두립에서 광고 입찰 참여하라고 또 연락 왔어요?"
"네, 며칠 전에 왔었습니다. 저희가 마리아톡에 신경 쓰느라 확답을 주진 않았는데 벌써 두 번이나 연락 왔습니다. 이 정도면 우리를 꼭 모시고 싶다는 뜻 아닐까요? 그러니까 TX에서도 신경 쓰는 거 같습니다."

한겸이 그래서 그런 건가 생각할 때, 얘기를 듣던 우범이 입을 열었다.

"최 프로 말처럼 TX기획에서 견제를 하는 것으로 보이는군."
"우리를요?"
"견제받을 만하니까."
"두립 광고 때문에요? 그건 아닐 거 같은데요."

우범은 붉어진 얼굴로 피식 웃었다.

"두렵이 아니더라도 이유는 있지. TX기획이 몇 년이나 함께하던 DH은행과 작별을 했다."

"그래요?"

"DH은행에서 너희로 인해 시작한 캠페인을 지금까지 진행하고 있는 거 알지?"

"네, 그건 알아요."

"그 효과가 TX기획에 맡겼을 때보다 좋다 보니 DH에서는 주 광고를 할 필요가 없어졌지. 훨씬 싼 가격에 같은 효과를 본다면 누구라도 싼 가격을 선택할 거다. TX가 아무리 호정 산하 기획이라고는 해도 DH라면 큰 고객 중 한 곳이었을 텐데 너희들 때문에 거래처를 잃었다고 생각할 수도 있겠지."

그 말을 듣자 TX기획의 태도가 어느 정도 이해되었다. DH은행에 광고 제안을 했을 당시에도 직접 전화를 했을 정도다. 그렇다면 신경 쓰고 있는 거래처였을 것이다. 그때, 우범이 웃으며 말을 이었다.

"그것도 그런데, 우리는 잘나가니까."

우범의 말이 끝나자마자 앞자리에 있던 임 프로가 웃으며 입을 열었다.

"캠페인 브리프 코리아라는 회사 아시죠?"

"네, 전 세계에 퍼져 있는 마케팅 전문 업체요."

광고 일을 하는 사람이라면 모를 수가 없는 회사였다. 매년 광고 회사들을 대상으로 순위를 매기고 그 자료를 배포하고 있었다.

　"거기서 광고 회사 역량도 평가하는 거 아시죠? 대부분 수상 실적을 기반으로 점수 매기는 방식인데, 오늘 순위 떴거든요. 그게 은근히 정확해서 TX에서 미리 알고 있었던 모양이네요."

　"우리 몇 위인데요?"

　"하하, 사무실에 가시면 제가 책상에 올려두긴 했는데 직접 말씀드릴게요."

　임 프로는 손가락을 열 개를 쫙 펴더니 엄지손가락 하나를 접었다.

　"9위요?"

　"네. 하하, 평생을 해도 순위에 못 오르는 회사도 많은데 신생 회사가 올라온 경우는 처음이에요."

　"TX는요?"

　"2위입니다."

　"차이가 많이 나네요."

　"그런데 광고인 크리에이티브 랭킹도 있거든요. 성과나 신선함 등을 지표로 나타낸 건데 3위가 우리 기획 팀입니다. 대부분 개인 이름으로 출품을 하는데 저희는 C AD 이름을 사용하다 보니 그렇게 집계가 된 모양이더라고요. 그래서 그런 모양인데, 크게 개의치 마세요."

"그랬구나."

"저희도 지금 해외 광고제에도 계속 출품하고 있거든요. 거기서 상 받으면 더 높게 올라갈 거 같습니다."

임 프로의 말이 끝나기 무섭게 기획 팀 팀원들은 놀랍다는 표정을 지었다. 그중 범찬은 혀를 날름거리며 재차 확인했다.

"한국에서 3위예요?"

"네, 맞습니다. 이게 일 년 동안 유지될 겁니다."

"대박! 대한민국 5,000만 인구 중에 3위!"

"하하… 인구수는 그렇긴 하지만 광고업계에서 3위죠. 저희가 조금 더 잘했다면 광고 회사 랭킹에서도 올라갔을 겁니다."

"임 프로님은 무슨 말을 그렇게 해요. 다 같이 만든 건데! 그런데 우리가 그렇게 돈을 많이 벌었어요?"

"그건 별개예요. 저희도 랭킹에 들긴 했는데 20위 밖입니다. 그래도 실력이 있으니까 머지않아 들 수 있겠죠?"

범찬은 임 프로의 대답이 마음에 들었는지 환하게 웃었다. 그러자 우범이 빈 술잔을 채웠다.

"잔이 빈 사람들, 잔을 채워주시죠. 음료수나 물도 괜찮으니 다 같이 듭시다."

"캠페인 브리프 코리아의 랭킹에 든 것을 축하하는 의미로 외치겠습니다! 더 높은 랭킹을 위하여!"

"위하여!"

조금 전 우범이 축하할 게 남았다는 말이 이것 같았다. 우범은 술을 단숨에 들이켜고는 곧바로 한겸에게 말했다.

"원래 빠르게 성장하다 보면 견제를 받게 마련이지."

"전 괜찮아요."

"그래. 그래도 두립 휴대폰 광고는 한번 생각해 보자. 따 오기만 하면 큰 성과니까."

"마리아도 아직 남아 있잖아요. H텔레콤에서 답을 주면 여유 없을 것 같은데요. 작은 건이면 몰라도 큰 건은 동시에 맡기 힘들 거 같아요."

"우리가 잘할 수 있는 요구를 할 수도 있으니까 듣고 결정하는 것도 좋다는 게 내 생각이다. 예산이 많은 만큼 해볼 수 있는 것이 많아지니까 우리도 새로운 경험을 쌓을 수 있고."

"예산이 얼마 정도예요?"

"나도 모른다. 그래도 지금까지와는 비교하기 힘들 거다. 출시 일정이 내년이기는 하지만, 언제인지 정확히 잡히지도 않았는데 광고에 힘을 쏟는 걸 보면 두립 DIO에서도 이번에는 동양 스페이스를 잡으려고 하는 거겠지."

우범의 말을 들은 한겸은 잠시 생각에 잠겼다. 우범의 말처럼 예산이 많아진다면 그만큼 해볼 수 있는 것이 늘어난다. 게다가 시간 여유가 많다 보니 그만큼 광고에서 색을 찾을 시간이 많았다. 한겸은 팀원들의 의견을 들어보려 옆을 돌아봤지만, 크게 도움이 될 것 같진 않았다. 이미 술에 취한 듯한 모습으로 타도 TX를 외치고 있었다.

제2장

컬래버레이션

한겸은 술에 취한 팀원들을 보며 피식 웃고선 고개를 돌렸다. 회식 자리인 만큼 계속 일에 대해서 얘기를 하는 건 아니라고 생각했다. 그때, 그런 건 전혀 상관없다는 듯 우범이 말을 이었다.

"천천히 생각해 봐라."
"네, 그럴게요."
"그리고 이틀 뒤, 분트의 오웬 씨가 우리 회사에 방문한다는 연락을 받았다."

한겸은 고개를 갸웃거렸다. 분마가 중단된 이상 오웬이 직접 한국에 올 이유가 없었다.

"분마 다시 하자는 건가요?"

"저번에 방문하겠다는 약속을 지키려는 것인지 아니면 분마에 대해서인지는 나도 모른다."

"한국까지 찾아올 이유가 분마밖에 없을 것 같은데요. 예전에 권 대표님이 주신 자료나 지금 스페인 상황만 봐도 안 된다는 걸 알 텐데요. 미국 분트에서도 동의했잖아요."

스페인에서는 간판을 훔치는 일이 물론 처음보다는 잦아들었지만, 아직까지 종종 생기고 있었다. 게다가 분트에서 간판 교체 비용까지 지원해 준다는 소식에 일부러 간판을 떼어버리는 사람도 있었다. 물론 스페인이 아닌 나라에서 조금 다른 내용으로 광고를 할 순 있겠지만, 만약 비슷한 일이 생길 경우 분트가 곤란해질 것은 분명했다. 자신들의 이익을 위해서 사회적으로 문제 되는 광고를 했다는 것은 분명히 논란이 될 것이었다. 그만큼 분마의 효과는 확실했지만, 문제도 많았다.

"그래서 나도 왜 온다는 건지 모른다는 거지. 스페인에 다시 분트 2호점이 들어서는 것 때문에 감사 인사일 수도 있고, 한국 분트에 방문하는 것일 수도 있고."

"그런가요."

오웬이 분마 때문에 한국에 방문할 리가 없으니 우범이 말한 이유일 것 같았다. 그렇다면 자신이 신경 쓸 부분이 아니었다.

한겸이 이제 일 얘기를 그만하고 회식을 즐기려고 할 때, 우범이 다시 입을 열었다.

"그리고 윤 프로님이 제작한 포스터 중에 이번에 제작한 스탠드 포스터와 예전에 제작했던 커피 포스터 인기가 상당히 좋다. 내가 직접 확인을 해본 결과 포스터로 인해 매출이 급상승했다."

"네."

우범의 말은 그것으로 끝이 아니었다. 회식을 하는 건지 일을 하고 있는 건지 모를 정도로 일에 대해서만 얘기를 하고 있었다. 자신도 광고 만드는 걸 좋아하지만, 우범은 일에 중독된 사람 같았다. 그리고 왜 우범의 주변에 자신밖에 없었던 것인지 이해가 되었다.

*   *   *

마리아 권 대표는 마리아톡의 인계를 위해 HT와의 만남을 수시로 가져야 했다. 지금도 HT에서 나온 마케팅 팀 및 전략 개발 팀에서 나온 사람들과 마리아톡에 대해 회의를 하던 중이었다.

"플리 마켓 부분을 조금 손보는 게 좋을 것 같습니다."

"그 부분은 저희가 맡기로 약속을 받았습니다."

"플리 마켓을 건드리자는 게 아닙니다. 여기서 수익을 얻을 수 있는데 그냥 두기에는 너무 아깝거든요. 플리 마켓은 그대로 유지하면서 배경을 꾸밀 수 있게 하는 겁니다. 각자 취향에 맞게 꾸밀 수 있도록 여러 가지 배경 및 캐릭터들을 구매할 수 있도록 하는 거죠."

"바로 다음 주부터 HT에서 서비스한다고 홍보하신다고 했는데 시간상 여유가 있을까요?"

"그런 건 하나씩 공개해도 되는 거죠. 이미 구매했던 사람들도 새로운 버전이 나오면 관심을 갖겠죠. 그럴수록 수익이 더 커지고요."

권 대표는 속으로 헛웃음을 뱉었다. 확실히 생각 자체가 달랐다. 자신의 요구는 들어주면서 최대한 수익을 얻기 위해 별의별 의견을 들고 왔다. 그 의견들은 H텔레콤이 지금까지 얻은 노하우였고, 이미 다른 모바일 사업들을 통해 검증된 방법이었다. 그러다 보니 권 대표가 할 수 있는 건 수락하는 것밖에 없었다.

"그런데 제가 저번에도 말씀드렸던 광고는 어떻게 되는 걸까요?"

"C AD 때문에 그러십니까?"

"네, 아무래도 도움을 많이 받아서요. 그리고 실력도 좋은 회사고요. 해외에서도 활동하고 있는 회사입니다."

"조만간 아시겠지만, 이번에 해외 첫 서비스를 시범 삼아 대만에 할 예정입니다."

"대만 말입니까?"

"네. Cmap이라고 아시나요?"

"잘⋯⋯."

"동남아시아에서 가장 큰 승차 공유 업체죠. 그곳과 합작해서 개발한 내비가 대만에서 HT맵이란 이름으로 서비스될 예정입니다. 마리아톡은 HT맵이 자리 잡을 수 있게 선봉에 서는 역할이 될 것이고요. 그만큼 중요한 일인데 C AD가 감당이 될까요? C AD가 스페인 말고 보여준 게 있었나요?"

"한국에서도 광고 반응 좋은 걸로 확인되지 않았습니까."

"그건 한국이라서 박재진 씨 인기로 가능했던 거죠. 지금은 힘들지만, 나중에 C AD가 해외에서 뭔가를 보여주면 그때 같이 해도 되는 거 아니겠습니까? 지금은 우리 HT에게 있어서 매우 중요한 시기입니다."

권 대표도 H텔레콤이 이번 해외 진출에 얼마나 공을 들이고 있는지 알고 있었다. 몇 번이나 해외시장 문을 두드려 왔지만, 한 번도 제대로 된 성과를 낸 적이 없었다. 각 나라의 모바일 회사나 통신사와 합작을 했지만 5년간 20만 명도 모으지 못한 실패를 겪었다. 게다가 베트남에서는 베트남 정부와 합작을 했음에도 실패로 끝나고 말았다.

H텔레콤에서는 통신 사업으로 진출하기보다는 국내에서 쌓은 기술력을 바탕으로 새로운 이미지를 모색했고, 그 첫 번째가 HT맵이었다. 하지만 투자한 여러 회사들 중 마리아톡이 큰 성

과를 보이는 바람에, HT맵이 진출하기 전 마리아톡으로 H텔레콤의 이미지를 만들고 싶어 했다.

권 대표도 어느 정도 사정을 알고 있었기에 이해는 되었다. HT와 함께하게 된다면 자신이 원했던 것보다 더 많은 사람들이 플리 마켓을 사용할 수 있을 테고, 어려움에 처한 사람들도 쉽게 도울 수 있을 것이었다. 권 대표는 한국뿐만이 아니라 세계 모든 곳에서 그런 일이 이뤄지길 바랐다. 꿈이라고 생각했는데, HT가 그 꿈을 실현할 수 있도록 발판이 되어주고 있었다.

그렇다고 해도 마리아톡이 이렇게 인기를 모은 이유는 C AD의 컨설팅 덕분이라는 생각에, 쉽게 물러날 수 없었다.

"그럼 한 번만이라도 미팅을 해보시고 판단해 주시죠."

"음, C AD에 무슨 가족이라도 있습니까? 그럼 더 곤란한데."

"없습니다. 마리아톡 개발에 정말 많은 도움을 받아서 그런 겁니다."

"그건 알죠. 하지만 그냥 툭 하고 던진 말을 다듬은 건 여러분이죠."

"그래도 한 번 미팅이라도 해보시죠."

"휴, 지금 확답은 못 드리겠고 일단 검토는 해보겠습니다."

권 대표는 아쉬움이 가득한 표정으로 고개를 끄덕거렸다. 자신이 할 수 있는 건 더 이상 없었다. 이제 C AD에서 보여줘야 할 차례였다.

　　　　*　　　　　*　　　　　*

　며칠 뒤. 오웬이 C AD에 방문했다. 혼자 방문한 것이 아니라 본사 직원을 대동한 상태였고, 그 일행 중에는 한국 분트의 마케팅 팀도 있었다. 간단한 인사를 나눈 뒤 오웬과 우범은 사무실로 갔고, 한겸은 김 팀장과 기획 팀 사무실에 자리했다.

　"아담하죠?"

　"아담하긴요. 대표님이 그냥 구멍가게 같을 거라고 하셨는데 일 년도 안 돼서 이 정도면, 어휴……."

　"저희 건물도 아닌데요. 그런데 오웬 씨가 왜 온 건지 아세요?"

　"저희도 잘 몰라요. 그냥 한국에 방문한다고만 알려주더라고요."

　"아버지도 모르세요?"

　"이번에는 대표님도 왜 오는 건지 모르시는 눈치던데요."

　"그래요?"

　한겸은 고개를 갸웃거렸다. 오웬이 말을 해주지 않더라도 아버지라면 알고 있을 줄 알았다.

　"뭐 좋은 일 아닐까요? 하하."

　"아버지도 모르시는 거 보면 별일 아닐 거 같아요. 참, 광고 효과는 괜찮나요?"

"그럼요. 아, 이번 광고 대상에서 C AD가 상을 받아 저희 마케팅 팀 직원 전체가 보너스 받았습니다. 다 김 프로님 덕분입니다, 하하."

한겸은 웃으며 고개를 끄덕였다. 자신이 만든 광고가 반응이 좋다는 말만큼 기쁜 말은 없었다. 그때, 옆에 있던 범찬이 장난스럽게 웃으며 입을 열었다.

"공모전 참가 안 했으면 어쩔 뻔했어요. 여름 하면 발라드, 제 머리에서 나온 거 아시죠?"
"하하, 알죠. 매번 말씀하시는데 모르면 이상한 거 아니겠습니까? 그래서 커피도 사 온 거 아니겠습니까?"

한겸이 범찬의 너스레에 웃을 때, 문이 열리면서 사무실 직원이 고개를 내밀었다.

"대표님이 기획 팀 내려오시라는데요."
"저희 다요?"
"기획 팀 내려오라고만 하셨어요."

한겸은 고개를 갸웃거렸다. 아무리 생각해도 자신들이 필요한 경우가 생각이 나지 않았다. 한 가지 이유가 있다면 분마뿐이었다.

"무슨 일 있어요?"

"언뜻 듣기에는 광고 얘기 하는 거 같은데요. 대표님 표정 밝은 거 보면 좋은 일인 거 같습니다."

"그래요?"

한섬이 팀원들을 보자 종훈과 수정이 내려가라는 듯 손을 흔들었다.

"어차피 가도 못 알아들을 텐데 네가 다녀와. 우리 지금 포스터 팀 도와주느라 바빠."

"범찬이 넌?"

"난 가야지. 못 알아들어도 표정으로 다 알 수 있지."

한겸은 피식 웃고선 서둘러 1층으로 내려갔다. 사무실 문을 열자 구석에 임시로 자리를 마련한 곳에서 우범과 미국 분트 직원들이 보였다. 사무실이 뻥 뚫린 구조이다 보니 직원들도 미팅하는 모습을 힐끔거리고 있었다. 한겸은 직원들에게 목례를 하고선 곧바로 우범에게 다가갔다.

"왔어, 둘 다 앉아."

한겸과 범찬이 자리에 앉자 오웬이 웃으며 눈인사를 보냈다. 그러고는 동행한 직원에게 손짓을 하자 옆에 있던 사람이 서류를 건넸다. 서류를 받아 든 한겸은 천천히 읽어보았다. 하지만 업무용으로 제작되어서인지 막히는 부분이 상당히 많았다. 그때, 옆에 있던 범찬이 심각한 표정으로 고개를 끄덕거리는 게 보였다.

"알아?"
"몰라, 그냥 끄덕거려. 딱 봐도 일 얘기 같은데 이건 기세 싸움이야. 몰라도 끄덕거려."

한겸은 자신도 모르게 헛웃음을 뱉었고, 이번에는 우범 역시 어이없다는 듯 헛웃음을 뱉었다. 그러고는 오웬에게 양해를 구한 뒤 곧바로 설명을 했다.

"우리에게 대만 분트의 광고를 제안했다."
"분마요?"
"아니다. 우리나라에서 했던 광고를 말하는 거다."

그 말을 듣는 순간 한겸은 아차 싶은 표정을 지었다. 오웬과 미팅 때 항상 분마에 대해서만 대화를 했기에 당연히 분마라고 생각했다. 일반 광고도 맡을 수 있었는데 사고가 너무 좁았던 스스로가 부끄러웠다. 한겸은 멋쩍게 웃는 것도 잠시, 예전에 분마 광고를 위해 했던 조사 내용이 떠올랐다.

"대만에서 분트 광고를 하겠다는 거죠?"
"그래, 맞다."

"예전에 조사했을 때 대만 분트도 우리나라하고 비슷했었어요. 수익도 좋았던 거 같은데 무슨 문제가 있어요?"

"그 얘기를 하려고 부른 거다."

우범은 한겸의 말을 그대로 오웬에게 전달했고, 기다리고 있던 오웬은 웃으며 입을 열었다.

"문제가 있는 건 아닙니다. 광고가 필요할 뿐이죠."

"분트가 광고를 많이 하는 회사가 아니라고 알고 있어서요."

"맞습니다. 하지만 광고를 하려는 이유가 있습니다. 대만에 우리 같은 창고형 마트가 입점한다는 내용을 알게 됐습니다. 중국에서 크게 성공한 루미라는 곳이죠. 대만도 중화권인 만큼 루미에서 공격적으로 마케팅할 것으로 예상됩니다. 이미 확인한 곳만 해도 20곳이 넘습니다."

오웬의 말을 들은 한겸은 고개를 끄덕거렸다. 광고를 하려는 이유를 알 것 같았다.

"충성고객을 만들고 싶으시다는 건가요?"

"직접적이군요. 어떻게 보면 그 말도 맞아요. 저희가 원하는 건 다른 마트가 입점하더라도 그 영향이 적었으면 한다는 겁니다."

한겸은 고개를 끄덕거렸다. 분트도 기업이다 보니 자리를 유지하려고 하는 건 당연했다. 보통 광고를 잘 하지 않던 회사가 갑작스럽게 광고를 하려는 이유도 납득했다. 그리고 분트라면 광고를 통해 성공할 가능성이 높았다.

가장 기본적인 품질에 문제가 있었다면 힘들었겠지만, 분트는 품질에 관해서만큼은 무척 철저하게 관리했고 지역 생산품을 제외한 공산품은 전 세계 분트가 동일했다. 서비스까지 신경 쓴다는 게 분마를 통해 알려진 상태이다 보니 어려워 보이진 않았다.

"기간은 빠르면 빠를수록 좋으시겠네요."
"맞습니다. 그만큼 고객을 많이 모을 수 있으니까요."

한겸은 고개를 끄덕거렸다. 그러고는 우범을 보며 입을 열었다.

"두립보다 나을 것 같죠?"
"음, 분트는 맡는 걸로 하고, 두립은 조금 더 생각해 보는 게 좋겠군."

두 가지 모두를 잡으려는 우범의 모습에 한겸은 속으로 웃었다.

"H텔레콤까지 겹치면 큰일 날 거 같은데요."

그 말에도 우범은 입을 꼭 다물고 있었다. 그때, 사무실에 익숙한 얼굴이 들어왔다.

＊　　　　＊　　　　＊

엄청난 인기를 끌고 있는 마리아톡 덕분에 바쁠 텐데, 권 대표가 직접 찾아왔다. 사무실이 뚫려 있다 보니 바로 보일 수밖에 없었다. 권 대표도 이쪽을 봤는지 고개를 숙여 인사를 하고는 사무실 밖으로 나갔고, 사무실 직원도 서둘러 권 대표를 따라나섰다. 한겸은 미안하긴 했지만, 지금은 오웬과의 미팅이 우선이었기에 고개를 돌렸다.

"그런데 저희한테만 의뢰를 하시는 건가요?"

"맞습니다. 그동안 보여준 게 있는데 다른 회사를 찾을 필요가 있습니까? 한국은 그렇다 쳐도 스페인에서도 크게 성공했으니 C AD에 맡기는 게 당연하지요."

자신들의 실력을 알아봐 주는 모습에 한겸은 기분 좋은 미소를 지었다. 분트라면 모든 면에서 훌륭했다. 한국 같은 광고를 하게 된다면 단발이 아닐 것이고, 예산도 넉넉할 것이었다. 물론 대만 분트의 관계자와 미팅을 갖게 되겠지만, 오웬이 나선 이상 확실했다.

"분트가 어떤 이미지를 얻었으면 하는지 생각하시는 게 있을까요?"

"지금 같은 이미지가 좋겠죠. 소비자를 우선으로 생각하는 분트. 소비자의 말에 귀를 기울이는 분트. C AD에서 확실하게 자리 잡도록 만들어준 이미지죠."

아직 어떠한 아이디어도 없었지만, 한겸은 분트의 광고를 맡는 편이 좋을 것 같았다. 그래도 언제나처럼 당장 대답하진 않았다. 성공할 가능성부터 찾고, 가능성이 보이면 수락하는 것이 맞다고 생각했다.

"그럼 시간을 조금 주시겠어요?"

"하하, 역시 계약서부터 내미는 곳들과는 다르군요. 좋습니다. 마침 한국 분트에 볼일도 있어서 일주일 정도 시간이 있습니다. 그 이후에는 곧바로 대만을 가야 하는데 그 전까지는 대답을 들을 수 있겠지요?"

"네, 그렇게 하겠습니다."

"필요한 자료가 있으면 언제든지 연락하세요."

"네, 감사합니다."

자리에서 일어난 오웬은 손을 내밀더니 차례차례 악수를 했다. 그러고는 웃으며 입을 열었다.

"미스터 김 좀 불러주시겠습니까?"

그 말에 범찬이 급하게 기획 팀 사무실로 올라갔고, 김 팀장이 서둘러 내려왔다.

"연락 기다리겠습니다."

그 말을 끝으로 오웬이 회사를 나갔다. 사무실 직원들은 전부 유리창에 달라붙어 오웬이 가는 모습을 확인했고, 오웬이 차를 타고 출발하는 모습을 보는 동시에 환호를 질렀다.

"됐다! 또 분트하고 일하게 됐다!"

"대박 아닙니까? 분트 본사 임원이 직접 광고 제안을 하는 게 안 믿겨지는데요."

"나도 그래. 15년 동안 이 바닥에서 일하면서 이런 일은 처음 보네. 미국 사람이라 그런가 마인드가 달라."

"사람 사는 게 다 똑같지 무슨 미국 사람이라서 그래요. 당연히 실력으로 판단해야죠! 대표님, 김 프로님! 최 프로님! 축하드립니다!"

한겸은 웃으며 입을 열었다.

"아직 확실치 않잖아요. 확실해진 다음에 축하해요."

"우리 기획 팀이 나서는데 확실한 거 아니겠습니까! 믿습니다!"

범찬은 직원들의 칭찬에 취했는지 어깨를 으쓱거리며 가슴을 두드렸고, 한겸은 그런 범찬을 보며 피식 웃었다. 그때, 다시 사무실 문이 열리면서 권 대표가 들어왔다.

"좋은 일 있으신가 봅니다."

우범은 웃으며 권 대표를 안으로 안내했고, 한겸과 범찬도 함께 자리했다.

"권 대표님이 오신 걸 봤는데 미팅 중이라서 눈인사만 했습니다. 죄송합니다."
"아닙니다! 제가 말도 없이 찾아온 건데요. 오히려 제가 죄송하죠."

권 대표 역시 C AD의 고객이었기에 우범은 무척 정중하게 맞이했다.

"바쁘지 않으십니까?"
"바쁘죠. C AD 덕분에 말도 못 하게 바쁩니다."
"그런데 이렇게 찾아오신 이유가, 무슨 문제가 있어서는 아니겠지요?"
"아! 아닙니다."

권 대표는 손사래까지 치며 부정했다. 그것도 잠시, 이내 표정이 어두워졌다. 한겸은 그런 권 대표의 표정만 봐도 어느 정도 예상이 되었다. 눈코 뜰 새도 없이 바쁜 사람이 이곳까지 찾아와 어두운 표정을 짓고 있다면 한 가지 이유밖에 없었다. 한겸의 생각이 맞다는 듯 권 대표의 입이 천천히 열렸다.

"저희가 정말 도움을 많이 받았는데 이런 말씀을 드려서 조금 죄송합니다."
"편하게 말씀하시죠."
"저희가 H텔레콤에 C AD가 광고를 해야 된다는 의견을 냈습니다."
"그렇군요. 감사합니다."
"감사는요!"
"결과가 어떻게 됐든 저희를 위해 힘써주신 거 아니겠습니까."

우범도 눈치를 챘는지 권 대표의 입에서 아무런 말이 나오지 않았음에도 오히려 권 대표의 마음을 편하게 해주었다.

"H텔레콤 마케팅 팀에서 프레젠테이션 받기를 원했습니다."
"프레젠테이션이야 저희가 항상 하는 일입니다."
"그런데 그게 형식상이 될 것 같은 게 문제입니다. 한국에서는 아예 광고를 하지 않을 것 같고요."
"그럼 저희가 어디를 생각하고 준비해야 할까요?"
"H텔레콤에서 처음 진출하는 곳이 대만입니다. 서비스 방향은 이미 잡혀 있으니 홍보가 정해지는 대로 서비스를 시작할 것 같습니다."

권 대표의 말에 한겸은 눈썹을 씰룩거렸다. 한국에서 광고하지 않을 것이라는 건 이미 예상했다. 처음부터 해외에 진출했을 때를 생각했었다. 그런데 그 장소가 대만이라는 말에 약간 놀랐다. 분트에서도 대만이었는데 H텔레콤에서도 대만이었다. 오웬과의 미팅에 대한 얘기를 권 대표에게 할 필요는 없었기에 얘기를 꺼내진 않았다. 한겸이 둘 다 대만이라는 사실에 신기해하던 중 갑자기 고개를 갸웃거리며 입을 열었다.

"근데 대만은 이미 파이온 링크가 꽉 잡고 있지 않아요? 한국 시장만큼 힘들 텐데요."

"메신저만 놓고 보면 그렇습니다. 그래도 한국에서 그랬던 것처럼 동시 이용자가 생길 수 있으니까요."

"다른 메신저와 동시에 사용하는 이용자를 노리는 거면 차라리 일본으로 가는 게 더 나을 거 같은데."

"일본은 보수적인 경향이 강해서 자신들이 사용하던 걸 쉽게 바꾸려 하지 않는다고 했습니다. 그리고 지금 일본과 관계가 좋지 않은 만큼 일본에 먼저 서비스를 하면 국내에서도 좋게 보지 않을 수 있다더군요. 그래서 일본 시장부터 적용하는 것보다 한국과 어느 정도 비슷한 점이 많고 당장 점유율을 유지할 필요가 있는 대만을 선택했다고 들었습니다."

본래라면 가장 가까운 일본 시장부터 진출하는 경우가 보통이었다. 하지만 외교로 시작된 문제로 인해 기업들도 꺼려 하는 분위기였다. 중국도 진출할 수 있었지만, 거기는 검열 문제로 IT 업계가 무척이나 힘들어했다.

"그리고 기부를 하기에 가장 적절한 곳도 대만이기도 하고요. 기업뿐만이 아니라 개인도 기부금의 250%까지 소득공제를 해주는 나라거든요. 플리 마켓으로 뛰어들기에 가장 적절한 나라죠. 그리고 무엇보다 HT에서 HT맵으로 대만에 진출할 예정입니다. 마리아톡은 그 전에 HT의 인지도를 쌓는 역할을 하게 될 것 같습니다."

한겸은 그제야 이해를 했다는 듯 고개를 끄덕거렸다. 성공 여부를 떠나 대기업에서 한 시장조사인 만큼 사전조사는 정확할 것이다. 그 말을 들은 한겸은 자신도 모르게 피식 웃었다. 방금까지 오원과 미팅을 해서인지 권 대표의 말을 들으며 분트에 이용할 수 있을 것 같다고 생각했다. 하지만 지금은 권 대표와 자리한 중이니, 한겸은 생각을 떨치려 고개를 젓고는 권 대표에게 물었다.

"프레젠테이션 내용은 자유고요?"
"네. 그래도 기본 자료는 제가 준비해 왔습니다. 그런데… 이런 말씀드려서 죄송하지만 헛수고가 될 수도 있습니다. 지금도 HT 해외 사업부와 대만 HT에서 대만 기업들과 미팅하면서 홍보를 하려고 하더라고요."

"저희한테는 항상 있는 일이에요. 입찰공고만 해도 여러 회사에서 내는데 그중 하나만 뽑히는 거잖아요. 이렇게 일대일로 프레젠테이션 할 수 있는 것도 기회라고 생각해요. 그러니까 너무 신경 쓰지 마세요. 그럼 프레젠테이션 날짜는 아직 안 잡혔겠네요."

"다음 주입니다."

"그래요?"

한겸은 권 대표를 물끄러미 쳐다봤다. H텔레콤과의 미팅이면 H텔레콤에서 연락을 했을 텐데 권 대표가 직접 찾아와 알리고 있었다. 그것만 봐도 권 대표가 얼마나 신경을 썼는지 느껴졌다.

"되든 안 되든 감사하게 생각해요. 저희도 준비 잘할게요."

"저희가 받은 도움과는 비교도 안 되죠."

"한국 서비스 준비는 잘되고 있으세요?"

"그럼요. 연동할 수 있게 돼서 마리아톡의 정보가 그대로 넘어가게 될 것 같습니다. 이미 안내를 하고 있고요. 운영하는 데 문제는 없을 것 같습니다."

"그럼 지금 포맷 그대로 넘어가는 거예요? 조금 바뀔 줄 알았는데 신기하네요."

"조금 바뀌죠. 서비스는 크게 변하지 않지만 플리 마켓을 꾸밀 수 있도록 바뀔 겁니다. 캐릭터 개발도 끝난 상태고요."

"아하, 그걸로 수익을 얻으려고 하는 거구나. 지금 마리아톡 인기로 보면 가능성 있을 거 같네요. 다들 칸 연 거 SNS에 자랑 하니까 꾸민 것도 자랑할 수 있겠네요."

"네, HT에서 서비스하기 전에 마리아에 가입하신 이용자들은 HT 프렌즈 중 하나를 선택해서 무료로 받을 수 있어요. 캐릭터 선물은 오늘부터 시작했으니까 지금도 가능합니다. 갑자기 서비 스하는 회사가 바뀌면 이용자가 위화감이 들 수 있어서 미리 선 물부터 주는 거죠. 거기다가 캐릭터들도 알릴 겸 겸사겸사."

"이따 저도 받아봐야겠네요."

한겸은 권 대표의 마음을 편하게 해주기 위해 일부러 마리아 톡에 대해 얘기를 꺼냈고, 권 대표도 마리아톡에 대해서 말을 하다 보니 조금은 편안해진 얼굴이었다. 그렇게 한참이나 대화 를 나눈 뒤 권 대표가 일어났다. 그러고는 우범과 인사를 나누 고 한겸의 손을 꼭 잡으며 입을 열었다.

"제가 꼭 응원하겠습니다."
"감사해요. 열심히 준비할게요."

권 대표가 사무실을 나서자 또다시 사무실 직원의 환호가 들 려왔다. 확정이 아니라 실망할 수도 있었지만, 대부분 경력자이 다 보니 대기업에 일대일로 프레젠테이션 할 수 있는 기회를 얻 었다는 것이 어떤 일이라는 걸 잘 알고 있었다.

"이게 무슨 일이야! 오늘만 벌써 두 개입니다! 둘 다 모두 글로벌 대기업!"

"그러게요, 이거 눈으로 봤는데도 얼떨떨하네요."

직원들이 기뻐하는 모습을 보자 한겸도 함께 기뻤다. 그것도 잠시, 준비하는 만큼 성공할 확률이 올라가는 것이기에 한겸은 서둘러 사무실로 올라가려 했다. 분트와 H텔레콤을 동시에 준비하려면 시간이 빠듯했다. 그때, 옆에 있던 범찬이 팔짱을 낀 채 고개를 저었다.

"불안해."

"뭐가 불안해?"

"그렇잖아. 갑자기 생각지도 못한 좋은 일이 생겼어."

"그럼 좋은 거지."

"넌 참 세상을 몰라. 좋은 일이 생기면 나쁜 일도 오는 거 몰라? 운수 좋은 날도 안 봤어? 왜 설렁탕을 사 왔는데 먹지를 못해! 준비 다 했는데 우리가 못 하는 거 아니야?"

"별걱정도 다 하네. 우리가 준비만 잘하면 돼. 왜 재수 없는 소리를 하고 그래."

한겸은 범찬을 보며 고개를 저었다. 그러고는 우범을 보며 말했다.

"아무래도 두립 인바이트는 거절하는 게 맞겠죠?"

"받아보는 게 좋을 것 같다. 최 프로 말처럼 확정이 된 것이 아니니까 일단 받아보는 쪽으로 하자. 내용을 듣고 결정하는 게 좋을 것 같다."

OT에 참여해 어떤 광고를 원하는지 들어보고 결정할 수 있으니 우범의 말처럼 수락하는 것도 괜찮을 것 같았다. 한겸은 고개를 끄덕이고는 입을 열었다.

"그럼 저희는 프레젠테이션 준비하러 갈게요."
"그래. 축하 파티는 확정이 된 뒤에 하자. 필요한 거 있으면 바로 얘기하고."

한겸은 파티를 하게 되더라도 우범의 옆에는 안 있어야겠다고 생각하며 피식 웃었다. 그리고 사무실을 나가려 할 때, 사무실 직원들이 한겸과 범찬에게 말했다.

"기획 팀 믿습니다!"
"믿습니다!"
"하하, 열심히 할게요."

한겸은 범찬에게 직원들을 보라는 듯 고갯짓을 하고 사무실을 나섰고, 범찬도 이내 불안감을 떨치려는 듯 고개를 저으며 따라나섰다.

기획 팀 사무실로 올라온 한겸은 회의 내용을 그대로 전달했다.

"와, 분마가 아니고 대만 분트 광고를 맡기러 온 거야? 대박이네. 둘 다 되면 일하기는 편하겠다. 대만에서 촬영하게 돼도 한번에 다 하면 되잖아. 기간도 비슷하니까."

"그러게. 어떻게 둘 다 대만이야? 그럼 대만에 대해서 잘 알아야 할 거 같은데, 대만 시민의식이나 국민성, 소비성향 이런 거로 데이터 뽑아볼까?"

의욕적인 수정의 모습에 한겸은 피식 웃었다.

"일단 어떤 방향으로 나갈 건지 생각을 해보고 거기에 맞춰서 확인하는 조사를 하자. 그냥 하면 너무 방대할 거 같거든."

"그러든가."

"아! 권 대표님이 그러던데 마리아톡에서 HT 프렌즈 무료로 받을 수 있대."

"어, 알아."

"알아?"

"SNS에 올라오고 있어. 그런데 워낙 생소한 캐릭터들인 데다가 기존 초콜릿 사용자가 많다 보니까 큰 효과를 볼 것 같진 않네. 그나마 박재진 씨가 SNS에 올려서 어느 정도 선방하는 거 같아."

"그래?"

"어. 초콜릿 점유율이 너무 굳건하니까. 아무튼 나랑 종훈이 오빠는 타이거로 받았어. 그래도 캐릭터 하나 있으니까 좀 더 꽉 찬 느낌이더라."

한겸은 고개를 끄덕이고는 확인하기 위해 마리아톡에 접속했다.

*　　　　*　　　　*

한겸 역시 HT 프렌즈의 캐릭터들 중 하나를 선택해 플리 마켓에 가져다 놓았다. 그러고는 자신의 창을 한참이나 보더니 이내 피식 웃었다. 웃음소리를 들은 수정이 한겸에게 물었다.

"왜 웃어?"

"네 말대로 캐릭 하나 들어갔다고 뭔가 꽉 찬 거처럼 보여서."

"그렇지? 그런데 난 조금 그래. 캐릭터가 움직이는 게 아니라 첫 번째 창 위에서 안 움직이게 고정해 놔서 다음 칸도 사게 만들고. 그리고 또 다음 칸도 꾸미게 만들고."

"그러네. 그래도 전체적으로 꾸미게 만드는 것도 나올 거 같네."

HT에서 내놓은 방식이 나쁘게 보이진 않았다. 아주 오래전부터 문화를 선도하려는 기업들은 대부분 캐릭터들이 있었고, 캐릭터 상품이야말로 그 기업들이 가장 원하는 바였다. 디즈니랜드의 수많은 캐릭터들도 있었고, 더 나아가 인기 아이돌의 굿즈도 캐릭터 상품이었다. 소비자들 역시 자신들이 소유하고 싶은 캐릭터를 구매함으로써 욕구를 충족할 수 있었다.

다만 문제는 HT에서 이번에 내놓은 캐릭터의 인지도가 너무 바닥이었다. 지금 캐릭터들만 보더라도 다른 메신저들의 캐릭터를 따라 한 느낌이었다. 한겸이 캐릭터들을 물끄러미 쳐다볼 때, 옆에 있던 범찬이 불쑥 휴대폰을 내밀며 말했다.

"왜 내가 찾는 건 없지?"
"뭐가 없어."
"나 파랑색 개가 좋은데 여기 없는데?"
"그건 초콜릿이고."
"그랬어? 뭐 이렇게 비슷해."

한겸은 피식 웃었다. 그러다가 잠시 생각하더니 수정에게 물었다.

"대만 사람들 메신저 대부분 링크 쓰지?"
"어, 맞아. 아시아 국가 대부분이 링크야."
"그럼 프렌즈 반응과 판매량 좀 알아봐 줄래? 그리고 링크 이용자 변동도 볼 수 있어?"
"그건 왜?"

"링크에서 빠져나간 사람이 다른 메신저를 사용하는지 아니면 동시에 사용하는지 확인하고 싶어서."

"오케이. 그럼 다른 메신저 이용자 변동도 찾아봐야겠네. 판매량은 금방 나올 거 같은데 이용자 변동은 조금 걸릴 거 같아."

수정이 자료를 찾는 동안 종훈이 입을 열었다.

"HT 프렌즈로 광고하려고?"

"아직 정해진 건 아니고요. 알아봐 두는 게 맞는 거 같아서요."

"하긴 프렌즈가 인기 얻으면 그만큼 시장에 파고들기는 쉽겠다."

"꼭 그렇지만은 않을 거 같아요. 링크가 시장을 견고하게 잡고 있으면 오히려 아류라는 이미지가 생길 수도 있고요."

"아! 그럴 수도 있겠네. 지금 HT 프렌즈만 봐도 약간 짝퉁 같은 느낌이지. 팔리진 않겠네."

한결이 웃으며 말하려 할 때, 범찬이 고개를 저으며 말했다.

"형은 그런 거 안 사서 잘 몰라요."

"너도 안 사잖아. 링크랑 초콜릿이랑 구분도 못 하면서."

"다른 건 많이 사는데요? 난 피규어도 사는데!"

"피규어?"

"우리 졸업 작품 내 피규어로 한 거 벌써 잊었네!"

범찬은 장난스레 웃더니 말을 이었다.

"해외에 내놓으려면 현지화해서 그 나라에 맞는 걸 당연히 내놓아야죠. 국가 한정판! 대만이면 흑당 버블티 아니야!"

"참 나."

한겸도 웃으며 말을 보탰다.

"범찬이 말처럼 보통 그렇게 하면서 시장에 녹아드는데, 그래도 기존의 캐릭터나 상품들 중 확실한 게 있어야 되거든요. 아니면 현지화한 캐릭터 임팩트가 엄청 강하든지."

"음, HT는 그런 게 없구나."

"아마도 HT 프렌즈로는 우리가 뭘 하는지 보여주기가 어렵다는 거죠."

"그럼 HT 프렌즈는 왜 만들었을까?"

"장기적으로 보면 필요하니까요. 우리는 수주를 받아서 광고를 하는 입장이니까 단기간에 성과를 보여야 하지만 HT는 자신들이 직접 서비스하니까 장기적으로 보는 게 옳아요."

그때, 수정이 자료 조사를 마쳤는지 고개를 돌리고선 팀원들을 불렀다.

"대만 링크 이용자인데 일주일 전을 기점으로 링크 점유율

88% 왔다 갔다 하고 있어."

한겸은 걸음을 옮겨 수정에게 다가가 모니터를 봤다.

"점유율이 엄청나네. 나머지는?"

"이번에 초콜릿에서도 대만에 진출해서 거기로 넘어간 거 같아. 그런데 생각보다 두 가지 메신저를 사용하는 사람이 많진 않아. 다운은 받더라도 사용은 안 하게 되는 그런 거 있잖아."

"그럼 다른 곳에서 이용자를 가져와야 한다는 거네. 초콜릿은 대만에 진출한 지 얼마나 됐어?"

"1년 만에 7% 만든 듯. 얼마 안 되긴 한데 점유율 가져오는 거 어렵지 않나?"

"나도 다른 건 몰라도 메신저는 점유율 뺏어 오기 힘들다고 알고 있어. 링크에서 조금씩 빠져나간 이용자를 초콜릿이 야금야금 챙겼네. 후, 저기 뚫고 가기가 쉽진 않겠네."

가만히 모니터를 보던 한겸은 예상보다 어려운 일이 될 것 같다는 생각이 들었다.

"그런데 초콜릿이 작년에 진출했다고 그랬지?"

"응. 작년 맞아."

"1년도 안 돼서 7% 가까이 올린 거면 속도가 너무 빠른데? 어떻게 이용자를 가져온 거지?"

"초콜릿 광고랑 이벤트 알아봐?"

"응, 한번 찾아봐."

초콜릿은 틈이 없어 보이는 곳에 틈을 만들어 비집고 들어간 뒤 점점 자신의 영역을 넓혔다. 한결은 어떤 마케팅을 사용했는지 진심으로 궁금하단 표정으로 수정의 모니터를 살폈다. 초콜릿 광고를 찾는 건 그다지 오래 걸리지 않았다. 그리고 결과를 보던 한결은 초콜릿이 점유율을 가져올 수 있었던 이유를 알았다.

"와, 노력이 엄청났네. 말만 작년에 진출이지 미리 포석을 다 깔아놓고 들어갔구나."
"이거 우리나라처럼 웹툰으로 드라마 만드는 방식 같은데? 그런데 그 드라마가 빵 뜬 거고. 이 드라마 안 떴으면 망했을 수도 있었겠네."
"다른 준비도 했겠지. 드라마 하나로 투자하기엔 시장이 너무 크잖아. 일단 시작은 드라마인 건 맞는 거 같네."
"인기가 엄청났나 보네. 대만 드라마 사상 최고의 스케일과 완벽한 스토리를 가진 드라마라고 극찬하는데."

그때, 뒤에서 모니터를 보던 범찬이 중얼거리며 휴대폰을 꺼냈다.

"포스터가 어디서 본 거 같은데. 검색해 봐야지. 어! 이거 '거침없는 녀석들'인데?"

한겸은 의아한 표정으로 범찬을 봤다. 그러자 범찬이 휴대폰을 내밀었다.

"이거 우리나라 초콜릿 웹툰에서 서비스했던 건데?"
"둘이 같은 거라고?"
"한글이냐 중국어냐만 다르고 배경부터 사람들이 서 있는 구도까지 똑같고만. 이거 인기 많았는데 나중에 한번 봐야겠네."

가만히 생각하던 한겸은 다시 수정을 봤다.

"수정아, 초콜릿이 대만에서 서비스하는 거 뭐 있어?"
"한국보다는 적은데 가장 힘주고 있는 게 메신저하고 웹툰, 그리고 조금 전에 말한 드라마."
"그 드라마를 보려면 메신저 가입해야 하는 건 확실한 거 같고. 드라마 하나로는 좀 부족해 보이는데."
"이게 대만 초콜릿 웹툰 사이트야."

한겸은 수정의 마우스를 가져오더니 사이트를 살피기 시작했다. 잠시 살피던 한겸은 카테고리 중 드라마를 찾아 들어갔고, 그곳에서 이유를 찾을 수 있었다.

"링크도 대만 웹툰 사이트 있지?"
"내가 알기로는 대만에서 가장 클걸?"

"링크 웹툰에서도 드라마 볼 수 있어?"

"우리나라 파이온 TV하고 비슷하지. 짤막짤막한 영상들."

"여기서는 풀 버전으로 볼 수 있는데. 대만에서 제작한 드라마 말고도 우리나라 드라마도 엄청 많다."

"그럼 파이온 TV에도 있겠지. 어? 없네? 왜 없지? 원래 Y튜브나 초콜릿 TV나 파이온 TV나 다 비슷비슷한 건데."

"직접 투자하고 제작했으니까 자기들만 제공할 수 있겠지. 제작 안 한 거는 계약을 했을 테고. 대만 드라마 시장이 작은 편인가? 그럼 파이온에서 투자할 가치가 적다고 판단했을 거 같은데."

수정은 곧바로 자료를 찾은 뒤 한겸에게 설명했다. 한겸이 예상한 대로 대만의 드라마 시장은 다른 동아시권 시장에 비해 작은 편이었다. 그럼에도 초콜릿은 그 부분을 발전시킬 수 있다고 판단하고 뛰어들어 성공했다.

한참이나 자료를 찾아가며 파이온과 링크를 비교해 본 한겸은 이해했다는 듯 고개를 끄덕거렸다.

"파이온은 이용자들한테 직접적으로 도움이 되는 서비스 제공을 중점으로 뒀네."

"파이온 페이 이런 거?"

"어. 파이온에서 거의 독점이라 초콜릿이 끼어들 수가 없었을 거야. 그래서 변수가 있는 문화 쪽으로 파고들어 간 거고. 그래도 파이온이 생활에 밀접한 서비스를 많이 해서 뒤집히진 않을 거 같아."

"그럼 어떻게 파고들어?"

"그게 문제네. 이미 시장을 파이온하고 초콜릿이 경쟁하면서 장악하고 있는 상태인데 어떻게 파고들어야 할까. 문화 쪽으로 파고든다면 초콜릿보다 임팩트가 강해야 되고 파이온보다 실생활에 가까이 파고들려면 사용하기 편해야 되는 건데. 아마 HT에서는 마리아톡이 문화 쪽으로 파고들길 바랄 거 같은데."

"왜?"

"조만간 HT에서 내비 서비스 한다고 그랬잖아. 운전하는 사람치고 내비만큼 실생활에 가까운 건 없으니까 그 부분은 해결할 수 있을 거 같거든. 다만 마리아톡을 어떻게 알리는 게 좋을지가 문제네."

"아까 알아보라고 한 캐릭터 판매량 보여줘?"

"알아봤어?"

"어, 링크 프렌즈 판매량이 있긴 하더라고. 정확하진 않고 기사로 나온 정도야."

수정은 찾아놓은 자료를 한겸에게 보여주었다.

"와."

"생각보다 많이 팔리지?"

"어. 이렇게 많이 팔려? 이런 캐릭터 상품을 뭐 하려고 사는데?"

"나도 이 정도일 줄은 몰랐어."

링크 캐릭터 상품의 인기가 무척 좋은 편이었다. 물론 일본의 애니메이션 상품도 인기가 있었지만, 연령대의 폭이 달랐다. 링크의 사용자 연령대가 다양하다 보니 소비자 폭도 넓을 수밖에 없었다. 게다가 파이온 페이처럼 은행 역할을 함으로써 생활에 밀접한 서비스를 제공하다 보니 친숙하게 마련이었다.

"원래 이벤트를 많이 하긴 했는데 이번에 초콜릿한테 밀려서 그런지 많은 곳하고 협업을 했더라. 가장 많은 건 편의점이고."
"대만에 편의점이 많아서 그런가 보네."
"응, 편의점하고 음료수 회사하고 계약해서 프렌즈 음료도 내놓고 있대."

한겸은 고개를 끄덕거렸다. 캐릭터를 이용해서 광고를 할까 했지만, 링크에서 이미 캐릭터를 이용해 광고를 하고 있었기에 다른 방법을 찾아야 했다.

"음, 플리 마켓으로만 준비를 해야 되나?"

대화를 듣고 있던 종훈이 조심스레 의견을 내놓았다.

"그것도 나쁘진 않은 거 같아. 우리나라에서 광고한 게 있으니까 비슷하게 진행해도 되지 않을까? 어차피 초콜릿이나 파이온이나 둘 다 한국 서비스랑 비슷하게 하는 거 같으니 우리도 비숫해도 될 거 같은데."

그렇게 된다면 박재진을 모델로 쓸 수 없었다. 대만에서의 박
재진 인기가 높은 편이 아니었다. 물론 박재진에게 얘기를 한 상
태는 아니었기에 문제가 되진 않았다. 다만 한결은 자신이 만든
광고긴 하지만 마리아톡은 마지막 부분을 제외하곤 실패한 광
고라고 생각했다. 박재진의 인기와 SNS가 없었다면 마리아톡이
이렇게까지 성공할 순 없었다고 생각했다.

"만약 하게 된다면 더 짧게 중간중간 임팩트 있는 부분을 넣
어서 다시 만들어야 돼요. 박재진 씨를 모델로 쓸 수도 없고
요."

"미안하지만, 그건 어쩔 수 없잖아. 아! 그럼 박재진 씨 분트
모델 시키면 되지 않을까?"

"분트도 비슷할 거 같아요. 박재진 씨가 대만에서는 유명한 편
이 아니잖아요. 분마 아는 사람은 있어도 박재진 씨 아는 사람
은 적을 거예요."

"대놓고 공개하기도 뭐하고. 그럼 분트 광고는 어떻게 할 거
야?"

"그것도 생각해야죠."

그때, 옆에 있던 범찬이 손가락을 튕기며 고개를 끄덕거렸다.

"내가 불안하던 이유를 찾았다."

"뭔데?"

"헷갈려."

"뭐가 헷갈려?"

"두 개 같이 하려니까 헷갈리잖아. 그것도 둘 다 대만이라서 더 헷갈려!"

"후, 난 안 헷갈리니까 괜찮아."

"이제 봐라. 분트 얘기하다가 HT 얘기 나오고 HT 얘기 나오다가 분트 얘기 나와. 그럼 이제 둘이 비슷하게 만들어진다. 그럼 보는 사람들도 헷갈리는 거지. 이게 분트 광고인지 HT 광고인지."

한겸은 피식 웃었다. 아직까지는 괜찮지만, 범찬의 말처럼 그럴 수도 있을 것 같았다.

"알았어. 잘 나눠지도록 신경 쓸게. 아니지, 너도 같이 써야지."

"그러니까 내가 헷갈린다고. 난 원래 한 번에 두 가지 못 해."

"그럼 뭐부터 했으면 좋겠어."

"이미 헷갈려!"

그때, 옆에 있던 수정이 어쩐 일로 범찬의 말에 힘을 실어주었다.

"그럴 수 있다고 생각해. 찾아야 되는 자료만 해도 겹치는 부분이 있거든."

"역시 방수정!"

"왜 이래. 그렇다고 최범찬처럼 불안한 정도는 아니고. 아예 시간을 나눠서 확실히 하나씩 하는 게 좋을 거 같아. 최범찬 안 헷갈리게."

"아예 합쳐 버리든가! 좋잖아. 한 방에 두 개 해결하고!"

"무슨 말도 안 되는 소리를 하고 있어."

"왜? 컬래버 몰라? 컬래버? 아까 네가 보여준 사진만 봐도 음료 수병에 링크 프렌즈 그려져 있었는데, 그런 것처럼 컬래버 하면 얼마나 좋아."

그 말을 들은 한겸은 곰곰이 생각했다.

*　　　　　*　　　　　*

범찬이 우스갯소리로 한 말일 수도 있었지만, 가능만 하다면 생각보다 괜찮게 느껴졌다. 한겸은 잠시 생각을 정리한 뒤 고개를 저었다.

"분트는 이미 자리를 잡고 있는 상태라서 문제가 안 되는데 HT는 아예 새롭게 진출하는 곳이라서 HT만 도움을 받는 형식이 되어버리잖아. 두 곳 모두 얻을 수 있는 것이 있어야 협업이 되는 건데."

"분트가 플리 마켓에 후원하면 되잖아. 우리나라 파우스트랑

도니돈 봐라. 지금도 없어서 못 팔고 있잖아."

"그건 박재진 씨 덕분에 이슈 몰이가 되어 이용자가 몰린 덕분이잖아."

"그럼 대만에 인기 있는 연예인 쓰면 되겠네."

"그럼 분트가 후원을 어떤 걸로 해? 그냥 마트일 뿐이잖아. 진열된 상품들 중 하나를 선택해? 그럴 거면 그 상품 만드는 회사하고 계약하는 게 맞지."

"그러네?"

"아, 머리야. 너 때문에 나도 헷갈린다."

"어? 맞지? 내 말이 맞잖아. 헷갈린다니까."

바로 인정하는 범찬의 모습에 한겸은 머리를 부여잡았다. 뭔가 생각하고 뱉은 말이 아니었다. 범찬의 말로 인해 시작된 생각 때문에 한겸마저 혼란스럽기 시작했다. 그러던 중 옆에 있던 종훈이 조심스럽게 입을 열었다.

"후원은 상품권처럼 하면 되지 않을까? 분트도 상품권 있나? 어려울까?"

그 말을 들은 한겸은 곧바로 입을 열었다.

"그건 괜찮은데요. 오! 괜찮다. 그럼 후원하는 데는 문제가 없네요. 어차피 기존 후원품들 디자인까지 변경하는데, 상품권 없으면 만들면 될 거 같아요. 그 상품권 디자인도 한국처럼 날개 달린 것처럼 해서 후원하면 되겠네요. 어?"

물꼬가 트인 듯 생각이 계속해서 이어졌다.

"아예 상품권을 우리가 만들었던 전단지처럼 만들면 좋겠다. 어때요?"
"그럼 특별해 보이기는 하겠다. 그런데 박재진 씨를 계속 사용하게?"
"그건 힘들 거 같아요."
"그럼? 누구를 써?"
"아… 범찬이 말처럼 헷갈린다."
"그러게. 기부하는데 이거저거 다 훔치는 분마를 쓸 수도 없고."

종훈의 말을 들은 한겸은 잠시 생각에 잠겼다. 만약 분마를 사용할 수 있다면 분트의 광고는 수월하게 진행될 것이었다. 가만히 생각하던 한겸은 생각을 정리하기 위해 메모지를 가져왔다.
한겸이 저런 행동을 할 때마다 아이디어를 내놓았기에 팀원들은 궁금하다는 표정으로 한겸을 기다렸다. 잠시 뒤 한겸이 펜을 내려놓고 씨익 웃었다.

"야, 웃지 말고 빨리 말해봐!"
"하하, 그냥 내 생각인데 분마를 사용해도 될 거 같아."

"응? 이상하잖아. 광고 훔치고 간판 훔치는데 갑자기 카드 안에서 짠 나타나면 괴리감 들 거 같은데?"

"나도 그렇게만 생각했는데, 곰곰이 생각해 보니까 그렇지만은 않더라고. 처음에 승기한테 백성을 위해서 탐관오리를 혼내 준다고 들었지? 우리가 만든 카피도 그 내용이고."

"그렇지."

"그럼 요즘 시대로 따지면 시민들 편이잖아. 아예 분트를 제외하고 생각해 보면 선한 사람에게 상을 줄 수도 있지 않을까? 아예 광고를 그런 식으로 만드는 거야. 일단 선공개 형식으로 스페인에서 넘어온 분마가 대만 분마로 변신하는 걸 보여주고, 높은 곳에서 이리저리 둘러본 뒤 웃는 거야. 아! 얼굴은 안 보이니까 만족했다는 듯 고개를 끄덕거리는 거지. 그렇게 그냥 끝내 버려도 될 거 같아."

"그리고 분마가 좋은 일을 하는 사람한테 상을 주는 거야? 그럼 광고에 분트가 안 나오잖아."

"혼낼 대상이 없으니까 분마는 더 이상 나오지 않아도 되잖아. 이제 분트 광고를 하는 거지. 그 광고는 아직 생각하진 않았지만 고객을 넘어서 사람을 생각한다는 느낌으로 제작했으면 해. 분트에서도 이미지 광고를 원하니까 그게 맞을 것 같거든."

"대만 뉴스에서도 스페인 분마에 대해서 나왔을 정도니까 괜찮겠네. 그렇게 되면 분마로 할 수 있는 것도 많아질 거 같고."

팀원들은 각자 머릿속에 상상을 하며 고개를 끄덕거렸고, 한겸은 그런 팀원들을 보며 말을 이었다.

"그럼 카드 안에 분마를 사용할 수 있겠지?"
"그렇겠네. 만약에 한겸이 말처럼 해서 분마 인기 끌면 HT는 완전 땡잡았네. 분트에서 한다고 하면 다른 곳에서도 후원할 거 아니야."
"그렇겠죠?"

그때, 수정이 고개를 갸웃거리며 입을 열었다.

"아까 한겸이 네가 분트에서 얻는 게 뭐가 있냐고 그랬잖아. 얻을 수 있는 게 있어? 아까랑 똑같은 거 같은데?"
"24시간 계속해서 광고할 수 있는 플랫폼을 얻는 거잖아."
"그건 그냥 후원해도 되는 거 같은데?"
"그렇지. 그런데 만약에 두 회사가 얘기가 돼서 분마 캐릭터가 링크 프렌즈처럼 캐릭터로 만들어진다면 어떨까? 그 캐릭터를 플리 마켓 창에 기본으로 장착하게 해준다면 분트 광고가 되겠지? 거기에다가 대만에서 기부에 대한 인식이 좋은 편이니까 좋은 이미지까지 쌓을 수 있을 거 같아."
"일단은 분트가 이끌어주면서 얻을 건 얻을 수 있는 그런 구조네."
"그렇지. 그럼 HT의 캐릭터들도 더 자연스럽게 시장에 파고들 수 있을 거 같은데."
"그럼 HT 광고는 캐릭터를 강조할 거야?"

"아니지."

"그럼 모델 구할 거야? 인기 있는 사람으로 알아봐?"

"아니! 박재진 씨로 하자! 한국에서 했던 마지막은 그대로 쓰고 앞부분만 변경하자."

한겸의 말에 팀원들도 눈치를 챘는지 다들 고개를 끄덕거렸다.

"그럼 분트 광고부터 내보내야겠구나."

"그래야지 박재진 씨 인지도 올라가니까?"

"분마 광고가 먹히면 HT 광고도 성공할 확률이 올라가겠구나."

세 사람은 한겸의 의견을 제대로 이해했다. 그 부분에 대해서는 따로 설명할 필요가 없었기에 한겸은 웃고만 있었다. 그러자 범찬도 실실 웃으며 입을 열었다.

"어때?"

"하하, 그래. 네 아이디어부터 시작됐네. 고마워!"

"뭘 이런 걸로. 푸하하, 그럼 분트에 얘기하고 HT에도 얘기하고 그래야겠네."

"그래야겠지? 오웬 씨는 바로 얘기가 될 텐데 HT는 기다려야 할 거 같아."

"그런가? 아무튼 그러면 대표님 불러온다?"

"하하, 그래. 대표님 의견도 들어봐야 되니까."

범찬은 신이 난 표정으로 자리에서 일어나 급하게 사무실을 나갔다. 그러자 수정과 종훈이 동시에 입을 열었다.

"최범찬, 대표님한테 자기 아이디어라고 자랑하러 가네."
"당분간 또 범찬이 자랑 들어야겠네."

한겸은 피식 웃고는 입을 열었다.

"형이랑 수정이도 자랑해요. 두 사람이 했던 말 다듬은 것도 있잖아요."
"난 됐어. 최범찬하고 똑같은 짓 하고 싶진 않거든. 그나저나 이거 이용자 변동 자세한 자료는 수집할 수가 없는데 대략적으로는 보인다."
"그래?"

한겸은 궁금하단 표정으로 모니터를 봤다.

＊　　　　＊　　　　＊

며칠 뒤, 기획 팀의 얘기를 들은 우범은 곧바로 회의를 열었고, 실현 가능성이 있는지 확인했다. 사무실 직원들은 대만의 설문 전문 회사에 의뢰해 분마에 대한 인지도와 인식을 조사했다.

해외에서 분마의 반응이 좋다고 하지만 확인이 필요한 일이었고, 오늘 아침에야 그 대답을 들을 수 있었다.

"라온에서는 무조건 한다고 했다. 이제 오웬 씨에게 설명만 하면 되는군. 잘해라."

우범은 결과가 나오자마자 라온에 직접 다녀오기까지 했다. 분마에 다른 모델을 사용할 수 있었다면 순서가 바뀌었겠지만, 박재진과 분마가 동일해야 했기에 보통의 순서와는 달랐다.

우범은 라온에서 대답을 들은 뒤 곧바로 오웬과 미팅 약속을 잡았고, 한겸은 약속 장소인 목동 분트에 자리한 상태였다. 한겸은 웃으며 고개를 끄덕거렸다. 사무실에서 자료를 수집하는 동안 기획 팀도 기획을 조금 더 다듬은 상태였다. 분트도 분마로 인해 얻은 게 많다 보니 틀림없이 수락할 것이었다. 그때, 분트 마케팅 팀 김 팀장이 오웬과 함께 회의실로 들어왔다. 한겸은 오웬과 간단한 인사를 나눈 뒤 자리에 앉았다.

"두 분의 표정을 보면 기대해도 되겠군요."
"네."

한겸의 대답에 오웬은 기분 좋은 웃음을 보였다. 예전 처음에 만났을 때는 기대를 하면서도 의심이 섞여 있었는데 지금은 전혀 아니었다. '네'라는 한겸의 한마디에 바로 무슨 기획을 가져왔을지 기대됐다.

"그럼 들어볼 수 있을까요?"

"저희 C AD에서 준비한 기획은 다시 분마를 모델로 삼는 겁니다."

"음?"

한겸은 기획 팀에서 했던 말을 그대로 전달했다. 제대로 전달하기 위해 영어로 설명하는 연습까지 해 온 상태였다. 그래도 중간중간 막히는 부분이 있었지만, 우범이 적절히 통역을 해준 덕분에 대화가 이뤄졌다. 그 설명을 들은 오웬은 고개를 끄덕거렸다.

"저희가 조사한 바로는 성공할 확률이 상당히 높습니다. 분트가 워낙 서비스 관리를 잘한 덕분에 분트의 이미지도 좋은 상태거든요."

"하하. 고객 서비스는 항상 신경을 써야지요. 분마 이후로 더욱 신경 쓰고 있습니다. 그래서 우리가 어떤 선물을 줘야 하는 건가요?"

한겸은 아직 HT에 대해서 얘기를 꺼내지는 않았다. 조금 더 확실히 전달한 뒤에 얘기를 꺼낼 생각이었다. 만약 오웬이 반대를 한다면 HT 광고는 아예 새롭게 기획하거나 포기해야 했지만 분트에는 아무런 변화가 없었다. 분마를 그대로 사용할 수 있었다.

"분트에서도 평소에 기부를 많이 하는 걸로 알고 있습니다."

"아무래도 그렇죠? 그건 저희가 착한 기업이라서 그런 게 아니라 대기업의 필수 경비라고 보시면 됩니다. 세금이나 이미지나 여러 가지를 챙길 수 있으니까요. 스페인에서 간판을 도난당한 상점에게 간판을 달아줘서 얼마나 큰 이미지를 얻었는지 아시잖습니까? 그런 거죠."

"그래서 소비자들에게 주는 선물은 후원처럼 진행하는 게 어떨까 합니다."

"그래서 기부에 대해 말씀하신 거군요?"

한겸은 아니라는 듯 고개를 저었다. 그러자 오웬이 의아한 표정으로 한겸의 말을 기다렸다.

"정확히 말하면 후원입니다. 그로 인해서 세금 혜택을 받으실 순 없는, 그런 경우죠. 대신 큰 인지도를 얻을 수 있습니다."

한겸은 준비한 서류철에서 카드를 꺼내 오웬에게 건넸다. 오웬은 고개를 갸웃거리며 한겸에게 받은 카드를 펼쳤다.

"음? 겉표지에 천사 날개라. 마치 상품권 같군요. 음? 이건 스페인 분마네요?"

"맞습니다."

"분마로 만든 상품권이라. 움직이기도 하고 재미있네요. 천사 날개까지 있어서 그런지 좋은 일 하려고 만들었다는 걸 단번에 알겠군요. 벌써 이런 준비까지 하신 건가요?"

"아니요. 그 카드는 사실 한국에서 서비스하는 메신저를 광고하느라 만든 거예요. 전단지로 쓰던 걸 조금 고급스럽게 만든 겁니다."

한겸은 남는 기간 동안 카드 제작업체인 아기자기에 찾아갔고, 박재진의 사진 대신 스페인 분마의 사진을 이용해 상품권 샘플을 제작했다. 마리아의 전단지를 제작해 이익을 본 아기자기에서 신경을 써준 덕분에 생각한 그대로 나왔다. 물론 안에 내용이 바뀌게 되겠지만 오웬에게 보여주기에는 충분했다. 오웬도 만족하는 표정으로 고개를 끄덕거렸다. 그러고는 카드를 몇 번 더 움직여 보고 내려놓았다.

"마음에 드는데 아쉽게 됐군요."

한겸은 웃으며 카드를 보여준 이유를 설명했다. 마리아톡에 대해서는 물론이고 마리아가 곧 HT로 넘어가 대만에서 서비스된다고 알렸다. 그러고는 오웬이 직접 경험할 수 있도록 오웬의 휴대폰에 마리아톡을 설치해 주었다. 아직은 서비스 언어가 한국어뿐이었기에 한겸이 설명까지 해주었다. 필요한 부분만 설명을 했고, 그 설명을 듣던 오웬은 흥미롭다는 표정을 지었다.

"이런 게 있었군요. 재미있어 보입니다. 기부 앤 테이크? 이

'Give'와 비슷한 단어가 'Donate'라고 했죠."

"네, 기브 앤 테이크 의미를 담은 겁니다."

"재밌네요. 제가 좋아하는 말이죠. 받은 게 있으면 줘야 하는 게 세상 이치죠."

오웬은 휴대폰을 이리저리 만져보고선 미소를 지었다.

*   *   *

오웬은 한국어를 읽을 수 없음에도 마리아톡을 이리저리 열심히 만져보았다. 그러고는 어떤 애플리케이션인지 감을 잡았는지 흥미롭다는 표정을 지었다.

"사람들과 소통을 하면서 기부도 할 수 있는 기능이군요. 김 프로가 상품권을 보여준 게 이곳에 등록하라는 의미겠군요."

"네, 이건 이곳에 후원 등록한 회사의 자료입니다. 한 곳뿐이기는 하지만 한번 보시죠."

한겸이 준비한 자료는 파우스트의 자료였다. 파우스트에 부탁을 해 매출 변동에 대한 자료만 받은 상태였다.

"이 정도입니까? 매출이 300% 이상 올랐군요."

"네, 따로 광고를 하지 않고 이곳에 후원을 해서만 이뤄진 결과입니다."

"호… 굉장하군요. 왜 한국 분트에서는 이런 일에 참여를 안 했을까요?"

오웬은 김 팀장을 봤고, 시선을 받은 김 팀장은 난감해하는 표정을 지었다. 그 모습에 한겸은 서둘러 입을 열었다.

"아마 마리아에서는 분트 후원에 적당한 품목이 없다고 생각 했을 겁니다. 저희도 분트 상품권에 대해선 이번에 떠올리게 된 거고요."
"이 정도면 좋은 기회를 놓친 거네요."

김 팀장은 어색하게 웃으며 감사 인사를 보냈다. 한겸도 가볍 게 웃고는 다시 오웬을 쳐다봤다. 지금까지는 오웬을 설득하기 위한 밑밥이나 다름없었다.

"그런데 이 앱을 서비스하는 회사가 대만에서는 신생 회사나 다름없습니다. 지금은 사용자가 1%도 안 됩니다. 지금은 아마 후원해 주는 회사와 계약이 한참 진행되고 있을 겁니다."
"음, 그러면 당장은 아무런 효과가 없겠군요."
"맞습니다. 지금 당장은 효과가 없을 겁니다. 하지만 분트에서 분마를 사용해 마리아톡을 이끌어준다면 사용자가 늘 것 같습 니다."
"상품권으로 그게 된다고요?"
"상품권이 아니라 분마입니다."

그 말을 들은 오웬은 자신도 모르게 웃음을 뱉었다. 한겸이 어떤 내용을 준비했을지 기대되었다. 지금까지 HT에서 선보이는 마리아톡에 관한 이야기를 했으니 그와 관련된 일이라고 추측은 됐다. 과연 그걸 어떻게 분트와 연계했을지, 어떤 기획으로 자신을 만족시킬지 궁금했다.

"저희가 광고를 맡게 되면 티저 영상처럼 분마 영상을 최대한 빠르게 제작해 곧바로 올릴 겁니다. 티저 영상이다 보니 특별한 내용은 없죠. 그저 변신하는 모습과 둘러보는 모습으로 사람들의 관심을 끌게 될 겁니다."

"음, 그리고 마지막에 대만 분트는 잘 운영되고 있다는 내용을 보여주겠다는 거군요. 아무런 내용도 없으면 스페인에서처럼 권고 조치를 받을 일도 없겠군요."

"네. 하지만 분마가 그동안 했던 일들이 있으니 영상을 본 사람들은 자연스레 분마가 대만에 왜 왔는지 추측하겠죠. 자신들이 분트를 이용하면서 겪은 불편들을 생각하면서요. 분트는 그런 불만을 수집해 서비스에 적용하면 됩니다."

"하하, 광고도 하면서 고객의 말까지 직접 들을 수 있게 되는 거군요. 그럼 분마를 어떻게 마리아톡에도 사용하겠다는 건가요? 지금 내용만 봐서는 마리아톡과 연계할 필요 없이 그냥 우리 분트만으로 충분하다고 판단되는군요."

지적만 봐도 오웬은 설명을 제대로 이해하고 있었다. 그러자 한겸은 한결 편안한 표정으로 준비해 온 설명을 이었다.

"마리아톡과 연계하면 분트에서도 얻는 게 있습니다. 아까 보신 그 플리 마켓 창에 분마가 있다면 어떨까요?"

"호랑이 캐릭터 말씀이신가요?"

"네, 그 자리에 분마를 캐릭터로 제작해서 24시간 보이게 해둔다면 어떨까요? 서비스는 이미 한국에서 검증이 된 상태입니다. 확실히 사람들의 관심을 살 수 있는 그런 앱입니다. 그런데도 기존 시장을 차지하고 있는 메신저가 너무 견고해 틈이 없더군요."

"그러니까 우리 분마로 이 플리 마켓이 빠르게 자리 잡을 수 있도록 도움을 달라는 거군요? 대만에 이 마리아톡이 들어갈 수 있는 틈을 만들어달라?"

"네, 맞습니다. 마리아톡의 서비스는 이미 한국에서 입증이 되었습니다. 서비스만큼은 확실하니 대만에서 인지도가 있는 분트의 상품권으로 사용자를 끌어모으면서 홍보를 하는 거죠. 그리고 메신저의 특성상 만족한 사람이 한 명이라도 있으면 퍼지는 속도는 빨라질 수밖에 없습니다. 기존 메신저 사용자들 중 1%만 유입되어도 그 수가 상당하죠. 그런 곳에 24시간 계속해서 분마를 노출시킬 수 있습니다. 분마가 계속 노출될수록 분트의 인지도는 꾸준히 올라가겠죠. 그럼 새로운 창고형 마트가 시장에 진입한다고 해도 문제없을 거라고 판단합니다. 물론 시작은 힘들겠지만 성공할 가능성은 충분히 있다고 봅니다."

"Your beginnings will seem humble, so prosperous will

your future be. 시작은 미약하나 끝은 창대하리라. 후후."

"그렇게 되도록 노력해야죠. 이건 어디까지나 제안이고요. 플리 마켓 후원이 아니더라도 다른 곳을 통해 후원을 할 수도 있습니다."

오웬은 소리까지 내서 웃었다. 그러다 갑자기 한겸에게 질문을 던졌다.

"그럼 HT의 대만 광고도 C AD에서 맡는 겁니까?"

"확정은 아니고요. 그러기 위해 이런 기획을 하게 된 겁니다. 서로 윈윈할 수 있는 방법이라고 생각합니다."

"그렇군요. C AD에서 HT 광고까지 맡게 된다면 성공할 확률이 더 올라가겠군요."

오웬의 말에 우범이 당연하다는 듯 고개를 끄덕거렸고, 한겸은 자신 있다는 표정 대신 의지를 다지는 것처럼 입술을 꽉 깨물었다. 이번만큼은 사람들이 광고 전체를 관심 있게 보도록 만들고 싶었다. 그 모습을 보던 오웬은 웃으며 입을 열었다.

"그럼 바로 미팅을 잡죠. 대만 분트와 얘기를 한 뒤 미팅 날짜를 알려 드리겠습니다."

오웬이 웃으며 손을 내밀었고, 우범은 미소가 가득한 얼굴로 오웬의 손을 맞잡았다. 그런 뒤 한겸의 손을 잡은 오웬이 웃으며 말했다.

"이번 역시 기대가 되는군요. 받은 게 있으니 우리도 도와드리죠."

"감사합니다."

"Give and take 아닙니까, 하하. 그럼 잘 부탁드립니다."

오웬은 손까지 흔들고선 사무실을 나섰다.

＊　　　　　＊　　　　　＊

그로부터 며칠 뒤, 갑작스럽게 우범이 한겸을 불러냈다. 평소라면 기획 팀이나 1층 사무실에서 말했을 텐데 지금은 회사 옆 커피숍이었다. 한겸은 의아해하며 우범의 말을 기다렸다. 잠시 뒤 우범이 커피를 가져오고선 곧바로 입을 열었다.

"기획은 잘 짜고 있지?"

"그렇죠. 분트는 괜찮은데 HT는 조금 걱정이에요. 분트하고 얘기가 된 상태에서 말을 해야 되는데 아직이라서요. 아마 분트를 놓치면 HT도 놓칠 거 같아요. 분트와 계약이 되면 HT도 성공할 확률이 높고요."

"그래, 안다. 오웬 씨가 미팅에 대해서 연락해 주셨다."

한겸은 약간 긴장이 되었다. 좋은 일이었다면 사무실에서 얘기를 했을 텐데, 다른 장소로 불러낸 걸 보면 좋은 소식은 아닐 거라고 생각했다. 자신이 생각하기에는 굉장히 좋은 기획이었고, 잘할 수 있을 것 같았다. 게다가 설명을 듣던 오웬의 표정도 밝았었는데 예상 밖이었다.

"왜 거절했는지 알 수 있어요?"
"거절? 거절 아니다. 오히려 미팅 날짜를 잡았지. 오웬 씨가 힘을 써줬는지 미팅 날짜가 빠르게 잡혔다."

한겸은 자신의 예상과 다른 말에 약간 당황했다. 그러자 우범이 피식 웃으며 입을 열었다.

"미팅 날짜가 다음 주 화요일이다. 우리가 대만으로 가야 한다."
"아무래도 저희가 찾아가는 게 맞겠죠. 잘된 거 같아요. 계약되면 어차피 촬영할 장소도 한번 확인하고 싶었거든요."
"그래. 그래서 준비 잘되고 있는지 물어본 거다."
"준비는 괜찮을 거 같아요. 그런데 왜 사무실에서 말 안 하시고 따로 부르신 거예요?"
"사실 그거 때문에 따로 보자고 한 거다."

그 말을 들은 한겸은 우범이 왜 이곳으로 자신을 불렀는지 곧바로 알아차렸다.

"HT 미팅 때문에 그러세요?"

"그래. HT와 미팅도 화요일이니까. 우리가 프레젠테이션을 하는 입장이라서 약속을 미루기도 힘들다. 내 판단으로는 대만이 더 중요해서, 대만에 네가 아닌 다른 사람을 보낼 수도 없을 것 같다."

한겸은 우범을 보며 미소 지었다. 무뚝뚝해 보이는 우범의 배려가 느껴졌다. 우범이 하고 싶었던 말은 자신이 없는 상태에서 H텔레콤에 프레젠테이션을 하는 게 불안하다는 뜻이었다. 그 말을 사무실에서 한다면 직원들 역시 불안해하는 건 둘째 치고 기획 팀의 실력을 의심할 수 있으니 따로 불러내 얘기한 것 같았다. 우범의 배려를 느낀 한겸은 웃으며 입을 열었다.

"HT에는 세 명이 가면 돼요. 범찬이가 발표하고, 수정이하고 종훈이 형이 도와주면 문제없어요. 이번에 나온 의견도 세 사람 의견을 종합해서 다듬은 거니까 잘할 거예요."

그 말을 한겸에게 직접 확인하고 싶었던 것인지, 우범은 다른 말없이 고개를 끄덕거렸다.

*   *   *

기획 팀 사무실로 올라온 한겸은 팀원들을 불러 모았다. 팀원들도 한겸이 우범을 만나서 어떤 소식을 듣고 왔는지 궁금한 표정이었다.

"먼저 분트하고 미팅 날짜가 잡혔어."
"어우, 잘됐다!"
"그런데 날짜가 화요일이거든."
"어? HT 프레젠테이션 하는 날이랑 겹쳤네?"
"나는 대만을 가야 되니까 세 사람이 HT에 가는 게 어때?"

한겸의 말을 들은 세 사람은 저마다 다른 표정을 지었다. 종훈은 수락을 하면서도 걱정이 되는 듯한 표정이었고, 수정은 필요한 자료를 떠올리는 듯 보였다. 그런데 범찬은 불만이 가득한 표정으로 한겸을 노려보았다.

"겸쓰, 바꿔."
"뭘 바꿔."
"야, 대만은 이미 다 된 거나 다름없잖아. 그런데 HT 미팅 가면 분트 얘기 없이 프레젠테이션 해야 되잖아. 왜 전쟁터는 우리가 가는데 총은 휴전 협상하러 가는 네가 가져가냐?"
"비유하고는. 계약하면 곧바로 분마 영상 올려야 하니까 장소까지 확인하러 가야 되잖아. 그리고 준비 많이 했잖아. 분마에 대해서 자세히는 아니더라도 분트랑 얘기 중이라고 하면 돼."
"내가 불안하던 게 이거 때문이었나?"
"뭘 자꾸 불안하대."
"분트 미팅은 몇 시야?"

"대만 시간으로 3시."

"HT 미팅이 4시니까. 대만하고 시차가 얼마나 나?"

"한 시간 정도 날걸?"

"그럼 똑같네. 혹시나 싶어서 물어봤더니. 어휴, 완전 주먹으로 싸우러 가는 거네."

옆에서 그 말을 듣던 수정이 범찬을 밀어내고 대화에 끼어들었다.

"그럼 일단 빼야 될 게 박재진 씨 얘기네. 그럼 분트와 얘기 중인 거 살짝 언질하고 현지 회사와 컬래버 해서 캐릭터 만드는 거 넣고, 기브 앤 테이크 포즈 넣고, 대만이니까 한국어로 사용하던 기부를 Give로 바꿔 사용하는 것만 얘기하면 되겠네."

"맞아. 분마가 들어오면 확실히 좋겠지만, 분트가 아니더라도 가능하잖아. 우리가 그동안 얘기했던 것도 그거고. 우리가 준비한 대로 얘기하면 돼."

한겸은 범찬을 보며 웃었고, 범찬은 얼굴을 씰룩거리며 입을 열었다.

"겸쓰, 나 총 맞으면 구해줘야 된다?"

"하하, 알았어."

"최범찬은 진짜 미친 거 같아."

"야, 너랑 종훈이 형도 맞을 수 있거든? 총알에 눈 없는 거 몰라?"

한겸은 피식 웃었다. 모두가 준비를 열심히 했기에 믿고 있기도 했고, 팀원들도 직접 프레젠테이션을 해야 한다고 생각했다. 조금 어렵겠지만, 좋은 기회였다.

*　　　　*　　　　*

며칠 뒤, 대만 타이베이에 도착한 한겸은 곧바로 분트로 향했다. 한겸은 이동을 하는 중에도 기획 팀 팀원들과 연락하고 있었다. 팀원들은 이미 한국 HT 본사에 도착한 상태였다.

[왜 그렇게 빨리 갔어?]
[종훈이 형이 첫 미팅인데 잘 보여야 된다고 빨리 가자잖아.]
[그래도 한 시간은 너무 일찍 간 거 같은데?]

단체 대화방이었기에 한겸의 말을 본 종훈도 대화에 끼어들었다.

[늦는 거보다 좋잖아.]
[내가 종훈 오빠랑 최범찬 잘 신경 쓸 테니까 넌 대만 미팅이나 신경 써. 우리 이제 다시 올라갈 거니까 이따 연락할게.]
[알았어. 잘해.]

휴대폰을 내려놓던 한겸이 갑자기 고개를 갸웃거렸다. 그러자 옆에 있던 우범이 입을 열었다.

"왜 그러지? 문제 있나?"

"아니요. 전혀 없어요. 그냥 아까 도착했다고 들었는데 지금 올라간다고 해서요. 걱정 마세요. 임 프로님도 같이 가셨잖아 요."

"그래. 잘하겠지. 못 믿어서 물어본 건 아니다. 대표로서 걱정 이 되는 건 당연해서 물어본 거다."

우범은 묻지도 않은 말에 대답했고, 한겸은 우범의 말에 동의 한다는 듯 고개를 끄덕거렸다. 한겸도 비슷한 감정이었다. 팀원 들을 믿고 있었지만, 믿음과 걱정은 별개였다. 한겸은 걱정을 떨 쳐내기 위해 창밖을 봤다. 팀원들도 열심히 하고 있었기에 시간 을 헛되이 보낼 수 없었다.

한겸은 미팅에서 할 설명을 되새기며 이동했다. 그사이 차가 분트에 도착했다. 한국처럼 교통이 편리한 도로가 인접해 있었 다. 전 세계 분트가 외관이 똑같은 데다가 입점한 위치마저 비슷 해 이질감은 들지 않았다. 자동차 대신 오토바이가 가득한 것을 제외하고는 한국이라고 생각이 들 정도였다. 그 덕분에 마음은 한결 편해졌다.

우범이 도착을 했다고 알리자 건물 안에서 사람이 나왔고, 한 겸은 직원의 안내를 받아 안으로 이동했다. 안내를 받은 곳은 상당히 넓은 곳이었다. 그 안에는 마치 자신들을 기다리고 있었던 것처럼 꽤 많은 사람들이 모여 있었다. 둘은 안내해 준 사람의 소개로 간단한 인사를 나누기 시작했다.

몇몇의 임원과 총괄 마케팅 팀 전 직원은 물론이고 대만 분트 총괄 대표까지 자리하고 있었다. 모든 소개가 끝나자 가장 나중에 소개를 받은 대표가 입을 열었다.

"먼 곳까지 오시느라 고생하셨습니다."

모두가 웃으며 굉장히 친절하게 맞이해 주었다. 대만인들이 친절하다는 것은 알고 있었지만, 지금은 조금 과하다 싶을 정도의 친절함이었다. 마치 알고 지낸 사이처럼 느껴질 정도였다. 그리고 잠시 뒤, 그 이유를 알 수 있었다. 문이 열리며 오웬이 들어왔다.

"여기서 보니 또 반갑죠?"

한겸은 우범을 쳐다봤다. 하지만 우범도 전혀 모르고 있었던 눈치였다. 그러자 앞으로 다가온 오웬이 웃으며 말했다.

"이번에는 제가 'Give' 해드리죠."

그러자 우범이 곧바로 입을 열었다.

"좋은 광고로 보답하겠습니다."

"나중에 좋은 걸로 보답받으려 했는데 안 통하는군요."

"언제든지 말씀하시죠."

"하하, 기억하겠습니다. 그럼 오늘 기대하겠습니다."

오웬은 씨익 웃으며 한발 물러서며 대만 분트 대표에게 자리를 넘겨주었다. 우범이 대화를 하는 동안 한겸은 설명에 앞서 자료를 확인하며 준비했다. 잠시 뒤 우범이 준비가 다 됐는지 물었고, 한겸은 곧바로 프레젠테이션을 했다.

분트의 프레젠테이션은 오웬에게 했던 것과 크게 달라지지 않았다. 다만 직접 발표를 하기 위해 모든 자료를 영어로 준비했고, 대부분을 외우기까지 했다. 거기에 그동안 더 자세히 조사한 자료가 더해진 상태였다.

"대만 리서치 회사인 차트에서 받은 자료입니다. 그리고 지금 보여 드리는 자료는 분마를 사용했을 때의 반응을 빅데이터로 분석한 것입니다."

이미 광고 방향을 정했으니 그 광고를 사용했을 때의 성공 여부를 보여주는 편이 가장 적절하다고 판단해서 준비한 자료였다. 처음으로 시도하는 광고였다면 불가능했을 테지만, 분마를 사용하기로 했기에 자료를 수집하는 것이 가능했다.

대만 직원들은 한겸의 말에 집중했고, 한겸의 설명은 한참이나 이뤄진 뒤에야 끝났다. 한겸은 질문을 받기 위해 잠시 기다렸지만, 누구 하나 먼저 입을 여는 사람이 없었다.

"질문 없으신가요?"

그때, 가장 가까이 있던 사람이 입을 열었다.

"조금 궁금한 게 있습니다. 저렇게만 된다면 분트 이미지가 올라가는 건 확실할 거 같은데요. 그런데 왜 새로운 플리 마켓이죠? 대만에서는 대부분 링크를 사용하고 있습니다. 플리 마켓은 새롭게 서비스되는 건데 기왕이면 링크와 협업을 하는 게 맞는 거 같아서요. 아니면 드라마로 인기를 끌고 있는 초콜릿이라든가. 그 부분에 대해서 대답해 주실 수 있을까요?"

한겸은 잠시 노트북을 열고 조사했던 자료를 찾았다. 그러고는 그 자료를 화면에 띄우고선 입을 열었다.

"이건 대만 링크 및 초콜릿의 광고 단가표입니다. 가장 노출이 잘되는 페이지는 가격이 상당하죠. 그렇다고 이 광고가 보이는 페이지가 눈에 띄는 것도 아닙니다. 뒤쪽으로 넘겨야 겨우 보이는 상태죠."
"효과가 있으니까 단가가 높은 거 아니겠습니까?"
"맞습니다. 효과는 있습니다. 그런데 가격과 맞는 효과는 아닙니다. 만약 링크에 광고를 게재하여 24시간을 노출하게 될 경우 분트에서 책정한 예산의 반을 쏟아부어야 합니다. 예산을 제외하더라도 분트와는 맞지 않는다고 판단했습니다. 분트의 경우 수익을 극대화시키는 것이 목표가 아니라 이미지를 쌓는 광고가 필요합니다. 그런 경우 단발성으로 끝내는 게 아니라 지속적으로 광고를 하는 편이 훨씬 효과적입니다."

중간중간 말이 막힐 때는 우범이 도와주기도 해가며 설명을 이었다.

"HT에서 서비스하는 플리 마켓 같은 경우는 기본적으로 소외 계층 및 불우이웃을 돕기 위해 만들어진 서비스입니다. 그런 곳에 분마 캐릭터를 사용하여 1년, 24시간 계속해서 분트를 노출시킬 수 있다면 사회적 기업이라는 이미지를 쌓을 수 있는 기회가 될 것입니다. 게다가 협업을 통한다면 무료로 가능하죠. 그만큼 다른 곳에도 홍보할 여력이 생깁니다."

직원들은 궁금증이 풀렸는지 고개를 끄덕거렸다. 그러자 한겸은 만족한 듯 준비한 말을 뱉었다.

"분트의 이미지를 가장 성공적으로 홍보할 수 있는 최선의, 그리고 가장 효과적이며 효율적인 방법이라고 생각합니다. 물론 분트에서 거절을 하신다면 분마는 분트에서만 사용하고 HT와는 없던 일이 될 것입니다."

"그럼 분마 모델은 한국의 박재진입니까?"

"그렇죠. 전 세계 분트가 동일한 서비스, 동일한 품질을 제공

하며 분트는 하나인 것을 강조하니까 분마도 하나여야 하는 게 맞습니다. 이미 스페인에서도 성공을 거뒀고요. 그리고 모델비와 기간은 한국과 동일하게 생각하시면 됩니다."

한겸은 또 다른 질문을 받기 위해 잠시 기다렸지만, 아무런 질문이 없었다. 그러자 기다렸다는 듯이 대만 분트 대표가 웃으며 박수를 보냈고, 오웬마저 만족한 듯 웃음을 보였다.

박수 소리를 들은 한겸은 생각보다 잘 끝냈다는 생각에 그제야 안도의 한숨을 뱉었다. 그때, 오웬과 대표가 대화를 나누더니 대만 대표가 직원을 부르는 모습이 보였다. 그리고 그 직원이 우범에게 다가왔다.

"저희가 임직원이나 이사회에 알려야 해서 시간이 조금 필요합니다."

"계약에 대해서 말씀하시는 겁니까?"

"네, 그렇죠. 오래는 아니고 이틀 뒤에 다시 미팅을 했으면 합니다."

"그 기간 안에 가능하십니까?"

"그럼요. 그리고 계약이 되면 조금 더 세부적으로 알려주셨으면 합니다. 분마 공개 영상을 언제 내보내실 건지, 기간에 대해서나 일정들을 저희가 알아야 해서요."

"가능합니다. 모델 계약은 직접 하실지 저희가 함께 자리할지도 알려주셨으면 합니다. 아무래도 이곳에서 하는 게 맞는 것 같아서 일정을 조율해야 합니다."

"알겠습니다."

직원이 돌아가자 우범이 한겸을 보며 씨익 웃더니 대만 대표와 오웬을 보며 고개를 끄덕거렸다.

"수고했다. 난 대만 대표와 오웬 씨와 잠시 대화를 나눠야 할 것 같으니까 한국에 연락해 봐라."
"네, 안 그래도 그러려고 그랬어요."

우범은 고개를 끄덕거리고는 곧바로 가버렸고, 한겸은 서둘러 휴대폰을 꺼내 들었다. 전화를 하고 싶었지만, 아직 미팅 중일 수도 있었기에 단체 대화방에 메시지를 올렸다.

[분트 미팅 끝났어. 잘됐어. 아직 미팅 중이야?]

한겸은 읽음 표시가 줄어들길 기다렸다. 그런데 한참이 지나도 자신의 메시지를 읽지 않고 있었다. 자신도 프레젠테이션을 꽤 길게 한 편이었는데 세 명은 더 길게 하는 것 같았다. HT에서 프레젠테이션에 관심을 보여서 길어지는 건지, 뭔가 문제가 있는 건지 궁금했다.

[끝나면 연락 좀 줘.]

한겸은 메시지를 남겨놓고 휴대폰을 내려놓았다. 그때 대만 대표가 회의실을 나서는 모습이 보였고, 오웬과 우범이 한겸에게 다가왔다. 오웬은 씨익 웃으며 잘했다는 듯 양손으로 엄지까지 들어 올렸다.

"수고했어요."
"감사합니다."

짧은 인사를 끝으로 오웬도 가버렸다. 그러자 우범이 굉장한 밝은 표정으로 입을 열었다. 조금 전에 했던 대화가 만족스러운 듯한 표정이었다.

"대만 분트 대표님도 무척 만족해했다."
"다행이네요."
"그리고 HT와의 일은 우리한테 위임하기로 할 것 같다. 광고의 연장선인 데다가 한국 기업이다 보니 그러는 편이 좋을 것 같다."
"괜찮으시겠어요? 만약에 저희가 HT 광고 못 맡으면 서로 껄끄러울 수도 있는데."
"맡은 이상 해야지. 연락은 됐어?"
"아니요. 아직 미팅 중인가 봐요."

그때, 한겸의 휴대폰이 울렸다. 범찬의 번호를 확인한 한겸은 서둘러 통화 버튼을 눌렀다. 한겸은 프레젠테이션을 할 때보다 더 긴장하며 범찬의 말을 기다렸다.

―여보세요? 왜 전화를 받았으면 말을 해야지. 전화 예절을 Y튜브로 배웠나.

범찬의 목소리에 한겸은 안도의 한숨을 크게 뱉었다. 저렇게 말이 많은 걸 봐서는 별다른 일은 없었던 것 같았다. 옆에 있던 우범이 궁금해하는 표정을 지었고, 한겸은 곧바로 스피커폰으로 돌렸다.

―야! 대답하라고. 해외라서 안 들리나?
"들려. 잘했어?"
―똥 싸냐? 왜 이렇게 울려.
"아니야, 말해. 잘했어?"
―잘하고 말고가 어디 있어. 그냥 준비한 대로 했어.
"뭐라는데?"
―별말 없지. 주님 위에 광고주라고, 아주 그냥 우리를 개똥으로 보더라.
"어? 그게 무슨 말이야."
―우리가 그동안 너무 좋은 광고주만 만났지. 어휴.

범찬은 숨을 크게 뱉었고, 한겸은 한숨을 들으며 고개를 갸웃거렸다.

"지금까지 발표했잖아. 거의 두 시간이나 했는데 그럼 만족했던 거 아니야?"

─두 시간은 무슨. 아까 한 시간 일찍 와서 갔더니, 회의 때문에 담당자 자리 없다고 시간 맞춰서 다시 오라고 해서 뻘쭘하게 내려갔지. 그래서 시간 맞춰서 올라갔더니 담당자라는 자식이 아직도 회의가 안 끝났다고 기다리래!

"뭐? 그래서 기다렸어?"

─그럼 뭐 어떻게 해. 야, 난 임 프로님 그렇게 화내는 거 처음 봤다. 막 그냥 가자고 하는 거 말리느라 혼났네.

"임 프로님이?"

─어, 장난 아니야. 막 이게 약속해 놓고 할 짓이냐고 거기 직원한테 따지고 그랬어. 우리도 그냥 갈까 했는데 그래도 준비한 게 아깝잖아. 기다리다 보니까 무슨 팀도 아니고, 과장이란 놈 딸랑 혼자 오더라. 담배까지 피우고 왔는지 냄새 풀풀 풍기면서.

한겸은 인상을 찡그렸다. 여러 광고주가 있지만, 말로만 듣던 갑질을 하는 그런 부류 같았다.

"그래서 뭐라는데?"

─일단 검토해 본대. 임 프로님 아직도 화나 있더라. 임 프로님 때문에 내가 화를 못 내!

그때, 옆에 있던 우범이 입을 열었다.

"다들 수고했다. 임 프로 옆에 있으면 바꿔줘."

―옆에 대표님이야? 뭐야, 둘이 같이 똥 싸?

"괜한 소리 말고, 임 프로 있지?"

―아… 스피커폰이었어요? 지금 운전 중이신데 잠깐만요, 우리도 스피커폰으로. 대표님이에요.

우범은 어이가 없는지 헛웃음을 뱉었다. 그때, 임 프로의 목소리가 들렸다.

*　　　*　　　*

화를 냈다고 들었는데 임 프로의 목소리는 상당히 차분했다.

―네, 대표님. 전화 바꿨습니다.

"고생했어요."

―아닙니다.

"HT 반응은 어땠습니까?"

―반응 자체는 괜찮았습니다. 그런데 같이 일하면 피곤할 거 같습니다.

"그랬습니까?"

―네, 기획 팀분들 한 시간이나 기다렸습니다. 그래 놓고 다른 광고 회사와 미팅을 했다고 하더라고요. 지금 우리 같은 경우도 드문 케이스인데, OT를 한 것도 아니면서 광고 회사마다 미팅을 하는 건 말이 안 되는 거거든요. 그리고 프레젠테이션 자료 달라는 거 보면 결정권도 없는 사람일 겁니다. 꼭 대기업 놈들이

이럽니다. 어디서 옛날에나 하던 짓을 하려고.

우범은 굳은 표정으로 입을 열었다.

"이런 경우가 흔합니까?"

—보통 입찰공고나 인바이트 받아서 뽑히면 이런 경우는 없습니다. 이렇게 초이스하는 경우에만 드물게 있죠. 그것도 옛날 광고 회사들이 잘나가던 시절, 마구잡이로 생겨날 때 얘기입니다. 이건 길들이기 해서 자기네들 입맛에 맞게 하려는 거죠. 대표님이 굽실거리지 않아도 된다는 말이 떠올라서 제가 일부러 화를 좀 냈습니다.

—그게 일부러 화낸 거예요? 어, 뭐야. 연기파시네.

"최 프로, 좀 조용히 하고."

—그래도 저희 기획 팀분들이 워낙 실력이 좋으셔서 프레젠테이션은 정말 좋았습니다. 현지 회사들과 조인해서 캐릭터들 만드는 얘기를 들을 때는 눈을 반짝거리더군요. HT에서도 신경을 쓰는 부분인 거 같습니다.

"그랬습니까?"

—네, 지나가듯 분트에 대한 얘기를 했는데, HT 측에서는 분트 자체가 창고형 마트이다 보니 아예 협업에서 배제한 것처럼 보이더군요. 그래도 분트가 대만 기업들 중 인지도가 6위이니까 방법만 있다면 하고 싶어 하는 것처럼 보였습니다. 아마 저희가 분트와 계약한 다음에 얘기했으면 난리 났을 겁니다. 다만 광고 콘셉트에 대해서는 조금 회의적이었습니다. 그 부분을 다듬어

이틀 뒤에 다시 만나기로 했습니다. 그것도 아마 길들이기를 하려는 거 같습니다. 그런데 분트 미팅은 잘되셨습니까?

"네, 잘됐습니다."

스피커폰이었기에 전화 너머에 있던 팀원들이 환호하는 소리가 들렸다. 잠시 뒤 환호성이 잦아들더니 임 프로가 입을 열었다.

─분마 들고 가면 아주 그냥 난리 나겠네요.

"그렇습니까?"

─네, 아직 광고 전이기는 해도 사람들이 관심을 보일 거니까요.

"그럼 대우도 달라지겠군요."

─그래도 피곤하긴 할 겁니다. 아무리 우리가 분마의 광고를 촬영한다고 해도 어디까지나 분마의 주인은 분트니까요. 분트와 얘기하려고 하지 저희하고는 아닐 거거든요. 특히 한국에서는 더더욱 그럴 거고요.

임 프로의 말은 의뢰를 받아 광고주의 돈으로 제작을 하기 때문에 광고가 만들어진 순간 소유권은 광고주에게로 넘어간다는 뜻이었다. 그 말을 들은 우범의 입꼬리가 살짝 올라갔다.

"알겠습니다. 아무튼 수고 많았어요."

─아닙니다. 그럼 고생하십쇼!

한겸은 고생했을 팀원들 모습을 떠올리며 인상을 찡그렸다. 기업과 처음 하는 프레젠테이션이라서 좋은 기회라고 생각했는데 전혀 좋은 기회가 아니었다. 지금까지 좋은 광고주만 만났다 보니 다들 그럴 거라고 생각해 버렸다. 그때, 통화를 마친 우범이 씨익 웃고 있는 게 보였다. 그 모습을 본 한겸도 조금 전 대화를 떠올리고는 이내 우범을 따라 씨익 웃었다.

"분트에서 분마 건을 위임한 게 우리에겐 좋은 일이었네요."

"그렇지. 어디서 우리 직원을 상대로 갑질을 하려고. 그래도 하는 게 좋겠지? 준비한 것도 있으니까. 확실히 통할 수 있는 게 있는데 그냥 썩히기는 아깝다. 그만큼 돈을 벌 수 있는 기회이기도 하고. 네 생각은?"

"저도 비슷해요. 일단 분마 얘기를 제대로 할 수 있으니까 대우가 달라지겠죠. 기분은 나쁘더라도."

"임 프로 말처럼 무리한 요구를 하면?"

"HT에 관한 얘기라면 몰라도 분마에 대한 건 들어줄 수 없죠. 분마에 HT 의견을 담는 건 아니니까요."

"그렇지. 도대체 왜 갑질을 하려는 건지 이해할 수가 없다. HT와 일을 하게 되더라도 그 부분만큼은 확실히 하고 해야겠군. Give and take도 만들어줬는데 받는 게 있으면 주는 게 있어야 한다는 것을 모른단 말이지."

한겸은 피식 웃었다. 분마에 대해 위임을 받은 덕분에 위치가 완전히 뒤바뀌어 있었다.

"그런데 대표님, 언제 임 프로님한테 굽신거리지 말라고 하셨어요?"

"일하는데 실력으로 보여주면 되지 굽신거릴 필요는 없는 게 당연한 거니까. 다 너희 아버지한테 배운 거다. 너만 봐도 그렇잖아. 어떤 방법이 좋을지 밥 먹으면서 생각해 보자."

한겸은 피식 웃고는 우범을 따라나섰다. 분트의 직원이 직접 시내까지 안내를 해준 덕분에 어렵지 않게 시내에 도착했다. 직원에게 감사 인사를 한 뒤 곧바로 근처 식당부터 들어갔다. 간단하게 식사를 마친 한겸은 밖으로 나와 시내 이곳저곳을 둘러봤다.

마치 한국의 명동처럼 상점들이 주욱 들어서 있었다. 한겸은 그런 상점들을 주욱 살폈다. 특이하게 천으로 만든 커다란 홍보물들이 걸려 있었다. 대부분이 회색이거나 개중에는 빨갛게 보이는 광고도 있었다. 한겸은 이내 고개를 돌리고 입을 열었다.

"분트가 보일 만한 높은 건물은 없네요."

"음, 101전망대라고 있다. 너무 멀어서 보일지는 모르겠지만 온 김에 한번 가보지."

"거기도 리스트에 있긴 했는데 허가받기가 힘들다고 하더라고요."

"그건 나한테 맡기고 마음에 드는 장소부터 찾아라."

한겸은 우범을 보며 씨익 웃고선 휴대폰을 꺼냈다. 그러고는 메모해 둔 것을 화면에 띄운 뒤 우범에게 내밀었다.

"40곳 정도 되는데 다 둘러볼 수 있어요?"
"음, 다 돌려면 바쁘겠군. 어디가 여기서 가장 가까운 곳이지?"
"저도 몰라요. 대만이 처음이라서요."

우범은 휴대폰을 잠시 보더니 대뜸 지나가던 사람을 붙잡았다. 그러고는 간단한 영어와 함께 휴대폰을 내밀었다.

"가까운 곳."

그러자 지나가던 사람이 휴대폰을 보더니 손가락으로 한 곳을 콕 찍어주었다. 우범은 고맙다는 인사를 한 뒤 한겸에게 말했다.

"가자."
"하하, 이런 방법이! 다음번에 가서도 물어보면 되겠네요."
"모르면 물어보면 된다."

한겸은 피식 웃으며 우범을 따라나섰다. 아까 임 프로와 통화

중에도 업무에 대한 질문을 무척 자연스럽게 했다. 대표로서 질문하는 모습을 보여주기 쉽진 않았을 텐데 우범은 그런 걸 크게 신경 쓰지 않았다. 물어보는 만큼 광고 일에 대해 빨리 배우고 있었다.

한겸은 우범과 함께 택시를 타기도 하고 걷기도 하며 사전에 알아본 곳을 돌았다. 한겸이 가장 원하는 곳은 옥상이었다. 그래야 배경도 담고 직접 시야를 볼 수 있는데, 대만 사람들이 친절하다고는 하나 옥상에 올라간다는 외국인을 허락할 정도는 아니었다.

허락을 받은 곳도 있었다. 배경은 예뻤지만 건물이 너무 낮아 분트가 보이지 않았다. 방 PD와 얘기를 해봐야겠지만, CG도 고려해야 할 것 같았다. 한겸이 다음 건물을 찾아 나설 때, 우범이 건너편 건물을 손가락을 가리켰다. 한겸은 우범의 손가락을 따라 고개를 돌렸다. 그러자 익숙한 로고가 눈에 들어왔다.

"대만 HT가 여기였네요."
"그랬군. 저걸 보니 아까 들었던 말이 떠오르는군."
"저기는 모르고 있을걸요."

우범은 피식 웃으며 걸음을 옮기려 했다. 그때, 한겸이 갑자기 조금 전 자신이 뱉은 말을 곱씹더니 걸음을 멈췄다. 그러고는 갑자기 고개를 돌리더니 씨익 웃었다.

"임 프로님이랑 기획 팀이 분마 대리인으로 나오면 재미있겠네요."

"후후, 당황하겠지."

*　　　　*　　　　*

호텔로 돌아온 한겸과 우범은 곧바로 각자 연락을 하기 시작했다. 우범은 사무실 직원들에게 연락을 해 오늘 일에 대한 설명과 해야 할 일들을 얘기했고, 한겸은 기획 팀과 전화로 회의를 하고 있었다.

—그러니까 분마에 대한 전권을 위임받았다는 거야? 진짜?

—광고를 제외한 부분은 홍보이면서 이벤트이기도 하잖아. 그걸 다 위임받았어?

—최범찬, 종훈 오빠. 그만 좀 물어봐요. 우리 마음대로 해도 된다고 했잖아요.

한겸은 피식 웃고선 입을 열었다.

"그만큼 책임도 져야 하는 게 많아지는 거야. 대표님도 지금 사무 팀에 얘기하고 계시거든. 그럼 조금 대우가 달라지긴 할 거야."

—그렇겠지! 아! 기대된다! 우리를 거지로 알고 있었는데 알고 보니 왕자야!

"하하. 그 정도는 아니고. 그런데 광고 콘셉트는 어떻게 하냐?"

—왜? 아까 임 프로님 말 들어보니까 우위에 서려는 길들이기라고 하던데?

"꼭 그렇지만은 않을 거 같아서. 다른 걸 지적할 수도 있는데."

—야, 야. 괜히 신경 쓰지 마. 좋기만 하고만. 골초 놈 뭘 알지도 못하는 사람 같더라.

"그렇다면 다행인데. 그래도 준비는 해 가야 하잖아. 사실 우리도 앞부분에 임팩트를 넣었으면 좋겠다고 생각했고."

—그렇기는 하지. 뒷부분이 니무 강한데 앞부분이 심심해서 뒤까지 보기 힘드니까. 그래도 상당히 많이 압축했잖아. 그렇게 하면 될 거 같은데.

"그걸 그 사람도 느꼈으니까 그렇게 얘기했을 수도 있어. 기획 단계이기는 하지만 그래도 어떻게 임팩트를 줄지는 생각을 해봐야 할 거 같아. 그래야 그 사람도 수긍을 하지."

—뭐 생각한 거 있어?

"같이 생각하려고 전화한 거야."

—아… 호텔에서 그러고 있을 생각하니까 너랑 대만 같이 안 간 게 다행이라는 생각이 들기도 하네.

한겸은 피식 웃었다. 한국에서부터 사람들의 반응을 보며 줄곧 신경 쓰던 부분이었다. 뒷부분은 한겸도 만족하고 있었기에, 앞부분을 어떻게 바꿔야 할지 고민했다. 그때, 범찬이 피식 웃으며 입을 열었다.

—아예 촬영 장소를 재진 형님 집에서 할까?

"하하, 박재진 씨 집이라고 뭐가 달라져? 어? 어! 좋은 생각 났다. 박재진 씨 집에 옷 엄청 많았지! 그거면 처음부터 끝까지 눈을 못 뗄 거 같은데!"

—뭐야, 또 나 때문이야?

"이번엔 너 때문 아니야."

—아니야, 넌 분명히 나 때문에 생각난 거야. 빨리 말해봐.

한겸은 피식 웃고선 설명을 시작했다.

＊　　　　＊　　　　＊

대만 서비스를 앞둔 HT는 한국 언론사에 대만에서도 마리아톡 서비스를 준비한다는 기사를 내보내기 시작했다. 아직 자세한 날짜를 공개한 것은 아니지만, 이렇게 한국에 기사를 내보내는 이유는 이 소식이 대만에도 들어간다는 이유가 컸다. 이미 대만 HT의 주가가 약간 오른 상태였다. 주가가 오를수록 사람들도 관심 있게 보게 된다. 관심이 커질수록 성공 확률이 올라갔다. 그럼에도 한국 본사에서 예상한 수치에는 한참 모자랐다.

한국에서 투자 전문가들 및 경제 전문가들도 의견이 분분했다. 마리아톡의 독특한 서비스를 무기로 성공할 가능성이 보인다는 사람이 있는 반면 그동안 HT가 해외 진출에 실패한 사례를 예까지 들어가며 이미 포화 상태인 메신저 시장에 진출하는 건 명청한 짓이라고 했다. 그러고는 해외에 눈을 돌리기보다는 내수에 더욱 신경을 쓰라는 지적까지 내놓았다.

전문가들이 올린 내용을 보던 대만 HT의 전략경영 팀 박 팀장은 인상을 찡그렸다. HT 한국 본사에서는 마리아톡의 성공을 보며 해외 진출 성공 가능성을 봤고, HT의 이름을 어느 정도 알릴 수 있을 거라고 판단했다. 빅데이터를 분석한 결과 대만의 전체 메신저 이용자 중 5% 유입도 가능하리라 판단했다. 그 때문에 발령을 받으면서도 기대감에 차 대만으로 왔다. 하지만 대만에서 직접 겪어보니 이번 역시 실패할 수도 있을 것 같았다.

제3장

기획 팀과 임프로

HT는 마리아톡의 플리 마켓 서비스를 앞두고 이미 여러 곳에서 후원을 받고 광고를 해주기로 계약을 한 상태였다. 하지만 이것만으로는 부족해 보였다. 시작은 젊은 층으로부터 연령대를 늘려가는 계획이었다. 그러려면 10, 20대에 인기가 있는 제품을 찾아야 할 텐데 현재 대만에서 인기를 끌고 있는 드라마 '거침없는 녀석들'에 미치지 못할 것 같았다. 게다가 파이온에서도 초콜릿과 경쟁을 하느라 수많은 이벤트들을 쏟아내고 있었다.

"후, 뭔 드라마 인기가 식을 줄 몰라."

초콜릿에서는 자신들이 투자, 제작한 드라마를 이용해 이용자를 끌어모으고 있었다. IT 강국인 한국에서 90% 이상의 사용자를 보유한 메신저 회사답게 공격적으로 홍보를 하고 있었고, 이미 대만에 자리 잡은 링크는 이름이 있는 회사들과 협업을 통해 친숙함을 무기 삼아 대만인들의 삶에 깊이 파고들고 있었다. 지금 박 팀장이 들고 있는 음료수만 하더라도 파이온의 캐릭터들이 그려져 있었다.

"아오. 답답하네."

하루빨리 대중들에게 어필할 수 있는 무언가가 필요했는데, 한국에서 보내온 후원 기업 목록들은 대부분 유명하지 않은 곳들이었다. 그때, 대만 직원이 수화기를 막으며 입을 열었다.

"팀장님, 분트라는데 후원에 대해서 할 말이 있다고 그러는데요."

박 팀장은 전화를 넘기라는 듯 손을 빠르게 흔들었다. 그러고는 자신의 자리에서 전화를 받았다. 박 팀장은 고개를 갸웃거리며 전화를 받았다.

"웨이."

당연하게 중국어로 '여보세요'를 뱉었는데 들려오는 대답은 영어였다. 대만이다 보니 대부분 중국어 간체 아니면 번체를 사용했기에 고개를 갸웃거린 것이었다. 그때, 상대방이 질문을 던졌다.

　ㅡ혹시 한국에서 오신 분은 안 계신가요?
　"제가 한국에서 왔는데요? 어떤 일 때문에 그러시죠?"

　말이 끝남과 동시에 전화 너머에서 매우 능숙한 한국어가 들렸다.

＊　　　　＊　　　　＊

　한국의 HT 해외 사업부는 대만 사람들에게 홍보할 방법을 찾기 위해 분주했다. 팀별로 기획을 준비하다 보니 회의가 수시로 열렸다. 지금도 해외 사업부 4팀이 모여 회의를 진행 중이었다. 권 대표 역시 개발자로서 회의에 참석 중이었다.

　"링크가 먼저 선점을 한 상태라서 대만 현지 회사와의 조인은 힘들 것 같습니다. 그래서 저희는 해외 기업이지만 대만 사람들에게 인지도가 있는 그런 회사들을 준비했습니다. 일단 DoA라는 스포츠 의류 회사는 긍정적으로 보고 있습니다."

　권 대표는 조심스럽게 가장 가운데에 자리한 사람을 봤다. 본부장 직함으로, 해외 사업부 팀이 준비한 기획을 하나하나 지적하며 돌려보내는 사람이었다. 권 대표가 느끼기엔 좋은 아이디어 같았지만, 아니나 다를까 이번에도 마음에 들지 않았는지 가운데에 있던 사람이 말을 끊었다.

"그러니까 한국 파우스트처럼 날개 달린 그런 한정판을 내놓
자는 거죠?"
"맞습니다."
"그건 당연한 거고요. 음, DoA면 한국에도 있죠?"
"네, 맞습니다. 본부장님도 아시는 그 DoA입니다."
"그런데 한국에서는 그렇게 인기 있는 브랜드는 아닌데 대만
에서는 인기가 있습니까? 인기가 있는데 링크가 내버려 뒀을까
요?"
"그게 가장 있는 스포츠 브랜드는 전 세계가 동일합니다. 대만
도 그렇고요. Hive라고……."
"그런데 왜 우리는 Hive가 아니고 DoA죠?"
"그게… Hive가 작년부터 대만에서 링크와 함께 Link & Hive로
제품이 나왔었습니다. 한국에서도 출시됐는데… 인기가 없었습니
다."
"후, 그럼 DoA가 2위입니까?"
"그건 아닙니다… Rusy라는 브랜드가 있는데… 거기는 초콜
릿 드라마에 투자를 해서… 올해에 C&R이라는 제품이 나왔었
습니다."

본부장이라는 사람은 얼굴을 찡그렸다.

"그러니까 두 번째가 아닌 걸로 모자라 세 번째로 하자는 거

죠? 꿩 대신 닭도 아니고 닭 대신 비둘기 정도 되는 겁니까? 우리 H텔레콤이 이 정도밖에 안 됩니까?"

"DoA도 인지도가 괜찮은 상태라서……."

"실패할 수도 있고요. 우리가 그동안 실패했던 것처럼?"

본부장은 자료를 덮더니 한숨을 뱉었다.

"후, 이건 좀 아니지 않습니까? 어떻게 하나같이 가져오는 기획들이 전부 예전에 우리가 실패했던 것들이거나 아니면 다른 곳에서 했던 것들입니까? 아니면 지나가다 들었을 법한 그런 내용뿐입니까?"

"기업들이 많다 보니……."

"기업들이 많으니까 아이디어가 거기서 거기다? 그러니까 답습한다는 겁니까? 그 아이디어들도 처음이 있을 건데 왜 우리는 처음이 없습니까! 신선한 거! 새로운 거! 흔한 메신저와 비슷한 마리아톡이 왜 성공한 줄 아십니까? 익숙하면서도 새로우니까! 그런 거 가져오시라고요."

회의에 참석한 직원들은 아무런 말도 못 하고 입을 꼭 다물었다. 대부분이 억울하다는 표정이었다. 그러자 본부장이 고개를 저으며 말했다.

"이미 많은 것들을 다 해버려서 할 게 없어요? 다들 그렇게 생각하는 겁니까?"

"사실 그렇습니다……."

"그럼 링크나 초콜릿은 새로운 마케팅이 어디서 나올까요?"

"그쪽은 메신저 회사라서……."

대꾸를 하던 직원이 아차 하며 입을 다물자 본부장은 한숨을 뱉으며 입을 열었다.

"휴… 여러분. 그걸 당연하게 받아들이지 마세요. 이래서는 또 실패입니다. 마리아톡은 물론이고 HT맵까지 실패로 돌아갑니다! 권요셉 본부장님은 개발자로서 어떻게 생각하십니까?"

권 대표는 HT로 넘어오면서 마리아톡을 책임지는 본부장이 되었다. 꼭 회의를 마칠 때마다 질문을 받았고, 요셉은 이때가 가장 난감했다. 만약 한겸이라면 어떤 의견을 내놓았을까 생각을 했지만, 자신은 한겸이 아니었다. 그러던 중 어제가 C AD가 미팅을 하는 날이었다는 걸 떠올렸다. 요셉은 회의에 참석한 사람들을 보며 조심스럽게 입을 열었다.

"혹시 C AD하고 미팅하신 건 어떻게 됐는지."

"광고 회사 말씀하시는 겁니까?"

그러자 해외 사업부 본부장은 회의에 참석한 직원들을 쳐다봤다.

"미팅 어디서 했죠? 우리 부서에서 한 건 맞죠?"

"마케팅 건은 3팀이 전담하고 있습니다."

"그럼 3팀이 미팅했나요?"

그러자 구석에 있던 사람이 손을 들었다.

"네, 어제 미팅이 늦게 끝나서 오늘 보고드리려고 했습니다!"

"보고서 주기 전에 들어봅시다."

그러자 미팅을 담당했던 황 과장이 긴장했는지 목을 가다듬었다.

"크흠, 제가 판단하기에는 괜찮은 거 같습니다."

"제가? 3팀이 황 과장님 혼자입니까?"

"아, 그게 어제 다들 바빠서 제가 미팅했습니다."

본부장은 못마땅한지 미간을 찡그린 뒤 말을 계속하라는 듯 고개를 끄덕거렸다.

"C AD에서 내놓은 광고 콘셉트는 한국과 큰 차이가 없었습니다. 한국에서 인기 있는 이 포즈를 사용할 예정이라고 했고요. 기부 앤 테이크 대신 Give & Take를 사용해서 광고를 만들 예정이라고 했습니다."

"그게 끝입니까?"

본부장은 한숨을 뱉었다. 홍보의 전체적인 기획을 짠 뒤 광고 회사들과 미팅을 할 예정이었다. 그럼 광고 회사들은 자신들의 생각에 맞게 광고를 제작하면 되는 게 보통의 방식이었다. C AD 역시 요셉의 극찬과 달리 보통의 광고 회사들과 다르지 않았다. 그때, 황 과장이 주머니에서 접어둔 종이를 꺼내며 입을 열었다.

"잠시만요. 제가 적어둔 게 있어서. 또 다른 거로는 저희 타이거 같은 캐릭터 있지 않습니까. 그걸 이용해서 홍보를 하겠다고 했습니다."

"우리 캐릭터로요? 지금 우리도 그게 안 돼서 기업들을 알아보고 있는데. 후."

"그게 아니라요. 그, 기업들의 캐릭터를 제작하자고 하더라고요. 여기 기업 리스트가 있는데. 아……."

"왜 그러시죠?"

"여기 Hive도 있어서요……."

"다 불러보세요."

"네! 스포츠 의류로는 Hive, 그리고 유명한 커피 매장인 BuBu Tea도 있습니다."

"지금 초콜릿하고 하고 있는 거 제외하고 말해봐요."

"그럼 분트 있고요. 한국 화장품 회사인 Esel도 있습니다."

그 말을 듣던 본부장은 직원들을 천천히 둘러봤다.

"분트도 있고 Esel도 있답니다. 왜 이런 곳하고는 연계가 안 되는 겁니까! 왜 작은 광고 회사에서도 알고 있는 걸 우리는 모릅니까!"

"그게 분트는 창고형 마트라서 여러 가지 제품이 있는 곳이라서 연계가 쉬운 게 아닙니다……."

"그럼 Esel은? 한국 화장품 해외에서 인기 있는 거 아시죠?"

"그건… 바로 알아보겠습니다."

본부장은 다시 황 과장을 보며 물었다.

"휴, 아무튼 그래서 어떻게 캐릭터를 제작하자는 겁니까?"

"기업들의 로고를 바탕으로 캐릭터를 제작하자고 했습니다. 분트 같은 경우는 분마가 엄청 유명합니다."

"분마가 대만에도 있습니까? 제가 알기로는 한국과 스페인이 전부인 걸로 아는데."

"대만에는 없습니다……."

"대만에 분마가 있다면 모를까, 아직 있지도 않는 걸 사용하자는 겁니까?"

"C AD에서 분트랑 광고에 대해서 얘기 중이라고."

요셉이 듣기에도 성공할 가능성이 낮아 보였다. 기업의 캐릭터를 사용하려면 기존에 이미 유명한 캐릭터가 있어야 했다. 지금까지 말한 기업들 중 캐릭터가 떠오르는 곳은 분트 말고는 아무 곳도 없었다. 하지만 분트는 협업을 하기에 적당한 곳이 아니었다. 그러던 중 얼마 전 C AD에서 분트와 미팅을 했던 것이 기억났다. 혹시 미팅 때문에 저런 의견을 낸 것은 아닐까 궁금했지만, 확인이 되지 않았기에 아무런 말도 할 수가 없었다.

그때 갑자기 본부장의 휴대폰이 울렸고, 본부장은 번호를 확인하더니 곧바로 회의실 밖으로 나가 버렸다. 본부장이 회의 중 전화를 받을 때는 일에 관련된 전화였기에 직원들은 또 무슨 일이 벌어졌는지 긴장하며 기다렸다. 잠시 뒤, 본부장이 급하게 들어왔다. 다들 의아해하며 본부장의 말을 기다릴 때, 자리에 앉은 본부장이 미소를 지으며 말했다.

"대만에서 온 연락입니다."

"현지 기업들과 얘기가 잘된 겁니까?"

"맞습니다. 그것도 분트에서 협업을 제안했습니다."

"분트요? 조금 전에… 아! 아닙니다."

본부장은 직원들이 어떤 말을 하려는지 알고는 피식 웃었다.

"분트에서 HT 플리 마켓을 위해 특별히 상품권을 제작해 후원을 하겠다고 알렸습니다. 그 상품권은 오직 우리 플리 마켓에서만 구할 수 있습니다."

"오! 좋은 아이디어입니다!"

"그러니까 왜 우리는 이런 아이디어를 못 냅니까! 보세요. 다 방법이 있는 겁니다! 홍보하기 위한 방법으로 우리 플리 마켓을 택했습니다. 그 방법을 얘기하고 싶다고 내일 미팅하자니까 3팀은 미팅 준비 철저히 해서 오늘 퇴근 전까지 보고서 올리세요. 내일 미팅에 내가 참석합니다."

"대만이 아니라 저희가요? 대만까지 가려면 준비 기간이……."

"한국에서 하기로 했으니까 우리가 할 겁니다. 준비나 잘하세요. 우리 플리 마켓이 마음에 들었다고, 상당히 호의적이라고 했습니다. 이번에 분트와 협업이 제대로 이뤄지면 다른 나라에 진출할 때도 도움이 될 겁니다. 분트도 그걸 생각해서 한국에서 하자는 것 같습니다."

요셉은 속으로 헛웃음을 뱉었다. 상품권은 C AD에서 내놓은 의견이라는 생각이 들었다. 분트에 이런 의견을 내놓을 정도면, 분트와 C AD가 또다시 같이 일을 하려는 것 같았다. 참 대단하다는 생각을 할 때, 본부장이 입을 열었다.

"다른 팀들은 분트처럼 후원을 해줄 수 있는 그런 곳을 찾으시고요. 생각을 좀 합시다."

본부장은 그 말을 끝으로 먼저 회의실을 나갔고, 직원들도 하나둘씩 일어서기 시작했다. 그때, 아까 입을 열던 황 과장의 말이 들렸다.

"부장님, 광고 회사랑 미팅도 내일인데 어떻게 할까요?"
"하루 미루자고 해. 가능해?"
"그럼요. 우리가 미루자면 미뤄야죠. 일단 내일 미팅이 우선이잖아요."

그 말을 들은 요셉은 자신이 더 화가 났다. 어제 미팅이 어땠을지 보지 않아도 알 것 같았다. 요셉은 대화를 나누던 3팀을 향해 걸음을 옮겼다.

"C AD 말씀 중이신 거 같은데 제대로 대우해 주실 순 없습니까?"

"네?"

"제가 추천한 광고 회사입니다. 마리아톡을 함께 만든 거나 다름없는 회사입니다. 그만큼 실력 있고 인정도 받는 회사인데 특별한 대우는 아니더라도 예의는 지켜주시면 안 되겠습니까?"

"아, 네… 죄송합니다. 정중하게 연락하겠습니다."

요셉이 갑자기 HT에 들어오긴 했지만, 직함이 본부장인 이상 황 과장은 사과를 했다. 사과를 받은 요셉은 숨을 깊게 들이마셨다. 별거 아니지만, 이 정도라도 해줘야 마음이 편안해질 것 같았다.

"잘해주세요. 'Give and take'잖아요. 잘해주시는 만큼 돌아오는 게 있을 겁니다."

"네… 신경 쓰겠습니다."

요셉은 그 말을 끝으로 회의실을 나섰다.

　다음 날, 임 프로와 기획 팀 세 사람 모두가 같은 표정이었다. 누구를 비웃기라도 하는 듯 한쪽 입꼬리를 올린 채 연신 콧방귀를 뱉었다. 그러던 중 범찬이 입을 벌리며 얼굴 근육을 풀었다.

　"어우, 이거 힘들다. 자연스럽게 안 되네. 종훈이 형은 사람 좀 비웃어 봤나 보네. 왜 저렇게 자연스러워."
　"나도 힘들어."
　"최범찬 너는 평소처럼 있어도 그냥 비웃는 거처럼 보여. 그런데 임 프로님, 저희 이렇게 해야 돼요?"

　그러자 운전 중이던 임 프로가 소리 내서 웃었다.

　"하하하, 당연하죠. 그 자식 표정 궁금하지 않습니까?"
　"그래서 일부러 우리 분트 계약했다고 말씀 안 하셨어요?"
　"당연하죠! 혹시나 기사 나갈까 봐 우리 사무 팀이 얼마나 애썼다고요. 기사는 대표님 돌아오시면 보도 자료 보낼 겁니다. 그것도 홍보니까요."

　한국에서 분마가 인기를 끌다 보니 기삿거리로 적당했다. 보도 자료를 받는 즉시 기사로 올라올 것이었다.

"대표님 덕분에 기분이 상쾌하네요. 자식이 말이야. 그러니까 마음을 곱게 써야지. 오늘 저희 가면 아주 왜 왔냐고 난리 치고 그러겠죠?"

"미팅 내일인데 왜 왔냐고 그러겠죠."

"권 대표님이 직접 전화하셔서 사과도 하고 좋게 말했다고 했는데도 그 골초 자식이 어제 전화해서는 아주 거만하게 미팅 미루자고 하더라고요. 다른 말도 없었어요. '미팅 다음 날로 미룹시다' 이러고 말았다니까요. 그런데 화 대신 기쁘더라고요, 하하."

"어우… 임 프로님 무서운데."

"골초 놈 표정 상상만 해도 즐겁지 않습니까? 그러니까 다들 빨리 입꼬리 올리는 거 연습하세요."

임 프로는 연신 입꼬리를 올리고 있었고, 세 사람도 HT에서 받은 대우가 섭섭했는지 저마다 입꼬리를 올렸다.

*　　　　　*　　　　　*

HT에 도착한 임 프로와 세 사람은 시간을 확인했다. 저번 미팅과 마찬가지로 한 시간이나 일찍 도착했다. 임 프로는 저번처럼 안내실에 미팅을 하러 왔다고 알렸다.

"해외 사업부와 광고 미팅을 하러 온 C AD입니다."

"네, 잠시만 기다려 주세요."

그 말을 들은 범찬은 조그맣게 박수까지 보내며 말했다.

"약속한 거 말하면 출입증 줄 텐데 일부러 분트로 왔다고 말 안 하신 거죠?"
"그렇다고 HT 광고 때문에 왔다고 말한 것도 아니잖습니까."

그때, 누군가가 범찬의 등을 두드렸다.

"최 프로님!"
"어? 권 대표님!"
"권 대표님!"

네 사람은 의외의 장소에서 요셉을 만난 것을 신기해하며 무척이나 반가워했다.

"이제 여기로 출근하시는 거예요?"
"하하. 아직은 아닙니다. 오늘 회의 때문에 왔습니다. 개발자로서 참여해 달라고 해서요. 그런데 여러분들은 분트 때문에 오신 거죠?"
"어? 어떻게 아세요?"
"혹시나 했는데 역시나였네요. 저번에 제가 C AD 찾아갔을 때 분트와 미팅하고 계셔서 그럴 거라고 생각했습니다. 그런데 왜 안 올라가시고 계세요?"

"잠깐 기다릴 사람이 있어서요."

그때, 마침 임 프로의 휴대폰이 울렸다. 임 프로는 피식 웃고는 전화를 받았다.

"네, 말씀하세요."
—아니, 제가 미팅 내일이라고 했잖습니까.
"압니다."
—그런데 이렇게 찾아오면 나보고 어떡하라고요. 아오, 진짜. 내일 와요, 내일.
"진짜 내일 옵니까?"
—내일 오라고요.

임 프로는 피식 웃고는 끊긴 전화를 봤다. 마치 잡상인을 취급하는 것 같았지만, 마주쳤을 때의 표정이 궁금했는지 실실 웃었다. 그때, 옆에 있던 요셉이 인상을 찌푸렸다.

"무슨 일입니까? 미팅을 갑자기 바꾼 겁니까?"
"하하, 전화는 받았습니다."

요셉은 의아한 표정으로 다시 물었다.

"그런데 찾아오신 겁니까? 오늘 분트하고 미팅이 잡혀 있어서 저러나 봅니다. 여러분들이 이런 대접을 받을 분들이 아닌데 제가 다 죄송하네요."

"아니에요. 괜찮습니다."

"그럼 내일 오시는 게 어떨까요?"

그 말을 듣던 범찬이 대화에 끼어들었다.

"분트 일로 온 거 아시는 거 아니었어요?"

"그건 알죠. 분트와 계약해서 저희한테 도움을 주려고 하는 거 말씀하시는 거죠?"

"아… 모르시네. 난 또 어떻게 알았나 했네."

요셉이 고개를 갸웃거리자 옆에 있던 임 프로가 웃으며 입을 나섰다.

"저희가 분트에게서 분마에 대한 홍보 전권을 위임받았습니다. 그래서 연락드린 것도 저희고요."

"네……? 대만 분트에요?"

"대만 분트에 연락한 분은 김 프로님이시고요. 상품권은 대만 분트에서 직접 연락을 했습니다."

"아……."

요셉은 전혀 생각지 못했는지 멍한 얼굴로 네 사람을 쳐다봤다. 그러자 임 프로가 웃으며 입을 열었다.

"일단 올라가시죠. 저희도 올라가야겠습니다."

임 프로는 다시 안내 데스크에 가더니 출입증을 받아 왔다. 조금 전의 일로 인해 어쩔 수 없이 확인을 하느라 시간이 걸렸다.

"하하, 약간 번거롭게 됐네요."

"이러다가 대표님한테 혼나는 거 아니에요?"

"대표님이 마음대로 하라고 하셨습니다. 억울했으면 억울한 만큼! 분했으면 분한 만큼. 받은 만큼 돌려주라고 하셨습니다. 가시죠. 이미 다 나와 있을 겁니다. 권 대표님도 가시죠."

"아… 가야지요. 그런데 저 이제 대표가 아니라 본부장입니다."

임 프로는 웃으며 고개를 끄덕거렸다. 그러고는 우연치 않게 만난 요셉의 안내를 받아 해외 사업부로 향했다. 해외 사업부가 있는 21층에 도착하자 엘리베이터 문이 열렸다. 그러자 처음 보는 사람들이 눈에 들어왔다. 딱 봐도 분트에서 온 사람을 기다렸는데 웬 어려 보이는 한국인들이 내리는지 의아한 표정들이었다. 그때, 구석에서 말소리가 들렸다.

"아이 참. 저기요. 이렇게 올라오시면 어떡해요. 어떻게 올라오셨어요?"

그러자 주변에 있던 사람들이 황 과장을 쳐다봤다. 그중에 본부장도 있었고, 황 과장은 서둘러 설명을 했다.

"C AD라는 광고 회사인데 착오가 있었나 봅니다."

요셉이 인상을 찡그리며 입을 열려 할 때, 본부장이 먼저 앞으로 나왔다.

"이렇게 찾아와 주셔서 감사합니다."

본부장의 인사에 임 프로와 기획 팀 세 사람이 당황했다.

"오신 김에 미팅하고 가시죠. 3팀은 C AD 분들 모시세요."
"네, 알겠습니다."
"저희를 위해 아이디어를 내주셔서 감사합니다. C AD와 함께 일을 하는 건 긍정적으로 검토하겠습니다."

예의 바른 본부장의 모습에 범찬이 고개를 살짝 숙이고 속삭였다.

"이거 연습한 거 필요 없는 거 아니야?"

그때, 본부장의 말이 이어졌다.

"죄송하지만 저는 먼저 잡힌 미팅이 있어서 참석하지 못할 것 같군요. 서로에게 유익한 시간이 되길 바라겠습니다. 그럼."

본부장의 말이 끝남과 동시에 뒤에 있던 황 과장이 인상을 찡그리며 나왔다. 그 모습을 본 임 프로는 피식 웃더니 입을 열었다.

"저희 기다리신 거 아닌가요?"
"왜 그러세요. 저희하고 미팅하세요."
"음, 저희가 약속을 잡기로는 본부장님과 미팅을 잡았는데요."
"언제 그러셨어요. 일단 저하고 가시죠."

기획 팀 세 사람은 이미 입꼬리를 올릴 준비를 하고 있었다. 그때, 임 프로가 웃으며 입을 열었다.

"저희가 분트 홍보 건으로 미팅 약속한 사람들입니다."
"어떻게 알고 그런 소리를 하는 거……."
"분트와 광고 계약을 했고, 분트의 홍보 건을 위임받았습니다. 위임장 보여 드릴까요?"

본부장은 손을 뻗어 앞으로 나오려는 황 과장을 막았다. 그러고는 가볍게 고개를 숙이며 입을 열었다.

"그러셨군요. 제가 안내하겠습니다. 인사는 회의실 가서 드리죠."

황 과장은 입을 쩍 벌린 채 네 사람을 쳐다봤고, 임 프로와
세 사람은 미리 연습한 표정을 지으며 황 과장을 쳐다봤다. 그리
고 뒤따라가던 요셉은 그런 황 과장을 보며 혀를 찼다.

"그러니까 내가 잘하라고 했잖습니까."

황 과장은 아직까지 이 상황이 믿어지지 않는지 멍한 표정이
었다.

*　　　　*　　　　*

회의실로 안내를 한 본부장은 먼저 사과부터 했다.

"저희 팀 직원이 무례를 범했나 보군요. 사과드리겠습니다."
"괜찮습니다."
"마음은 조금 풀리셨습니까?"
"네, 많이 풀렸습니다."

직원의 무례를 사과하는 본부장이나 화가 났다고 솔직하게
말하는 임 프로를 보며 기획 팀 세 사람이 더 긴장을 했다. 그
옆에 있던 HT 직원들도 비슷해 보였다.

"그럼 그 문제는 이번 일로 마무리해 주셨으면 합니다. 비록 무례를 범했다고는 하나 제 부하 직원입니다."

"네, 저희도 그럴 생각입니다."

본부장은 그제야 미소를 지었다. 범찬은 팀원들에게 무언가를 말하고 싶어 했지만, 자리가 자리인 만큼 수정이 범찬을 툭 건드리며 사전에 차단해 버렸다. 그때, 본부장이 입을 열었다.

"그럼 분트에서 생각하고 있는 것을 들어봐도 되겠습니까?"

"네, 그 전에 말씀드릴 게 있습니다. 분트의 홍보이기도 하지만 HT 광고와 연장선이기도 합니다."

"그렇군요. 알겠습니다."

임 프로는 고개를 끄덕이며 범찬을 봤다. 오늘의 설명 역시 범찬이 준비를 한 상태였기에 범찬은 고개를 끄덕거리며 일어났고, 팀원들도 서둘러 설명을 준비했다. 그러자 HT 직원들도 카메라를 설치하기 시작했다.

"외부 기업과 미팅할 때는 꼭 이렇게 영상으로 남깁니다. 혹시나 다른 말이 나오거나 문제가 생길 것에 대비한 것입니다. 오히려 여러분에게도 도움이 되는 일인데 허락하시겠습니까?"

"저번에는 외부 미팅이 아니었습니까?"

"지금처럼 임직원들이 참여한 회의만 기록합니다."

부담감을 주려는 건지 아니면 HT에서는 항상 저러는 것인지 알 수 없었지만, 임 프로가 생각하기에도 C AD에 도움이 되면 됐지 나쁠 일은 없을 것 같았다. 생각을 마친 임 프로는 범찬을 보며 시작하라는 신호를 보냈다. 그러자 범찬이 고개를 끄덕이고는 입을 열었다.

"저희가 H텔레콤에게 했던 프레젠테이션 내용 아십니까?"

"알고 있습니다."

"그 부분에 대해서 말씀을 드리려고 합니다. 분트에서는 한국과 스페인처럼 대만에서도 분마를 기획하고 있습니다. 지금 보여 드리는 자료는 분마에 대한 대만 사람들의 인지도 및 인식을 조사한 내용입니다."

종훈이 미리 준비한 자료를 나눠 주었다.

"인지도는 보통이지만, 인식은 좋군요."

"아무래도 해외에서 인기가 있다고 해도 대만에 직접적으로 광고를 하지 않아서 인지도가 높을 순 없죠. 하지만 이번에 분마가 등장하면 인지도 역시 오를 겁니다. 지금까지 분마가 했던 일을 보시면 아시겠지만, 사람들이 궁금할 수밖에 없죠. 마리아톡이 성공한 이유 중 하나도……."

"HT 플리 마켓이라고 해주셨으면 합니다."

"네, 플리 마켓이 성공한 이유 중 하나도 칸을 여는 조건을 숨긴 게 크게 작용했죠. 그것처럼 관심을 끌게 만들 겁니다."

시작은 분트에 대한 일이 우선이었다. 분트가 성공한다는 확신을 줘야 했기에 꼭 필요했다. 범찬은 설명을 해도 되는 범위 내에서 설명했고, 설명을 들은 본부장은 무척이나 궁금해하는 표정이었다.

"그리고 그 분마가 플리 마켓에 캐릭터로 등장한다면 어떨 것 같나요?"

"사람들이 관심을 보이겠죠."

"그렇죠. 그런데 그냥 캐릭터만이 아니라 분마가 분트의 상품권까지 나눠 주게 되거든요. 이건 저희가 임의로 준비한 상품권입니다. 여기서 크게 달라지는 건 없습니다."

요셉은 상품권을 보며 미소 지었고, 본부장은 재미있는지 씨익 웃었다.

"분마가 우리 HT 플리 마켓의 포즈를 취하고 있군요."

"맞습니다. 그렇게 해야 양측 모두가 홍보되는 거거든요. 제가 지금은 아무래도 분트 대리인 역할이니까 분트 입장에서 말을 하면, HT 플리 마켓이 대만 서비스를 시작할 때 분마 캐릭터를 기본적으로 나눠 줬으면 합니다. 물론 다른 것도 나눠 주신다면 그 부분에 대해서는 저희가 뭐라 할 순 없지만, 분마만큼은 꼭 기본적으로 나눠 주셨으면 합니다."

"우리는 분트, 분마의 인지도를 이용할 수 있고 분트는 우리 플랫폼을 이용해 계속 광고를 하는 그런 조건이군요."

"정답! 아, 죄송해요. 맞습니다!"

자신이 하는 말마다 본부장이 반응을 보이자 긴장이 풀렸는지 범찬은 여유가 넘쳤다. 황 과장과는 전혀 다른 느낌이었다. 분트와 계약을 해서 준비한 모든 것을 말할 수 있다는 자신감도 있었지만, 반응 자체가 달랐다. 그때, 자료를 살피던 본부장이 입을 열었다.

"홍보는 함께하지만 판매는 각자라. 그런데 궁금한 게 있습니다."

범찬은 뭐든지 물어보라는 표정으로 본부장의 얼굴을 쳐다봤다.

*   *   *

HT의 본부장은 C AD에서 준비한 자료들을 살펴가며 입을 열었다.

"최 프로님이 말씀하신 것들은 전부 기본적으로 분트의 성공이 전제입니다. 물론 자료를 바탕으로 성공을 점칠 수 있다지만 어떻게 그렇게 자신하시죠? 자료만으로 성공을 점칠 수 있는 시장이 아니라는 게 제 생각입니다."

"그래서 저희가 이렇게 급하게 미팅을 하는 겁니다. 눈으로 확인이 되는 게 아무것도 없는데 저라도 안 하죠. 그래서 저희가 이번 달 안으로 분마의 영상을 내보낼 겁니다."

"이미 전부 제작이 된 상태입니까?"

"전부는 아니지만 비슷하죠. 그러니까 HT에서도 분마의 반응을 보고 판단할 수 있지 않겠습니까?"

HT로서는 전혀 손해 보는 것이 없었다. 만약 분마가 큰 성공을 거둔다면 시장에 녹아드는 데 분마만큼 효과적인 것은 없을 것 같았다. 그때, 가만히 생각하던 본부장이 입을 열었다.

"그럼 우리 광고도 분마를 이용하는 게 좋겠군요. 서로에게 도움이 될 테니까요."

그 말에 팀원들은 놀란 듯이 혀를 내밀었다. 임 프로와 사무팀이 얘기한 것과 똑같지는 않아도 비슷한 내용이었다. 어떻게 해서든 분마를 뽑아먹으려 할 것이라고 했고, 그렇게 나오면 적절하게 선을 그어야 한다고 했다. 대만에 있는 한겸과 얘기를 하던 중 나온 말이기도 했다. 그 때문에 범찬은 여유가 넘치는 표정으로 입을 열었다.

"그건 HT에 도움이 되지 않는다고 생각합니다. 자칫 잘못하면 분트의 광고라고 생각할 수 있거든요."

"시리즈 형식으로 한다면 큰 문제는 없어 보입니다."

"그럴 수도 있는데 그건 어디까지나 플리 마켓이 자리를 잡고 나서죠."

"음, 분트에는 확신을 하시면서 우리 HT는 확신이 없으신 겁니까?"

"그건 아니고요. 분트가 잘되면 HT도 분명히 잘됩니다. 제가 말을 빼먹은 게 있는데요. '자칫 잘못하면'이잖아요. 물론 그렇다고 분마를 아예 배제할 순 없고요. HT는 분트의 인지도를 이용하고 분트는 HT의 플랫폼을 이용한다고 아까 본부장님도 말씀하셨죠?"

본부장이 고개를 끄덕이자 범찬이 말을 이었다.

"일단 분트의 광고에서만큼은 HT에 관한 얘기가 나오지 않을 겁니다. 분트의 지금까지 행보를 보면 아시겠지만, 아직도 분마가 누구인지 밝힌 적이 없습니다. 분마 모델 역시 자신이 분마라고 밝힌 적은 없고요. 물론 사람들은 다 알지만. 그래서 분트의 광고에선 처음 분마가 등장하는 티저 영상을 빼고는 분마를 아예 배제할 예정입니다. 그런데 분마가 계속 나오지 않으면 HT에서도 큰 도움은 되지 않을 거거든요."

"도움이 되는 방법을 찾아야겠죠."

"물론 그렇죠. 그래서 그 방법을 HT 광고로 대신할 생각입니다. 분트가 원하는 대로 분마의 정체를 밝히지 않으면서 HT에 도움이 되는 그런 광고!"

범찬은 마리아톡 광고에서 박재진이 했던 마지막 포즈를 흉내까지 내가며 설명했다. 그 모습을 본 본부장은 이해했다는 듯 고개를 끄덕거리며 입을 열었다.

"그러니까 HT 광고에도 분마를 연상시킬 수 있는 무언가를 넣겠다는 말씀이시군요. 예를 들어 예전 마리아톡에서 했던 것처럼 모델을 박재진 씨로 해서 분마를 연상시키는 거죠."

박재진의 이름에 범찬은 씨익 웃었다. 일부 맞기는 했지만, 온전한 정답은 아니었다. 범찬은 잠시 회의실에 있던 사람들을 둘러보고선 입을 열었다.

"다들 이스터 에그라고 아세요? 저희가 광고에 그걸 사용할 생각입니다."

범찬은 씨익 웃으며 한 명씩 둘러봤다. 이스터 에그에 대해 아는 사람들도 있었지만, 모르는 사람도 있었다. 하지만 모두의 표정은 똑같았다. 범찬이 무슨 말을 하려는지 무척 궁금한 표정이었다. 본부장 역시 마찬가지였지만 이내 표정 관리를 하고는 의자를 더 바짝 당겨 앉았다.

범찬의 모습을 보던 수정과 종훈은 이스터 에그에 대한 말이 나왔을 때가 떠올랐다. 대만에 있는 한겸의 입에서 가장 처음 나온 말이었지만, 그 아이디어를 두고 범찬과 서로의 머리에서 나온 거라고 티격태격하던 모습이 떠올라 피식 웃었다.

범찬은 회의실에 참석한 사람들의 표정이 마음에 드는지 미소가 가득한 얼굴로 구석에 자리한 한 사람을 주시했다.

"이건 내일 미팅에서 해야 될 이야기인데 오늘 같이해도 되겠죠?"

범찬의 말에 구석에 있던 황 과장은 숨을 크게 들이마셨고, 본부장은 계속해도 된다는 듯 고개를 끄덕거렸다. 그러자 범찬은 씨익 웃으며 입을 열었다.

"물론 모델은 광고주인 HT에서 정하시는 거겠지만, 저희는 박재진 씨를 추천합니다. 그 이유를 지금부터 보여 드리겠습니다. 임 프로님, 화면 띄워주세요. 기본 광고 콘셉트는 한국과 크게 변하지 않습니다. 다만 광고의 길이를 조금 더 줄이기는 할 겁니다. 물론 실제로 플리 마켓을 사용한 리뷰 형식으로 광고를 제작하게 될 겁니다."

"그럼 꼭 박재진 씨가 아니더라도 되는 거 아닙니까?"

"아직 설명이 더 남아서요. 들어보시고 판단해 주세요. 지금 보여 드리는 건 박재진 씨가 개인 SNS에 올린 사진들 중 옷방만 추려 온 사진입니다."

"이게 어떻다는 거죠?"

"옷이 굉장히 많죠? 처음에는 박재진 씨의 집에서 촬영을 할까 했지만, 대만에서 촬영하는 것이 더 좋다고 생각됩니다. 통유리 너머의 대만 풍경을 보여주는 식으로, 박재진이 대만에 있다는 걸 보여주는 거죠."

얘기를 듣던 본부장은 약간 실망한 표정이었다.

"분마도 대만에 있고, 박재진 씨도 대만에 있다. 이런 의미입니까?"
"네, 그런 의미도 있고요."
"이게 다입니까?"
"기다려 보세요. 아직 설명 남았어요."

범찬은 씨익 웃으며 수정을 쳐다봤다. 그러자 수정이 알았다는 듯 고개를 끄덕이며 다음 장으로 넘겼다.

"이건 박재진 씨 사진에 저희가 합성을 한 거거든요."
"조금 전과 같은 사진 아닙니까?"
"달라요. 비교하실 수 있게 두 개를 같이 띄워 드릴게요. 꼭다른 그림 찾기 같죠? 다들 잘 살펴보세요."

회의실에 있던 사람들은 다른 그림 찾기를 하는 것처럼 양쪽을 비교해 가며 다른 점을 찾기 시작했다. 그러던 중 한 사람이입을 열었다.

"삿갓!"
"저기 구석에 펜싱 칼 같은 거 있네요."

"박재진 왼쪽에 펄럭이는 거."

하나하나 자신이 찾은 걸 말하던 중 범찬이 말한 게 무엇인지 알아차린 사람들이 자신들끼리 속닥거렸다.

"저거 분마가 입었던 복장 맞죠?"
"이스터 에그라고 해서 뭔가 했더니 이거였네."
"하나라도 알아차리는 순간 광고에서 눈을 못 떼겠는데요?"

어느 정도의 시간이 지나자 범찬이 웃으며 입을 열었다.

"지금 생각하시는 게 맞습니다. 분마의 정체를 직접 밝히지는 않고 알아차리게 만드는 거죠. 아까 어떤 분이 말씀하셨는데, 저희는 분마가 사용한 복장이나 장비들을 광고 처음부터 끝까지 적절하게 배치할 예정입니다."
"못 알아차리면 소용없는 거 아닐까요?"
"그래서 대만 분마의 복장을 가장 처음에 발견할 수 있도록 쉽게 배치할 예정입니다. 못 찾으면 그냥 넘어갈 수 있어도 하나만이라도 알아차리는 순간 광고를 끝까지 볼 수밖에 없거든요."
"음… 그럴 거 같군요……."
"분마를 이용해 플리 마켓의 성공 확률을 높이는 거죠. 그리고 분마 캐릭터가 나오는 건 모든 걸 찾은 뒤가 될 겁니다. 그래야지 광고의 수명이 확 늘거든요. 이상 제 설명은 여기까지입니다."

본부장은 광고를 상상하는지 화면을 가만히 쳐다봤다. 그러고는 만족스러운 미소를 지으며 고개를 끄덕거렸다.

"일단 분마의 성공 여부가 관건이군요."

"맞습니다."

"그럼 이 부분을 확실히 할 수 있도록 계약서를 준비하겠습니다."

함께 자리하고 있던 임 프로가 곧바로 자리에서 일어났다.

"그 부분은 저하고 얘기 나누시죠. 준비하는 데 시간이 필요하실 테니 약속 정하시면 저희가 찾아오겠습니다."

"아닙니다. 저희가 가겠습니다."

프레젠테이션이 만족스러웠는지 본부장은 처음과 비교하기 힘들 정도로 부드러웠다.

"분마가 자리 잡을 수 있도록 응원하겠습니다."

본부장의 말을 끝으로 임 프로와 기획 팀 세 사람은 직원들의 안내를 받으며 회의실을 나섰고, 회의실에 남은 본부장은 웃고 있는 요셉에게 말을 걸었다.

"이래서 계속 C AD를 추천하셨던 거군요."

"그렇죠."

"광고는 저렇게 진행하는 것이 좋을 것 같습니다. 그리고 자리를 잡게 되면 같은 형태로 다른 기업과 협업을 할 수도 있을 것 같군요."

본부장은 C AD의 프레젠테이션에 무척이나 만족했는지 계속해서 얘기를 꺼냈다. 요셉은 C AD의 칭찬에 자신을 칭찬하는 것처럼 좋아하던 중 궁금한 것이 생겼다.

"실례일 수도 있지만, 궁금한 게 있습니다. C AD와 일을 하게 되면 담당 팀이 3팀입니까?"

"계약을 하게 되면 그렇게 됩니다. 우리 팀 전체가 일을 하게 되겠지만 연락은 3팀이 전담하게 되겠죠."

"꼭 3팀이어야 합니까?"

요셉이 무슨 말을 하려는 줄 알았는지 본부장은 구석에서 이쪽을 보고 있는 황 과장을 쳐다봤다. 눈이 마주친 황 과장은 흠칫 놀라며 고개를 돌렸고, 본부장은 고개를 저으며 말했다.

"황 과장이 전담하게 될 겁니다. 제가 아무리 사과를 한다고 해도 본인에게 사과를 받는 것보다는 못하지요. C AD와 가까워질 필요가 있어 보입니다. 그러려면 처음에 쌓인 걸 잘 풀어야 하니까요."

"그럼 아까는 아니었습니까?"

"어떤 얘기도 듣지 못했었으니까요. 좋네요. 서로 상생할 수 있는 그런 아이디어가 참 좋네요. 가장 이상적인 아이디어 같았습니다."

본부장은 만족스러운 표정으로 인사를 건네고는 회의실을 나섰다.

*   *   *

C AD와의 계약이 아직 확정되진 않았지만, 박재진을 미리 섭외해야 했기에 황 과장은 라온에 연락을 했다. 확정이 된 상태였다면 C AD에 도움을 요청했을 텐데 그렇지 않다 보니 직접 알아보고 있던 중이었다. 그런데 어째서인지 라온에서 광고 모델을 할 여유가 없다며 거절했다. 분명 HT라고 밝혔음에도 단호하게 거절했다.

HT에서는 박재진이 꼭 필요했기에 황 과장은 라온 사무실이 있는 홍대까지 찾아왔다. 그런데도 이렇게까지 문전박대를 당하게 될 줄은 예상하지 못했다. 상대방이 너무 단호하게 나오다 보니 쫓겨나지 않은 것만으로 안도했다. 그때, 직원이 다가왔다.

"지금 미팅 중이시라서 오래 기다리셔야 할지도 몰라요. 그리고 또 잠시 뒤에 미팅이 또 잡혀 있고요. 그러니까 약속을 잡으시고 오시는 게 어떠실까요?"

"괜찮습니다. 온 김에 기다리겠습니다."

황 과장은 며칠 전 자신의 행동이 떠올라 씁쓸한 미소를 지었다. 정말 미팅을 하고 있을 수도 있지만, 자신처럼 다른 업무를 먼저 처리하고 있을 수도 있었다. 광고 콘셉트에 아무 모델이나 써도 된다면 이럴 필요가 없었지만, 이 광고는 분마를 했던 박재진만이 가능한 것이었다. 지금은 자신이 철저하게 을이었다. 본부장 역시 그 사실을 알고 자신에게 이 일을 맡긴 것이었다.

그때, 누군가가 들어왔고, 힐끔 쳐다보던 황 과장은 흠칫 놀랐다.

"안녕하세요! 이 부장님 만나러 왔어요. 어?"
"왜 그러세요? 임 프로님, 최 프로님, 두 분 아시는 분이세요?"

황 과장은 어색하게 웃으며 목례를 했다. 두 사람에게 이런 모습을 보여주니 위축이 됐다. 그러자 두 사람이 의아하게 쳐다봤고, 임 프로가 입을 열었다.

"아는 분이긴 한데… 그런데 황 과장님은 여기까지 어쩐 일이세요?"
"저는 광고 일로……."
"음? 혹시 박재진 씨 건으로 오신 거예요?"
"네, 맞습니다."

황 과장은 아무렇지도 않게 자신을 대하는 임 프로가 무척 불편했다. 지금의 모습은 보여주고 싶지 않은 모습이었다. 그런데도 임 프로는 이미 다 풀었다는 듯 계속 질문을 던졌다.

"다른 일 때문에 오신 건가? 지금 미팅하신 거예요?"
"아직 미팅은 못 했습니다."
"어? 이제 우리 시간인데? 설마 그냥 기다리는 거예요?"
"약속을 안 잡고 와서."

황 과장이 어색하게 웃자 임 프로가 고개를 휙 돌렸다. 그러고는 라온의 직원에게 입을 열었다.

"약속을 안 잡고 왔으면 다음에 오라고 하든가 하셔야 하는 거 아닙니까? 그것도 아니면 다른 곳에 가계시라고 하든가. 사무실에서 이러고 있는 건 좀 아닌 거 같은데요?"
"저희도 그렇게 말을 했는데……."

황 과장은 순간 깜짝 놀랐다. HT에서처럼은 아니지만 화를 내고 있었다. 지금 일도 자신이 잘못한 일이었지만, 자신을 위해 화를 내는 모습을 보자 기분이 묘했다.

*　　　　*　　　　*

범찬은 임 프로의 모습을 보며 감탄하기도 했고, 고개를 돌려가며 웃음을 참기도 했다. 그때, 기다리던 라온의 이종락이 등장했다.

"어? 임 프로님 벌써 오셨어요? 무슨 일인데 이렇게 시끄러워요?"

"여기 이분이 HT에서 오신 분인데 이러고 한 시간이나 있었답니다."

"아, 제가 미팅을 하고 있어서 몰랐습니다. 그런데 어쩐 일로 오셨는지."

그러자 황 과장이 임 프로의 옆에 자리한 채 입을 열었다.

"박재진 씨 광고 건으로 계속 연락을 드렸던 HT 황영준이라고 합니다."

"아! 압니다. 그런데 저희가 분명히 안 된다고 그랬는데. 지금 이미지상 상업적인 광고를 하는 건 조금 아니라서요."

황 과장은 임 프로를 처다봤고, 임 프로는 고개를 끄덕거리며 입을 열었다.

"저희가 저번에 알려 드린 얘기 중 한 곳이 HT입니다. 저희가 얘기를 하려고 했는데 이렇게 찾아오실 줄은 몰랐네요."

"그러셨어요? 아, 진즉에 얘기 좀 해주시지."

"오신 김에 미팅 같이하시는 게 어떨까요? HT에 대한 얘기부터 먼저 하면 될 것 같은데요."

"그렇게 하시죠. 그럼 올라가실까요?"

종락이 먼저 사무실을 나서자 임 프로가 미소를 지은 채 황 과장에게 따라가자는 듯 손을 내밀었다. 그러자 황 과장은 고개를 숙여 인사를 하고선 곧바로 종락을 따라 올라갔다.

3층에 도착하고 종락이 음료를 가지러 간 사이 황 과장이 먼저 입을 열었다.

"라온이 큰 줄 알았는데 작네요."

"여기는 사무만 보는 곳이라서 그렇죠. 그런데 저희가 먼저 미팅을 하고 말씀을 드리려고 했는데 이렇게 찾아오실 줄은 몰랐습니다."

"저희도 일을 해야 하니까요. 오늘 일은 감사했습니다."

황 과장은 잠시 입을 오물거리더니 임 프로를 보며 말을 이었다.

"그리고 저번 일은 정말 죄송합니다."

"아닙니다. 벌써 다 잊었죠."

"그렇게 말씀해 주시니 감사합니다. 같이 일하게 됐는데 잘 부탁드리겠습니다."

"저희도 잘 부탁드립니다."

임 프로가 미소를 짓자 황 과장도 따라 웃었다. 그사이 종락이 돌아왔고, 미팅이 시작되었다.

*   *   *

C AD는 HT에 대한 미팅이 끝나고도 분트에 관한 일이 남아 있었기에 황 과장이 먼저 자리에서 일어났다.

"그럼 다음번에는 약속을 정하고 오겠습니다. 그럼 이만 가보겠습니다. 임 프로님도 고생하세요."

황 과장은 밝은 표정으로 인사를 하고선 나갔다. 황 과장이 사라지자 한쪽에서 말없이 지켜보던 범찬이 한숨을 크게 뱉었고, 종락 역시 크게 숨을 뱉었다.

"어후……."
"휴, 이거 뭐 이래도 되는 건지."

그러자 임 프로가 정중하게 고개를 숙였다.

"이런 부탁 드려서 죄송합니다."
"죄송은요. 광고주한테 이래 본 적이 없다 보니까 이래도 되는 건지 싶어서 그렇죠. 그런데 저 사람 표정 보면 괜찮을 거 같네요."

"같이 일하려면 꼭 필요했습니다."

"찾아올 줄은 어떻게 아셨습니까? 어제 얘기 듣고 긴가민가했는데 오늘 찾아왔다는 소리 듣고 깜짝 놀랐습니다."

"저희와 정식으로 계약이 된 게 아니니까요. 일을 진행하려면 확인이 꼭 필요하거든요. 어제 말씀드린 것처럼 박재진 씨가 꼭 필요합니다."

옆에 있던 범찬은 조용하게 박수를 쳤다.

"연기 대상 감이에요. 박재진 씨와 견줄 만한 그런 연기!"

"그랬습니까? 이참에 배우로 전향할까요?"

"무슨 그런 소리를! 그 골초도 진짜 단순하네요. 저 처음에는 웃겼는데 계속 보다 보니까 미안해질 정도로 친절하던데요."

"사람이란 게 그렇죠."

HT와 미팅을 끝낸 C AD는 곧바로 라온과 미팅을 잡았고, 이미 일에 대한 모든 것을 얘기한 상태였다. 거기에 더해 임 프로는 어려운 부탁이지만 HT에서 사람이 찾아오면 시간을 끌고 자신들을 불러달라고 부탁했다.

"그런데 황 과장이라는 사람이 올 줄은 어떻게 아신 거예요? 다른 사람이 올 수도 있었을 텐데요."

"우연히 알게 됐습니다."

임 프로는 씨익 웃었다. 황 과장과 마찰이 생길까 봐 걱정한 요셉이 전화를 해 담당자가 황 과장인데 괜찮겠냐고 물어준 덕분에 알게 되었다. 그 말을 들은 종락은 가볍게 웃으며 입을 열었다.

"그럼 이제 마음은 편안해지셨어요? 이거 저희한테도 그러시는 거 아니죠? 하하."

"당연히 아니죠. 황 과장과는 앞으로 일을 같이해야 되는데 서로 껄끄러울 순 없어서 그걸 털기 위해 한 일입니다. 겪어봐야 알거든요. 그렇다고 대놓고 하면 싸움이 되니까요. 지금은 아군인 상태니까 호감을 보이게 하는 것이 좋습니다."

"호감은 확실히 보여주던데요. 휴, 듣고 나니까 약간 무서운데요?"

"하하, 저도 처음에 듣고 무서웠습니다. 저희 대표님이 알려주신 거거든요."

"아… 성 대표님."

"기획 팀분들이 발을 못 빼도록 기획을 짠 덕분에 가능했죠."

"그렇죠. 덕분에 우리 재진이 형 몸값도 오를 거 같고요. 그래도 진짜 대단하시네요. 작은 곳부터 치열하게 신경전이 벌어지는 게, 광고 쪽도 우리하고 별반 다를 게 없네요."

임 프로는 가볍게 웃고는 입을 열었다.

"그럼 이제 진짜 일 얘기를 하시죠."

"그래야죠. 재진이 형도 재미있을 것 같다고 하면서 다 한다고 하네요. 저희도 마리아톡의 연장선이다 보니까 목적도 확실해서 전부 찬성한 상태고요."

"잘됐네요. 그럼 먼저 분트와 계약을 하셔야겠네요. 계약은 박재진 씨가 직접 대만에 가셔야 할 것 같거든요. 이번이 없는 한 확정이니까 번거롭게 오가지 말고 촬영에 맞춰 가서서 계약하시죠."

"그러니까 계약하고 곧바로 촬영이란 말씀이시죠?"

"네, 그렇죠. 그게 편하시지 않을까요?"

"아, 이렇게 배려를 해주는데 C AD하고 일을 안 할 수가 있겠습니까? 하하, 그리고 저희 회사에 재진이 형만 있는 게 아니니까 언제든지 말씀하세요! 하하."

그 뒤로도 화기애애한 분위기 속에서 일에 대한 얘기가 진행되었다.

*　　　　*　　　　*

예정했던 일정보다 이틀이나 더 머물고 있었던 한겸은 서둘러 차에 올라탔다.

"다음 건물은 얼마나 걸려요?"

"30분 정도 걸립니다. 바로 갈까요?"

"네, 부탁드려요."

한겸을 안내해 주는 사람은 분트가 아닌 대만 HT의 직원이었다. HT와 미팅을 잘 했다는 얘기를 듣고 혹시나 하는 마음에 대만 HT 건물 옥상에 올라가 볼 수 있겠냐고 물었다. 그 즉시 HT가 있는 빌딩의 옥상에 올라갈 수 있었다.

HT가 한국에서만 유명한 대기업이라고 하더라도, 대기업이 왜 대기업이라고 불리는지 몸소 느끼고 있었다. 아무리 요청해도 올라갈 수 없는 건물 옥상들을 거의 모두 돌아보고 있는 상태였다. 그것도 모자라 HT에서 발 벗고 도와주고 있었다.

차가 출발하자 한겸은 만족스러운 표정으로 조금 전에 촬영한 영상을 확인했다. 대부분 분트 쪽으로 향해 있었지만, 거리가 있는 만큼 아무리 높은 곳이라고 해도 대부분 분트가 보이지 않았다. 그러다 보니 이미 CG는 확정이 된 상태였고, 자연스럽게 연출할 수 있는 곳을 찾고 있었다.

"괜찮은 곳 찾은 거냐?"

"아직은 잘 모르겠어요. 일단 내일 한국에 가면 우리 기획 팀하고 방 PD님하고 윤 프로님까지 해서 곧바로 회의하기로 했어요."

"윤 프로님이 괜찮으시다고 했고?"

"네, 다음 주부터 출근하시면서 통원 치료 받는다고 하시네요."

기획 팀이 시나리오를 내놓으면 윤선진이 어떤 배경을 추천해 줄 테고 그 배경을 방 PD가 화면에 담을 것이었다. 한겸은 결과물을 상상하며 기대하는 표정이었다. 우범과 대화를 나누는 사이 다음으로 볼 곳에 도착했다. 지금까지와는 다르게 건물이 아니었다.

"저 혼자 올라갔다 와도 돼요."
"괜찮다."
"구두 신고 등산하시려면 힘들 텐데."
"빨리 가자."

한겸이 도착한 곳은 샹산이란 곳이었다. 한국의 남산과 비슷한 느낌이었기에 시내 전체가 보일 거라고 생각해서 찾은 장소였다. 한겸은 산에 오르기 전 HT 직원을 봤다.

"여기 계셔도 돼요."
"감사합니다! 저 바로 밑에 있을 테니까 필요하시면 바로 불러주세요."

건물 옥상에 올라가서도 촬영을 꽤 길게 하는 걸 겪었던 HT 직원은 안도하는 표정이었고, 한겸은 웃으며 서둘러 올라갔다. 미리 인터넷으로 장소를 검색했고, 그곳은 생각보다 오래 걸리지 않았다. 미리 검색한 장소에 도착하자 이미 사람들이 101타워와 시내를 배경으로 사진을 찍고 있었다. 아직 낮이어서인지 많지는 않았지만, 그래도 사람이 꽤나 많이 있었다.

"인터넷으로 보던 거보다는 느낌이 훨씬 좋네요. 그런데 사람들이 조금 많네요."

"괜찮군."

그때, 옆에 있던 우범의 휴대폰이 울렸다. 하루 종일 전화가 오기에 한겸은 신경 쓰지 않고 곧바로 촬영을 했다. 배경 자체는 굉장히 마음에 들었다. 하지만 전혀 분트가 보이지 않았다.

'이걸 CG로 분트가 보이게 하면 괜찮을까?'

한겸이 혼자 상상을 하며 촬영을 할 때, 통화를 끝낸 우범이 웃으며 입을 열었다.

"그 황 과장이라는 사람, 일 잘됐다는 연락이다."

"그래요? 혹시나 다른 사람이면 어떡하나 걱정했는데 다행이네요. 이제 자기도 겪어봤으니까 잘 알겠죠. 거기다가 도움까지 받았으면 달라지겠죠?"

"피는 속일 수 없다는 말이 사실이란 걸 널 보면서 느끼고 있다."

"하하, 아버지한테 그렇게 배웠으니까 그렇죠. 사람은 동등한 대우를 받을 자격이 있다!"

"그렇지. 기본적으로 동등한 입장이라고 생각하시는 분이니까."

"목동 분트만 봐도 전부 인사할 때 손 흔들면서 하이라고 하 잖아요."

우범은 피식 웃었다. 모두가 한겸의 머릿속에서 나온 의견이었 다. 우범이 보고를 받는 위치이다 보니 회사에서 생긴 모든 일을 알고 있었고, 한겸은 대만에서 그와 함께하고 있었기에 모를 수 가 없었다. 그리고 황 과장의 일을 듣고는 못마땅해하며 지금 일 을 꾸민 것도 한겸이었다.

우범도 한겸의 행동이 무척이나 마음에 들었다. 갚을 것은 갚 아주면서 누구 하나 피해 가지 않고 만족할 수 있는 결과였다.

우범은 한겸이 저런 사고를 갖게 된 이유를 생각하며 웃었다. 그는 분트 대표인 경섭이 얼마나 노력을 했는지 알고 있었다. 그 때가 자신이 경섭을 처음 봤던 시기였다. 자신은 일본 본사로부 터 스카우트 제의를 받고 온 상태였다. 처음 만난 경섭은 항상 딱딱하고, 일밖에 모르는 사람이었다. 지금처럼 잘 웃는 건 그때 당시는 상상할 수도 없었다.

일은 잘했지만, 주변에 사람이 별로 없는 그런 사람이었다. 한 번의 실수조차 용납하지 않는 그런 성격이었기에 F.F의 직원들 은 긴장의 연속이었다. 그랬던 경섭이 어느 날인가부터 더욱 심 해졌다. 온갖 부서에 참견은 물론이고, 히스테리라고 느껴질 만 큼 신경질적이었다.

해외에서 일을 하던 우범으로서는 도저히 감당하기 힘들었기 에 사직서를 준비하고 면담을 신청했다. 스카우트 제의를 받고 온 자신이 나가서인지 경섭은 면담 요청을 받아주었고, 술자리까지 가게 되었다. 그 술자리에서조차 경섭은 별다른 말이 없었다. 무표정으로 일관하며 그저 자신의 말을 듣기만 했다. 그러던 중 자신이 했던 말에 경섭이 반응했다.

"제가 사직서를 내는 김에 한마디 하겠습니다. 아무리 직급이 나눠져 있다고 해도 기본적으로 대표님이나 직원들이나 모두가 같은 사람입니다. 왜 그렇게 지적만 하시는지 이해를 할 수가 없군요. 책임질 건 책임지게 하면 되는데, 마치 양반이 노비 부리듯이 하는 건 아니라고 봅니다."

"같은 사람이라. 그렇죠? 같은 사람이군요."

그 이후로도 술자리가 이어졌고, 술에 취한 경섭에게서 아들 한겸이 색을 보지 못한다는 사실을 알게 되었다. 경섭은 술에 취해서도 계속 같은 사람이라는 말을 하며 모두가 평등하다는 말을 내뱉었다. 그 말은 술자리에서만으로 끝나지 않았다. 자신에게 사직을 조금 더 생각해 달라는 말을 하고는 정말 사람이 바뀌었다.

그날 이후로 경섭은 보고 있으면 겁이 날 정도로 사람이 변했다. 그리고 자신에게 항상 고맙다는 말을 했다. 나중에 술자리에서 왜 그렇게 변했냐고 물어보니 경섭이 대답을 해주었다.

색이 보이지 않는 한겸이 위축될까 봐 기본적으로 모두가 동등하다는 걸 계속해서 주입시켰다고 했다. 거기에 자신감까지 키워주기 위해 한겸이 하는 일을 마치 보고서처럼 세세하게 칭찬했다고 했다. 그러다 우범의 말을 들은 후, 자신도 하지 못하는 것을 거짓으로 한겸에게 가르쳐 줄 수는 없다는 생각에 자신부터 변하기로 마음먹었다고 했다. 그리고 경섭의 그 행동은 지금까지 이어지고 있었다.

우범은 그런 것들이 지금의 한겸을 만든 것이라는 생각이 들었다.

"한겸이 너는 아버지께 감사드려라."

"갑자기요? 왜요? 아버지 어디 아프세요?"

"그런 건 아니다. 아니면 나한테 감사하든가."

"항상 감사하죠. 그런데 갑자기요? 아버지하고 대표님한테 감사할 일이라… 한국 분트에서 우리한테 일 또 맡겼구나. 맞죠?"

우범은 피식 웃었다. 다 좋은데 무슨 일이든 사고를 확장해서 연관시키는 것이 문제였다.

제4장

대만·분마

한국으로 돌아온 한겸은 곧바로 회사로 출근했다. 이미 팀원들에게도 얘기를 해뒀는데도 팀원들은 곧바로 회사로 온 한겸이 대단하다는 표정으로 반겼다.

"겸쓰, 넌 집에 안 가? 집도 좋은데 왜 집을 안 가?"

"가방 하나로 지금까지 있었어?"

"김한겸 진짜 대단하다. 아무리 대만 날씨가 따뜻한 편이라고 해도 좀 챙겨 가지."

한겸은 팀원들의 지적을 피식 웃어넘겼다. 그러고는 곧바로 영상을 보기 위한 준비를 하며 입을 열었다.

"일부터 하고 가야지. 다 합치면 한 3시간은 될 거야. 그런데 방 PD님하고 윤 프로님은?"

"이제 곧 오실 거야."

"오케이. 잘됐다. 그 전에 일단 캐릭터 생각한 것들 좀 있어?"

"전화로 얘기한 게 다지."

"음, 그래? 당장은 어쩔 수 없지. 아, 너희들 선물."

"선물? 들고 온 건 가방 하나인데 도대체 가방에 뭘 넣어서 간 거냐?"

스페인에 출장을 다녀왔을 때 범찬이 서운해했던 걸 생각하며 선물까지 준비했다. 한겸은 선물을 하나씩 나눠 주었다.

"이거 뭐냐. 라면이네? 선물이라서 좋기는 한데 이 기분을 어떻게 표현해야 하는지 설명할 수가 없네."

"하하하, 마음에 안 들어?"

"아, 이걸 든다고 하기도 그렇고, 안 든다고 하면 양심 없는 놈 같을 거 같고. 아! 어려운 문제야."

"캐리어를 안 가져가서 다른 건 들고 다닐 수가 없었어. 그리고 시간도 없고. 그거 대만에밖에 없다고 그래서 분트에서 산 거야."

"이게 왜 대만에만 있냐. 이거 24H에서 대만 라면이라고 들여왔거든? 편의점 앞에 붙어 있는 것도 못 봤어? 아! 재벌 2세라서 라면은 안 먹는다? 너 5,000만 라면인을 무시하는 말인데?"

"그런 건 아니고. 추천받아서 사 왔는데 그냥 먹어."

"어휴, 농담이야. 딱 봐도 또 가서 죽어라 일만 하고 왔네. 회의 끝나고 같이 먹어. 오케이?"

그때 마침 사무실 문이 열리면서 방 PD와 윤선진이 들어왔다.

"안녕하세요. 오랜만이네요."
"윤 프로님! 이리 앉으세요!"

팀원들이 목발을 짚고 온 선진부터 챙기자 방 PD가 농담을 던지며 자리를 찾아갔다.

"야, 나는 안 보이냐? 섭섭하네."
"무슨 섭섭한 말씀이세요. 제가 방 PD님 자리를 따뜻하게 데워놓기까지 했는데!"
"역시 범찬이밖에 없네!"
"하하! 당연하죠!"

간단한 인사가 끝나자 한겸은 서둘러 회의를 시작했다. 우선 광고에 대한 콘셉트를 설명했고, 그 뒤에 촬영해 온 영상을 재생시켰다.

"이번에 대만 가서 촬영한 건데요. 거리도 거리인데 날씨가 그렇게 좋지만은 않더라고요. 비가 자주 와서 그런가 봐요. 일단

다 보세요."

"뭐 이렇게 정신없이 찍었어. 광고는 잘 보면서 촬영은 하면 안 되겠다."

"그래서 방 PD님 모셨잖아요. 보시면서 적당한 자리부터 몇 군데 선정하고, 다시 가서 확인하는 게 좋을 거 같아요."

다들 고개를 끄덕거리며 화면을 계속 쳐다봤다. 촬영해 온 것이 길었기에 중간중간 휴식을 가지며 확인했다. 몇 번의 휴식 끝에 모든 영상을 확인하자 방 PD가 선진에게 물었다.

"거의 다 분트는 안 보이니까 분트를 보는 장면은 CG가 확정이겠네. 윤 프로님은 어떠세요? 괜찮아 보이는 곳 있으세요?"

방 PD 역시 스페인에서 선진의 능력을 경험했기에 우선적으로 그녀에게 질문한 것이었다. 선진은 아직 찾지 못했는지 멋쩍은 웃음을 지으며 고개를 저었다.

"그래요? 내가 보기엔 아무래도 101층은 일단 제외하고. 거긴 옥상이 아니라 전망대잖아. 그래서 제외. 옥상에서 하더라도 너무 위험해."

"저도 좀 위험할 거 같더라고요. 그래서 전망대도 찍어 온 거예요."

"난 중간쯤에 봤던 시내 다 보이는 데도 괜찮았던 거 같고, 가장 마지막에 봤던 곳도 괜찮은 거 같은데 너무 낮은 거 같기도 하고."

한겸 역시 방 PD와 비슷한 생각이었다. 남은 건 선진의 의견
이었는데 기대와 달리 난감한 표정만 지을 뿐 말을 뱉지 않았다.

"저라면 무서워서 저기 못 올라가 있을 거 같아서요… 도움이
안 되네요."

그 말을 들은 한겸은 아차 싶었다. 순서가 잘못되었다. 윤선진
에게서 답을 듣기 위해서는 일단 캐릭터가 우선이었다. 그래야
지 선진이 자신을 캐릭터라고 몰입해서 생각을 할 텐데, 지금 선
진은 자신이 서 있다고 상상하고 있었다.

"아! 캐릭터 먼저 구상해야겠어요!"
"갑자기?"
"그게 맞을 거 같아서. 죄송하지만 내일 병원 안 가시죠?"
"네, 내일부터 출근하기로 했어요."
"벌써요?"
"네, 제가 나오겠다고 했어요. 그런데 사무실 분들이 오전에만
근무하라고 하시네요."
"그럼 내일 출근하시면 다시 얘기해요. 오늘은 다들 고생 많으
셨어요."

한겸이 회의를 끝냈다. 그러자 범찬이 갑자기 손뼉까지 치면

서 크게 외쳤다.

"방 PD님, 윤 프로님! 라면 드시고 가세요!"

"라면? 라면 좋지. 그런데 갑자기 무슨 라면을?"

"겸쓰가 대만 가서 사 온 선물이에요. 한국에서도 팔지만 대만까지 가서 사 온 라면인데 맛보고 가시죠! 오늘 회의를 생각하며 사 온 거니까 다들 드시고 가세요."

"그러지 뭐. 윤 프로님도 드시고 가세요. 그런데 여기서 끓여 먹을 수 있어?"

"그럼요! 사무실에서 자주 끓여 먹던데요. 전 그럼 내려가서 가스버너랑 냄비 빌려 올게요!"

범찬이 내려가자 종훈과 수정까지 선물받은 라면을 모았다. 그 라면을 보던 방 PD가 피식 웃으며 입을 열었다.

"이 라면 말하는 거였어?"

"아세요?"

"알지. 편의점에 포청천이 이 라면 들고 있는 포스터 붙어 있잖아."

"포청천이요?"

"몰라? 얼굴 시커메서 이마에 초승달 흉터 있고."

한겸도 그제야 본 기억이 떠올랐다.

"그 사람이 대만 사람이었어요? 중국 광고인 줄 알았는데요."

"중국에서 독립한 게 대만일걸? 그래서 배경이 중국이지. 와… 여기서 세대 차이가 느껴지는구나. 진짜 포청천 몰라? 판관 프우청천! 개작두를 대령하라! 모른다고?"

"사진은 아는데 그런 건 전 몰라요. 처음 들어요."

"윤 프로님도 모르세요?"

"전 보진 않았는데 알긴 알아요."

"와, 이거 뭐 나만 노땅 된 거 같네. 종훈이, 딸, 너희도 몰라? 이 노래도 있잖아. 카이 펑 요우 거 빠오 칭 티엔. 모른다고?"

수정은 그만하라는 듯 손사래를 쳤고, 한겸은 광고란 광고를 모두 눈여겨보기에 곧바로 방 PD가 말한 포스터를 떠올렸다. 자신이 기억하기로는 광고 자체에 특별한 색은 보이지 않았다. 그래도 캐릭터라는 말에 도움이 될 수 있다는 생각으로 인터넷 검색을 했다.

"대만 드라마였구나. 진짜 인기 많았나 봐요. 버전도 엄청 많은데요?"

"인기 있었다니까. 한국에서도 인기 엄청 많았어."

그사이 범찬이 가스버너와 냄비를 들고 왔다. 그러고는 곧바로 라면을 끓이기 시작했고, 한겸은 포청천에 대해서 좀 더 알아봤다. 라면이 끓자 다들 식사를 시작했고, 한겸은 계속해서 영상을 봤다.

"이거 맛 괜찮은데? 그런데 김치도 없어? 김치 좀 가져다줘?"

"김치요? 그런 사치품을!"

라면이 담긴 그릇을 받아 든 윤선진이 웃으며 말했다.

"제가 김치 좀 가져다 드릴게요."

"어유! 그럼 감사하죠! 라면 많이 드세요! 겸쓰가 사 와서 더 맛있을 거예요. 어우, 아주 일중독자도 아니고. 야, 이거 먹으면서 해. 뭐 하는데 이렇게 정신 나갔어."

범찬은 라면을 담아 한겸에게 주었고, 한겸은 별말 없이 그릇을 받아 들었다. 그러자 방 PD가 범찬에게 물었다.

"그런데 범찬이 너도 포청천 몰라?"

"그게 뭔데요?"

"아… 그 유명한 포청천을 모른다니. 미국 드라마 CSI 알지? 그런 거랑 비슷한 건데."

그때, 한겸이 그릇을 내려놓았다. 포청천이라는 캐릭터가 드라마상 관직에 있지만 기본적으로 분마의 캐릭터 설정과 비슷한 면이 있었다. 악한 사람을 벌함으로써 선한 사람에게 도움을 주는 내용이었다. 분마로 사용해도 크게 이질감이 없을 것 같았고, 무엇보다 사람들에게 잘 알려져 있었다. 대만에서 시작된 드라마이다 보니 대만 사람들도 좋아해 줄 것이라고 생각했다.

한겸은 노트북 화면을 사무실에 있는 모두가 볼 수 있도록 돌렸다. 그러고는 모니터를 가리키며 입을 열었다.

"우리 분마, 포청천으로 변신시키면 어때?"

"포청천이 뭔데 다 포청천이래."

"이거 말이야. 이 드라마가 대만에서 제작한 드라마였대. 찾아보니까 실존 인물을 배경으로 만든 드라마고."

한겸은 조금 전에 자신이 찾은 내용을 설명했고, 그 설명을 들은 팀원들은 고개를 끄덕거리며 입을 열었다.

"분마랑 비슷한데?"

"맞지? 캐릭터 설정이 비슷한 거 같아."

"이거 승기 표절 아니야?"

"하하. 그런 건 아니지. 분마는 관직에 있는 사람이 아니라 관직에 있는 사람을 주로 혼내는 설정이잖아."

"그럼 또 조로처럼 저작권 있는 곳에 퍼블리시티권 허락받아야겠네?"

"옷 색깔이 달라지니까 느낌만 가져오긴 할 건데 괜찮지 않아? 대만에서도 잘 알려져 있어서 대만 사람들도 잘 알 거 같은데."

그때, 옆에서 대화를 듣던 신진이 조심스럽게 고개를 내밀었다.

"완전 옛날 사람으로 보이기도 하고 강시 옷이랑 비슷하기도 하네요."
"아… 그러네요."

방 PD는 어이가 없는 듯 헛웃음을 뱉었다.

"강시는 알면서 포청천은 모른다고?"

선진은 가볍게 웃고는 마저 말을 이었다.

"김 프로님 말씀을 들어보니까 청렴결백하면서 서민들을 위해 사는 사람이잖아요."
"저도 직접 드라마를 본 건 아니라서 정확히는 잘 모르는데 지금까지 확인한 걸로는 그렇죠."
"옷도 옛날 느낌이고. 이 사람으로 할 거면 맨 마지막에 봤던 곳이 어때요? 다른 곳은 조금 세련되어 보이는데 거기는 좀 예스러운 느낌도 있었거든요. 다시 화면을 볼 수 있어요?"

한겸은 서둘러 다시 영상을 재생했다. 다들 라면 먹던 그릇을 내려놓고선 모니터에 얼굴을 들이밀었다. 한참을 보던 중 선진이 스페이스바를 눌러 화면을 멈췄다. 그러자 함께 있던 모두가 놀라며 입을 열었다.

"어? 컴퓨터 연습하세요?"

"아, 네. 저도 할 줄 알아야 될 거 같아서요."

고작 스페이스바 하나 눌렀을 뿐인데도 다들 박수를 보냈다. 그러자 선진은 멋쩍게 웃으며 서둘러 말을 돌렸다.

"여기 이 부분이요. 홍등 거리라고 하셨죠?"

그때, 한겸이 급하게 입을 열었다.

"일단 돌아다니면서 찍어 오긴 했는데 지금 시국에 홍등 거리는 조금 안 좋을 거 같아요."

"왜요?"

"일본 느낌이 많이 나거든요. 일본 애니메이션 배경이기도 해서요. 아무리 대만에서 촬영한다고 해도 한국 사람들도 볼 텐데, 그럼 나중에 문제가 될 거 같아서요. 대만이 홍등 거리를 관광 명소로 좋아하더라도 우리는 회사가 한국에 있잖아요."

기우일 수도 있지만, 아버지가 겪었던 일을 생각하면 조심할 필요가 있다고 생각했다. 선진은 이해를 했는지 다시 화면을 보더니 가장 마지막에 촬영했던 부분에서 멈췄다.

"여기가 샹산이라고 하셨죠?"

"네, 맞아요."

"여기서 전체를 담는 게 제가 보기에는 그림이 가장 예뻐 보일 거 같아요. 여기 건물들 밑에 사람들 있겠죠?"

"보이진 않아도 아무래도 시내니까 그렇겠죠?"

"지금 위치에서 저 밑에 사람들 보일까요? 분마가 지금 여기에 있는 상태로 같이 담을 수 있으면 예쁠 거 같아요. 분마가 누굴 혼내는 게 아니라 사람들이 행복해하는 걸 보는 거니까 괜찮을 거 같아서요. 이상할까요?"

"아니에요. 좋을 거 같아요."

한겸의 말에 옆에 있던 종훈이 조심스럽게 입을 열었다.

"아무리 CG로 분트를 넣는다고 해도 윤 프로님 말씀처럼 하면 아예 분트가 주가 아닌 느낌인데."

종훈의 말도 맞았다. 하지만 한겸은 해결할 방법이 곧바로 생각났다. 한겸은 범찬을 힐끔 보고선 입을 열었다.

"두 개를 같이하니까 도움이 되기도 하네요. 이건 어때요? 저 밑에 지나다니는 사람들이 분트를 다녀왔다는 걸 보여주는 거예요. 이스터 에그처럼 분트에서 사용하는 봉지라든가 쇼핑백을 보여주면서 노출을 시키는 거죠. 어때요?"

"HT 광고에서 분마 소품 숨기는 것처럼?"

"그렇죠."

"괜찮을 거 같은데. 그럼 처음에만 초능력 같은 거로 분트를 보는 걸 보여주고 다음 장면 찍으면 되겠다. 네 말대로 두 개 같이하길 잘했네."

"범찬, 이거 내 의견이다?"

"누가 뭐래?"

한겸은 피식 웃고는 선진을 봤다.

"윤 프로님, 어떤 느낌인지만 그림으로 그려주실 수 있을까요?"

"그래야죠. 제가 지금 바로 그려볼게요."

"아니에요. 오늘은 쉬시고요. 내일 출근하서 그려주세요. 그리고 방 PD님."

"응, 알아. 윤 프로님이 말씀하신 대로 담을 순 있을 거 같아. 일단 드론은 무조건 필요해 보이고, 지금 이 산에서 한 번 촬영하고 저기 보이는 건물에서 사람들 촬영하고, 그럼 될 거 같은데?"

한국에 오면서 상상하던 것처럼 진행되고 있었다. 한겸은 무척이나 만족한 표정으로 내려놓았던 그릇을 들었다. 라면은 이미 퍼서 먹어야 될 수준으로 다 불어버렸지만, 기분 탓인지 어느 때보다 맛있게 느껴졌다.

* * *

다음 날, 한겹은 어제 회의에서 있었던 내용을 다듬을 생각에 들떠 있었다. 집에 간 뒤에도 생각이 떠나지 않았기에 밤새도록 광고의 방향에 대한 가닥을 잡아놓은 상태였다. 한겹은 자신이 정리한 것들을 팀원들에게 설명했다.

"시작은 분트 외관을 잡아주고, 곧바로 날아온 것처럼 샹산 꼭대기로 화면이 넘어가는 거지. 거기서 변신을 하게 될 거야. 옷은 이렇게 해야겠지?"

"이거 좀 무섭지 않냐? 다른 건 전부 테두리만 빨간색이었는데 이건 테두리부터 가슴팍 무늬까지 빨개서 뭔가 섬뜩한데? 이거 겸쓰 네가 그려서 이렇게 보이는 거야, 아니면 이런 느낌인 거야?"

"이렇게 안 하면 그냥 펄럭거리는 옷처럼 보일 거 같아."

"누구 하나 때려죽일 거 같은 느낌인데."

"그냥 봐. 이런 느낌이라는 거야."

범찬을 시작으로 팀원들도 한겹이 그려 온 그림을 보며 흠칫 놀랐다. 한겹도 자신이 그린 그림을 가만히 보더니 입을 열었다.

"무서우면 좋지. 맞네! 무서우면 좋잖아!"

"뭐가 좋아. 좋은 일 하는데."

"시작만 무섭게 느껴지는 거지. 반전! 사람들이 뭘 훔쳐 갈까 생각할 때, 만족해하는 모습을 보여주는 거야."

"겸쓰, 너 이거 지금 생각한 거 아니지? 내 느낌이 네가 되는 대로 말하고 있다고 알려주는데?"

한겸은 단호한 표정으로 아니라는 듯 고개를 저었다. 그러자 팀원들이 피식 웃었고, 그중 종훈이 입을 열었다.

"그런데 얼굴 가릴 건? 나도 어제 집에 가서 보긴 봤는데 딱히 가릴 만한 소품은 없던데."

"여기 옆에 그린 네모난 거 있죠? 내가 밤새 드라마 보다 보니까 판결할 때마다 그거 집어 던지더라고요. 그거 손에 들고 가리면 될 거 같아요."

"괜찮겠네."

"그리고 수사하듯 여기저기 둘러보면서 화면이 바뀌고 그러면서 어제 얘기한 분트 쇼핑백 같은 걸 보이게 하는 거예요. 그리고 다시 화면이 분마를 잡으면서 약간 만족한 표정을 짓는 거죠."

"얼굴도 가리는데 어떻게?"

"느낌으로 하면 돼요. 박재진 씨라면 가능할 거예요. 그 전에 장소가 맞는지 확인부터 해야죠."

그때, 타이밍 좋게 선진이 사무실로 들어왔다.

"벌써 출근하셨어요?"

"사무실 분들도 그러시더니 똑같은 말씀을 하시네요."

선진은 아직까지 무리를 하면 안 됐기에 당분간은 목발을 사용해야 했다. 움직임은 불편해 보였지만, 출근을 다시 한 게 기분 좋은지 밝은 표정으로 들어왔다. 그러고는 곧바로 한겸에게 서류철을 내밀었다.

"출근하셔서 그려달라는 말이었는데 집에서 그려 오셨어요?"
"가만있으려니까 자꾸 처지는 거 같아서 그린 거예요."

한겸은 웃으며 서류철을 열고는 비닐 안에 담긴 종이를 꺼냈다. 그러고는 말없이 한참이나 쳐다봤다.

"이게 아닌가요?"
"아니요. 좋아요. 진짜 이렇게 그리시려면 오래 걸리셨을 텐데 수고하셨어요."
"휴, 다행이네요."

한겸은 가볍게 웃고는 다시 그림을 봤다. 선진에게 말한 대로 그림 자체는 상당히 마음에 들었다. 실제로 촬영을 해도 이런 느낌이 담길 것이었다. 다만 복장이 아직 정해져 있지 않다 보니 감색 비단옷을 입고 있었다. 그래서인지 아직은 어떠한 색도 보이지 않았다. 다만 윤선진이 적어놓은 카피가 문제였다. 위치나 글씨체, 크기 같은 부분이 맞지 않았다면 회색으로 보일 텐데, 그림에서는 문구 전체가 빨간색이었다.

"내 그대들의 한을 풀기 위해서라면 악인으로 살아가리다…
음."

"아! 그 부분이 조금 이상하죠?"

"누굴 혼내는 게 아니어서인지 부담스럽네요."

"저도 카피를 적으면서 그 생각을 했어요."

옆에 있던 팀원들도 같은 걸 느꼈는지 다들 고개를 끄덕거렸다. 한겸은 잠시 고민을 하고선 곧바로 입을 열었다.

"이번에는 이거 빼자. 어때?"

카피가 없더라도 색이 보이는 건 이미 박재진 덕분에 확인했다. 마리아톡 광고 당시 박재진의 말과 몸짓만으로도 색이 보였기에 쉽게 결정할 수 있었다.

"만족해하는 모습만 보여주면 될 거 같지?"

"배경 진짜 괜찮은 거 같네."

그때 사무실 문이 열리면서 우범이 들어왔다. 완전히 들어오지 않고 문을 연 채로 곧바로 입을 열었다.

"어떻게 됐지?"

"일단은 어제 말씀드린 대로 진행할 거 같아요. 퍼블리시티권은 어떻게 됐어요?"

"그 문제로 온 거다. 일단 알아보니 실질적 유사성이 있어서 허가가 필요하다고 한다. 그래서 알아보니 퍼블리시티권이 CTV에 있더군. 워낙 많은 곳에서 사용해서인지 매뉴얼까지 있는 것 같았다. 그런데 그쪽에서 분트가 사용한다는 걸 알고선 곧바로 분마가 사용할 건지 묻더군."

"거기서 분마를 알아요?"

"그래, 알고 있었다. 우리는 분트라고 했는데 먼저 분마냐고 물었다."

우범의 말을 듣던 한겸은 가만히 생각하더니 씨익 웃었다.

"그럼 반응이 엄청났겠는데요?"

한겸이 묻자 옆에 있던 범찬은 어이가 없다는 듯 입을 열었다.

"겸쓰, 넌 어떻게 생각해야 그런 반응이 나오냐. 보통 이런 경우 안 된대요? 왜요? 무슨 일 있어요? 이런 반응이 나와야 정상 아니야?"

"분마에 대해서 알고 있다잖아. 그것도 먼저 분마에 사용할 건지 물을 정도면 자세히 알고 있다는 말인데, 그럼 싫어할 리가 없잖아. 분마로 하여금 포청천을 떠올리게 되면 다시 포청천이 재조명될 수도 있는 그런 기회인데, 당연히 좋아하지."

"그게 또 그렇게 되냐?"

우범은 헛웃음을 뱉었다. 자신이 할 말을 한겸이 대신 해버렸다.

"맞다. 그래서 퍼블리시티권도 허가를 해준다고 하더군. 그리고……"
"무슨 일 있어요? 왜 갑자기 웃으세요?"
"좋은 일인가 보다!"

우범은 씨익 웃었다. CTV에서 뜻밖의 제안을 해왔고, 사무실 판단으로는 굉장히 좋은 조건이었다. 우범은 미소가 가득한 얼굴로 입을 열었다.

"대신 촬영 현장을 독점으로 촬영하고 싶다고 한다. 한국의 연예 소식 프로그램 같은 프로가 CTV에도 있더군. 그곳에서 촬영 현장을 소개하고 싶어 했다."

팀원들은 감탄하며 조그맣게 박수를 보냈다. 그런데 한겸의 표정이 좋지 않았다. 우범이 의아한 표정으로 한겸을 물끄러미 쳐다볼 때, 한겸이 인상을 찡그리며 입을 열었다.

"그건 안 돼요. 절대 안 돼요."
"힘들이지 않고 분마를 홍보할 수 있는 좋은 기회 같은데? 그게 우리도 이득을 볼 수 있을 거 같고."

"저도 그 부분은 그렇게 생각하거든요. 그런데 문제가 있어요. 상산 전망대에 사람이 많은데 그 많은 사람들이 전부 촬영 현장에 관심 가질 거잖아요."

"안전상의 문제를 말하는 거군?"

한겸은 고개를 끄덕거리며 입을 열었다.

"그것도 있고요. CTV에서 촬영을 하게 되면 분마를 촬영하는 게 아니고 박재진 씨를 촬영하게 되겠죠? 모든 포커스가 박재진 씨한테 맞춰질 거예요."

"그렇겠군. 아무래도 기업 광고이다 보니 분마를 대놓고 촬영할 순 없겠군. 사무실 팀은 분마를 홍보할 수 있다고만 판단했는데 그런 문제가 있는지 몰랐다."

"박재진 씨가 분마라는 걸 많은 사람들이 알고 있다고 해도 아예 대놓고 노출시키는 건 아니라고 봐요. 그렇게 되면 당장 분마로 효과를 볼 수 있지만, 분마 다음에 곧바로 HT 광고가 이어지잖아요. 그럼 HT 광고 효과가 줄어들 수 있어요. 박재진 씨가 자신은 분마가 아니라고 하는데 자신들이 찾아내는 거하고, 이미 밝혀진 상태에서 찾아내는 거하고 분명히 차이가 있거든요. 그건 절대 안 돼요."

한겸이 단호하게 거절을 했고, 우범은 입을 꾹 다물고 고개를 끄덕였다. 그러자 옆에 있던 범찬이 입을 열었다.

"대표님, 혹시 그거 수락하셨어요?"

"수락은 아니고 그쪽에서 그런 식으로 얘기를 한 거다. 그렇게만 해준다면 무료로 허가를 내준다고 해서 제작비를 줄일 수 있지 않을까 생각했고."

"그럼 다행이고요. 그런데 겸쓰 말대로라면 박재진 씨도 조심해야 하는 거 아니에요? 한국에서도 대만 분마 촬영 간다며 막 취재 오고 그러지 않을까요? 촬영 모르면 다행인데, 막 갑자기 우리가 분트 광고 맡았다고, 이제 대만에도 분마 나온다는 그런 기사 나오면 난리 나잖아."

우범은 다시 입을 꾹 다물었다. 이미 분마를 조금 더 알리기 위해 보도 자료까지 준비한 상태였다. 아직 보내지 않은 게 천만다행이었다. 그때, 한겸이 입을 열었다.

"취재만 안 오면 돼. 기존의 이미지는 유지하되 직접적으로만 노출 안 시키면 돼. 그래도 대놓고 말하면 분명히 취재 오려고 하겠지?"

우범은 헛기침을 하고선 입을 열었다.

"그럼 CTV에는 제안을 거절하고, 라온은 조용히 올 수 있도록 얘기를 하마."

한겸은 우범을 보며 가볍게 웃었다. 이해를 하면서도 조금은 아쉽다는 표정이었다. 분마의 경우 분트의 총예산에서 따로 빠져나가는 것이었기에 제작비를 절감하려는 우범의 입장도 충분히 이해되었다. 하지만 박재진을 대놓고 노출해서는 안 됐다. 가만히 생각하던 한겸은 웃으며 입을 열었다.

"대신 분마 광고 공개하는 날짜를 알려준다고 하는 걸로 하죠."

"음?"

다들 의아한 표정으로 쳐다보자 한겸은 별것 아니라는 듯 입을 열었다.

"그 사람들도 현장을 촬영해서 포청천을 홍보하려고 하는 거잖아. 홍보하려는 이유는 포청천이 다시 재조명돼서 수익을 얻으려는 거고."

"쉽게 말해서 뽕을 뽑으려는 거다? 그런데 그게 날짜 알려주는 거하고 무슨 상관이야. 겸쓰, 좀 쉽게 말해."

"그러니까 수익을 얻을 수 있게 날짜를 알려주자는 거야. 날짜에 맞춰서 기간 한정으로 다시보기 서비스를 할인한다든가, 패키지로 내놓든가 그렇게 하겠지. 지금 초콜릿에서 드라마 서비스하는 것처럼. 그것도 타이밍이 중요하잖아."

"그렇네. 일찍 내놓아도 생뚱맞아 보이고 늦게 내놓아도 뒷북치는 거고."

"그런데도 안 된다고 하면 그냥 사는 게 나아요. 아니면, 아예 캐릭터 변경한다고 하면 그쪽에서는 그냥 사용하라고 할 거 같아요."

얘기를 듣던 우범은 이해했다는 듯 고개를 끄덕거렸다. 분트의 광고라고만 생각해서인지 사무실 직원들은 전부 좋은 기회라고 생각했다. 하지만 한겸은 바로 앞이 아니라 그 뒤까지 보며 판단하고 있었다. 한겸의 설명을 듣고 나니 바로 이해가 되었다. 우범은 한겸을 보며 웃고는 말을 이었다.

"그럼 그렇게 알고 먼저 진행하도록 하지. 그리고 의상 제작 알아보고 장소 섭외하고 허가도 받아야 하니까, 계획 보고서는 오후 중에 사무실로 보내줘라."

"직접 안 받으시고요?"

"난 장소 섭외 문제로 바로 대만으로 가야 된다."

우범은 그 말을 끝으로 곧바로 나가 버렸다. 그러자 옆에 있던 선진이 조심스럽게 말했다.

"매번 느끼는 거지만 김 프로님은 정말 대단하세요."

"제가요?"

"그럼요. 조금 남들하고 생각이 다르다고 해야 하나. 뭐든지 광고와 홍보에 연관시키시는 거 같아서요."

"제가 보기에는 윤 프로님이 더 대단하세요."

선진은 여전히 자신의 칭찬이 어색한지 수줍게 웃었다.

"그런데 대표님은 오랜만에 뵀는데도 회사에서 제일 바쁘신 것 같네요."
"아, 인사도 안 하셨죠?"
"인사는 아까 했어요. 그냥 바빠 보이셔서요."
"이번 일을 빠르게 진행해야 돼서 그래요."

한겸이 설명하자 옆에 있던 팀원들도 고개를 끄덕거렸다.

"일단 분마 내놓고 곧바로 HT 광고 찍고, 또 곧바로 분트 광고 찍고. 와! 엄청 바쁘겠네."
"분마부터 빨리 내놓아야 그나마 여유가 생기겠다."
"최범찬이랑 오빠는 생각이 짧아. 여유는 무슨. 좀 있으면 두립 OT 있는데 거기 가야지. 거기서 우리가 광고 따 오면 지금은 양반이지."

수정의 말에 한겸도 뜨끔했다. 분트와 HT가 겹쳐 있다 보니 두립까지 생각할 겨를이 없었다. 한겸은 조용히 날짜를 확인해 본 뒤 그제야 입을 열었다.

"일단 분마부터 최대한 빨리 촬영하고 최대한 빨리 내놓아야 겠다. 그리고 두립 OT하고 HT 광고 찍으면 될 거 같아. HT는 그나마 기획은 잡혀 있으니까 괜찮을 거야."

상황을 정리하느라 말은 하긴 했지만, 한 번에 많은 일을 맡기에는 힘들 것 같았다. 아무래도 두립은 OT에 참석을 한 뒤 입찰에 참여할지 결정을 하는 게 나아 보였다.

*　　　　*　　　　*

며칠 뒤. 광고 제작에 참여하는 모든 팀은 물론이고 박재진까지 모여 회의를 했다. 기획 팀에서 완벽하게 준비한 덕분에 다들 촬영 전 확인 및 점검을 하는 시간이라고 생각했다. 그러다 보니 회의는 그다지 길게 진행되지 않았다. 이틀 뒤 곧바로 대만으로 떠나기에 모두가 서둘러 자리를 떠났다. 그때, 가장 뒤늦게까지 남아 있던 박재진이 한겸에게 다가왔다.

"김 프로, 정말 이번에는 아무런 준비 안 해도 돼요?"
"준비하셔야죠."
"아니, 내 말은 저번에는 스페인어로 했는데 이번에는 그냥 웃기만 하면 되는지 궁금해서요."
"네, 이번에는 카피 다 빼버릴 거예요. 저희는 어려울 거라고 생각했는데, 괜찮으세요?"
"얼굴도 안 보이는데 뿌듯해하는 느낌을 들게 하려면 조금 어려울 거 같긴 하죠. 그래도 현장에서 막 여러 가지 하다 보면 김 프로님이 잘 캐치하시겠죠."

그 말을 들은 박재진의 매니저 용진이 대화에 끼어들었다.

"저희 형님이 김 프로님을 많이 믿으셔서 안심하는 겁니다."
"그래요? 저도 믿어요. 그러니까 박재진 씨만 찾죠."

한겸은 박재진이 의상 피팅을 하는 자리에 찾아가 사진을 찍어 오기까지 했다. 그 사진을 이용해 며칠간 합성도 해보고 선진에게 부탁해 그림도 그려봤지만, 원하는 색을 찾을 수가 없었다. 한겸은 배경은 문제가 아닐 거라고 생각했다. 선진을 믿어서인 이유도 있었지만, 배경 자체는 누가 보더라도 상산 전망대를 선택할 정도로 아름다웠다.

그러다 보니 한겸은 사진으로는 담을 수 없다는 결론을 냈다. 마리아톡의 마지막 장면처럼 영상으로 제작해야 색이 보일 거라고 판단했다. 물론 색이 보이지 않을까 봐 걱정은 됐지만, 박재진이라면 잘해낼 수 있을 거라고 생각했다.

"그런데 나 정말 늦게 가도 돼요?"
"그럼요. 오셔도 할 거 없어요. 일단 가게 안에 있는 사람들부터 촬영하니까요."
"매번 고생하다가 이렇게 편하게 촬영하려니까 뭔가 기분이 이상하네요."
"편할지 아닐지는 모르겠어요."
"어휴, 또 겁나게 그러시네. 아무튼 그럼 준비 잘하고 갈게요."

박재진은 나가려다 말고 문고리를 잡고서 멈췄다. 그러고는 뒤를 살짝 돌아보더니 입을 열었다.

"이런 느낌은 아니죠?"
"네? 어떤 느낌인데요?"
"하하, 아닙니다."

한겸은 어깨를 으쓱거리며 나가는 박재진을 봤고, 밖으로 나온 박재진은 피식 웃었다. 그러자 용진이 미소를 지은 채 박재진을 보며 말했다.

"그냥 고맙다고 하시지 그랬습니까?"
"민망하잖아."
"사람이 말로 표현해야지 알죠."
"아직 광고가 잘 나온 것도 아니고. 다 찍고 하면 되지. 그냥 혹시나 내가 등 연기가 되나 해본 거야."

박재진은 피식 웃고는 발걸음을 옮겼다.

*   *   *

이후 다시 대만을 찾은 한겸은 미리 대만에 와 있던 우범을 만났다. 촬영 현장을 가기 위해 함께한 방 PD는 우범을 보며 놀랐다.

"성 대표님 그런 복장 처음 봅니다."
"산을 계속 타다 보니까 어쩔 수가 없었습니다."

우범은 한국에서 흔히 보는 등산복을 입고 있는 상태였다. 얼마나 많이 올라갔다 내려갔다 했을지 보지 않아도 알 것 같았다. 한겸은 우범에게 고마운 눈빛을 보내며 말했다.

"힘드셨겠어요."
"괜찮다. 나보다 장 프로가 힘들 거다. 지금도 현장에 있으니까."
"지금도요? 왜요? 그냥 확인만 하면 되는데."
"가보면 안다. 아마 마음에 들 거다."

우범은 자신만만한 표정이었다. 한겸과 방 PD는 궁금하다는 표정으로 차에 올라탔다. 잠시 뒤 촬영 장소인 상산에 도착했다. 미리 말해두었기에 방 PD는 편한 복장이었다.

"내가 담아야 할 곳이 어딘지 올라가자고! 군대 있을 때 산 타본 거 빼고 거의 30년 만에 산 타보네. 그것도 우리나라 산도 아니고 말이야. 하하."

한겸은 웃으며 산을 올라갔다. 전에 올 때도 느꼈듯이 관광객이 많은 덕분에 산길 그 자체가 아니라 블록이 깔려 있는 길이이서 크게 힘들진 않았다. 거의 전망대에 도착했을 때쯤 우범이걸음을 멈췄다. 한겸은 고개를 갸웃거렸다.

"어? 저번에 이런 게 있었어요? 진입 금지라는데요."
"성 대표님! 진입 금지라는데 거길 왜 들어가요."

우범은 씨익 웃고선 바리케이드에 달린 벨트를 걷어냈다.

"가시죠. 이제 다 왔습니다. 한겸이 너도 조심해서 와라. 이정도 길밖에 못 냈으니까."

폭이 좁은 길이 나 있었다. 한겸은 의아한 표정으로 걸음을옮겼다. 안전 펜스가 있던 곳으로부터 얼마 떨어지지 않은 곳에도착하자 장 프로가 눈에 들어왔다. 그런데 장 프로만이 아니라대만 사람들도 함께였다. 장 프로와 간단한 인사를 나누고 여전히 의아한 표정으로 장소를 둘러볼 때, 우범이 웃으며 입을 열었다.

"타이베이시에서 허가를 내면서 조금의 딜을 했다."
"네?"
"네가 했던 말들이 생각나서 말이다. 전망대 스폿보다는 밑이지만 크게 차이는 없다. 여기서 촬영을 하면 된다."
"여길 만드신 거예요?"

"그래. 산림을 훼손할 순 없어서 이 정도가 한계지만 촬영은 수월하겠지? 우리가 촬영할 때까지는 사람들이 들어올 수 없는 곳이다. 일단 확인해 봐라."

이곳이 관광지이다 보니 현지인 및 관광객으로 사람들이 많았다. 한겸도 그 부분을 걱정했다. 그런데 우범 덕분에 말끔하게 처리되었다. 배경 역시 바로 위 전망대와 큰 차이는 없어 보였다.

"방 PD님, 어떠세요?"
"여기 정말 좋다. 이렇게 보니까 또 한국 같기도 하고. 그런데 이런 데를 어떻게 만들었대? 한국도 아니고 대만에서 말이야."

한겸도 궁금한 표정으로 우범을 봤다. 그러자 우범이 웃으며 입을 열었다.

"타이베이시도 기업이라고 생각했다. 그래서 우리가 촬영할 장소를 허가받으면서 제안을 했지. 새로운 장소를 만들어주고 그 장소를 관광지로 만들라고. 우리는 손해 보는 일이 아니니까."
"아, 관광지로 더 부각될 수 있겠네요."
"그렇지. 아마 우리가 촬영하고 가면 곧바로 공사를 하게 될 거다. 바닥에 블록도 깔고 아예 새로운 전망대로 만들 예정이지. 우리는 나은 환경에서 촬영을 할 수 있고 타이베이에서는 자기들 돈을 안 들이고 관광지를 부각시킬 수 있지."

"이거 비용은요?"

"분트에서 부담했다. 사회사업 목적으로 비용을 부담해서 제작비와는 전혀 상관없다. 여기 난간도 설치할 예정이다."

"그럼 난간에 광고도 가능해요?"

"나도 그 부분에 대해서 말을 했다. 그런데 불가능하다더군. 한 곳에만 그런 혜택을 줄 순 없다고 했다."

한겸은 헛웃음을 뱉었다. 난간에 광고를 못 하는 것이 아쉽기는 했지만, C AD로서는 손해 보는 것 하나 없이 얻을 것만 얻었다. 한겸은 만족한 표정으로 걸음을 옮겼다. 그러고는 땅을 다진 부분 끝에 서서 타이베이 시내를 천천히 살폈다. 그러고는 웃으며 입을 열었다.

"잘 나올 거 같아요."

*   *   *

며칠 뒤. 박재진의 촬영에 앞서 섭외한 단역배우들이 분트의 쇼핑백을 들고 웃으며 지나가는 모습을 촬영하는 것으로 모든 촬영을 끝냈다.

"김 프로, 어땠어?"

"괜찮을 거 같아요. 전부 상산에서 보이는 곳이니까요."

"성 대표님이 진짜 고생하셨네. 장소를 제대로 섭외했어."

"그러게요."

"그런데 박재진은 준비됐대?"

"지금 분장하나 봐요. 아무래도 사람이 많으니까 복장은 거기 가서 입을 것 같고요. 우리 준비해서 가면 비슷할 거 같아요."

"그 분장 하고 올라갈 수 있겠대?"

"네, 괜찮다던데요."

"지나가다가 박재진 보는 사람들 기겁 안 하려나 모르겠네. 수염도 잔뜩 붙였지, 마빡에 달 모양 흉터도 있지."

"그렇게 해야 디테일이 살잖아요."

"얼굴도 잘 안 보일 건데. 하긴, 뭐 완벽하면 좋지. 그럼 가자고."

한겸은 대만에 와 있던 장 프로의 차를 타고 이동했다. 그런데 힐끔거리는 장 프로의 시선이 느껴졌다.

"왜 그러세요?"

"아! 그냥 조금 신기해서요."

"뭐가요? 촬영할 때 무슨 문제 있었어요?"

"아니요! 그런 게 아니라 보통 기획 팀은 현장에 잘 안 가거든요. 가더라도 그냥 지켜만 보지 대놓고 말을 안 하는데, 방 PD님도 그렇고 김 프로님도 그렇고. 그리고 전부 김 프로님한테 묻는 게 신기하더라고요."

한겸은 피식 웃었다. 방 PD와 함께한 이유 중 큰 것이 바로 자신의 의견을 담을 수 있었기 때문이었다. 색을 찾기 위해 하는 일이었지만, 남들이 보기에는 확실히 이상해 보일 수 있는 모습이었다.

"전 혹시나 촬영 감독님하고 이런 문제로 사이가 틀어질까 봐 걱정돼서 한 말이니까 신경 쓰지 마세요."

장 프로의 마음도 이해했기에 한겸은 그냥 웃어넘겼다. 간단한 대화를 나누던 사이 촬영장에 도착했다.

"박재진 씨 벌써 도착했나 봅니다. 저기 저 하얀 차가 저희가 보낸 차거든요."
"빨리 오셨네. 그럼 저 박재진 씨한테 갔다가 올라갈게요."
"어우, 그런데 뭐가 이렇게 사람이 많죠? 요 며칠 여기 계속 있었는데 오늘은 평소보다 배는 많은데요?"
"그래요?"

한겸이 보기에도 사람들이 상당히 많았다. 약간 걱정되긴 했지만, 촬영 장소는 외부인이 들어올 수 없다 보니 거기까지만 올라가면 된다고 생각했다.
차에서 내린 한겸은 곧바로 박재진의 차로 향했다. 창문을 두드리니 매니저 용진이 한겸을 발견하고선 곧바로 차 문을 열었다. 차에 올라타니 이미 분장을 끝낸 박재진이 보였다.

"아……."

"왜요! 왜 보고 흠칫 놀라요! 그렇게 이상해요?"

"전 괜찮아요."

"뭘 자기가 괜찮대! 내가 봐도 이건 좀 과한 거 같기도 하고. 얼굴은 꺼멓게 칠하지 말 걸 그랬나 봐."

그러자 함께 차에 타고 있던 메이크업 담당자가 입을 열었다.

"얼굴도 안 나오는데 너무 과하다고 했잖아요."

"인상적이고 좋네요. 괜찮을 거 같아요."

살만 붙어 있었다면 정말 포청천으로 오해할 것 같은 분장이었다. 어차피 얼굴은 보이지도 않을 텐데 작은 부분까지 신경 쓰는 모습이 고마웠다.

"그럼 올라가실까요? 모자라도 쓰세요."

"모자는 분장 지워지니까 안 되고 수건이라도 덮어쓰고 가야겠네요."

박재진이 내리려 할 때, 장 프로가 급하게 차 문을 열었다. 그러고는 한겸과 마찬가지로 박재진을 보고선 깜짝 놀라고는 서둘러 입을 열었다.

"저기, 김 프로님. 약간 문제가 생겼습니다."

"네? 무슨 문제가요?"

이번 촬영이 가장 중요한 촬영이었는지라 문제라는 말에 한겸은 걱정하는 표정으로 장 프로를 쳐다봤다. 그러자 장 프로가 난감하다는 표정으로 입을 열었다.

"타이베이시가 SNS에 샹산을 언급했습니다."

"뭐라고요?"

"분마를 촬영 중이고 촬영이 끝나면 시민들에게 공개할 예정이니 기대해 달랍니다."

"그래서 저렇게 사람들이 많았던 거였어요?"

"네. 이 시간대에는 사람들이 이 정도로 많지 않아서 이상해서 찾아보니까 저런 글이 올라와 있더라고요."

"게시글 올렸다고 찾아왔다고요?"

"알고 온 사람도 있을 거고 다들 지켜보니까 지나가던 사람도 무슨 일인가 해서 무리가 커진 거 같습니다."

"대표님한테 얘기했어요?"

"바로 전달했습니다. 대표님이 시청에 연락하고 계시고요. 저도 담당자한테 연락했는데 시간이 늦어서 그런지 연락이 안 되네요."

지금 차에서 내린다면 저 많은 사람들이 쫓아올 것처럼 보였다. 시에서 홍보를 하려는 마음은 알겠지만, 알리는 시기가 너무 일렀다. 한겸은 창밖을 보며 인상을 찌푸렸다. 그때, 우범에게서 연락이 왔다.

"네, 대표님."

—거기 어때. 장 프로 말로는 사람이 많다고 하더군.

"네, 좀 많네요."

—내가 일단 가고 있는데 한 시간은 걸릴 거 같다. 그 전까지 기다리고 있어.

"그건 좀 곤란할 거 같은데요? SNS로 퍼지다 보면 사람들이 더 늘어날 거 같아요. 그리고 방송국에서도 올 거 같고요."

—그럼 그냥 사람들 무시하고 올라가라. 힘들겠지만, 촬영 장소까지만 빠르게 올라가면 된다. 거기서부터는 통제가 가능하니까.

한겸도 그럴까 생각했지만, 이내 그 생각을 접었다.

"분마 이미지가 시민들을 위한 이미지인데 아예 모른 척하고 가버리면 안 될 거 같은데요."

—그렇다고 네가 저번에 말한 대로 대놓고 인사를 할 수도 없을 텐데.

"그러니까요. 일단 방법을 한번 생각해 볼게요. 그런데 도대체 왜 올린 거래요? 연락은 됐어요?"

—그래. 다행히 지금은 게시글 내린 상태다. 담당자가 내일이 주말이라고 생각 없이 오늘 올린 모양이더군. 이미 일어난 일이

지만 담당 팀에서 사과는 했다. 그래도 만약 촬영에 차질이 생기면 타이베이시에 제작비 청구를 하든지 할 테니까 정 안 될 거 같으면 철수해라.

한겸은 한숨을 쉬며 전화를 끊었다. 분마에 대한 열렬한 반응을 보니 성공한다는 확신이 생기긴 했지만, 갑자기 생긴 변수를 해결하기 위해 머리가 복잡했다.

*　　　　*　　　　*

한겸은 방법을 해결하기 위해 창밖을 보고 있었다. 하지만 아무리 생각해도 방법이 없었다. 무작정 올라간다면 저 많은 사람들이 따라올 테고 그럼 지금의 인원만으로 통제할 수가 없었다. 만약 시민들 중 안전상 문제가 발생한다면 그 책임을 고스란히 분트가 져야 할 것이었다. 잘못은 다른 사람이 했는데 피해를 보게 되자 한겸은 짜증이 밀려왔다. 그때, 옆에 있던 장 프로가 한겸에게 물었다.

"어떻게 할까요?"
"휴, 이건 그냥 사과로 넘어갈 수준이 아닌데요."
"이 부분에 대해서는 저희가 처리하겠습니다."
"대만 시민들한테 반발 생길 수 있으니까 지금 바로 문제 삼으면 안 돼요."

박재진 역시 바로 옆에서 사태를 들었기에 밖을 보며 조심스럽게 말했다.

"분장 지우고 올라갈까요? 분마 보러 온 거지 나 보러 온 건 아니잖아요. 수정 씨, 가능해?"

"안 돼요! 이마에 달하고 수염만 붙이는데도 시간 꽤 걸리는데. 대충 붙일 순 없잖아요."

"그럼 그냥 수건 덮어쓰고 뛰어 올라가는 수밖에 없네. 촬영 미룰 순 없잖아요. 그렇죠? 그렇다고 내가 진짜 분마도 아니니 순간 이동으로 갈 수도 없고!"

그 말을 듣던 한겸은 피식 웃었다. 순간 이동을 할 수 있다면 좋겠지만, 박재진은 정말 분마가 아니었다. 분마는 승기가 만들어낸 걸 자신이 다듬은 것이었다. 그 생각을 하던 한겸은 순간 자신의 생각이 고정관념에 갇혀 있었다는 걸 깨달았다.

"어?"

"김 프로님, 왜 그러세요?"

"아! 능력을 부여하면 되는데!"

"뭔 능력이요? 분마요?"

다들 의아한 표정으로 한겸을 쳐다봤고, 한겸은 스스로도 어이없는지 헛웃음을 뱉었다. 그러고는 이내 박재진을 보며 씨익 웃고선 메이크업 담당자를 보며 입을 열었다.

"대충 지금 박재진 씨처럼 분장하는 데 얼마나 걸려요?"

"얼마나 대충이냐에 따라 다르겠죠? 재진 오빠는 티 나게 하는 거 싫어해서 완벽하게 하느라 오래 걸리는데 대충 하면 금방 하죠. 예비용으로 준비한 것도 있고요."

"이마에 달 안 붙이고 대충 꺼멓게 칠하고서 수염만 붙이면요."

"한 5분에서 10분?"

한겸은 잠시 생각하더니 장 프로를 가만히 쳐다봤다. 그러자 장 프로는 손가락으로 스스로를 가리켰고, 한겸은 고개를 끄덕거렸다. 그러고는 수정을 보며 입을 열었다.

"일단 여기 이분 분장 좀 해주세요."

"네?"

"대충 느낌만 살게 해주세요. 수건 쓰고 올라갈 거니까. 그리고 몇 명이나 가능할까요?"

"준비는 많이 하긴 했는데… 그런데 진짜 해요?"

한겸은 고개를 끄덕거렸고, 그 말을 들은 박재진은 크게 웃으며 말했다.

"내가 졸지에 분신술도 익혀 버렸네."

한겸은 피식 웃고선 입을 열었다.

"이분부터 좀 해주세요. 장 프로님, 부탁드려요."
"저야… 뭐 도움이 되면 해야죠."
"저도 하긴 할 거예요. 저는 박재진 씨하고 올라가야 되니까 먼저 하고 올라가세요."

한겸은 곧바로 차에서 내리고는 스태프들을 불러 모았다. 여러 명의 스태프들이 모이자 사람들은 더욱 관심 있게 지켜봤다. 스태프들도 이 상황을 전해 들었는지 다들 걱정하는 표정으로 한겸을 쳐다봤다. 한겸은 시민들을 신경 쓰지도 않고 오로지 스태프들만 보며 말했다.

"사람들 시야 가릴 수 있는 거 있어요?"
"임시 천막이 있긴 해요."
"그거부터 준비하세요. 그리고 지금 상황상 여러분의 도움이 필요합니다. 우리가 분장을 해야 될 거 같아요."

한겸은 자신이 생각한 내용을 전달했고, 스태프들 중 가장 먼저 방 PD가 손을 들었다.

"나 할게. 피부 트러블 심한 사람은 빠지고, 괜찮으면 좀 도와 줘."

먼저 나선 방 PD 덕분인지 스태프들이 서로 하겠다고 나섰다. 그 사이 임시용 천막이 쳐졌고, 한겸은 고개를 끄덕거리며 박재진의 차로 돌아갔다.

"곧바로 분장 좀 부탁드려요. 지금부터 분장하는 대로 한 명씩 올라갈 거고요. 박재진 씨는 중간쯤에 올라가는 거로 하죠."

박재진은 재미있다는 표정으로 고개를 끄덕거렸다.

*　　　　*　　　　*

분트와 미팅 중이었던 우범은 서둘러 미팅을 끝내고 촬영 장소인 샹산으로 향했다.

"성 대표님, 담당자가 계속 사과를 하는데요."
"네, 사과받지 마세요."

조금 전 분트와의 미팅도 난간 설치에 대한 내용이었다. 분트에서는 촬영이 끝나면 곧바로 작업을 할 수 있도록 준비까지 끝낸 상태였다. 시는 아무것도 안 하고 관광 장소가 생겼는데 도움은 주지 못할망정 훼방을 놓아버렸다는 생각에 우범은 화가 난 상태였다.

"차후에 얘기하자고 말씀하시고 끊어주세요."

"담당자가 직접 얘기하고 싶다고 합니다. 영어로 가능하다고 하는데요. 어떡할까요?"

우범은 고개를 끄덕거리고 전화를 넘겨받았다.

"말씀하시죠."

—죄송합니다. 죄송하다는 말밖에 할 말이 없습니다. SNS 담당하는 직원이 주말이어서 쉰다는 생각에 바로 올린 모양입니다. 저희가 통제할 수 있도록 지금 바로 현장에 사람을 보내겠습니다.

"지금은 제가 따로 드릴 말씀이 없군요. 현장에 가보고 촬영을 할 수 있을지 없을지 상황을 보고서 다시 연락드리겠습니다."

무조건 촬영을 할 테지만, 우범은 괘씸하다는 생각에 말을 하고는 전화를 끊었다. 그러는 사이 차가 상산에 거의 도착했다. 그런데 문제가 생각보다 심각한 게 보였다. 보도 차량이라고 스티커를 붙인 차가 바로 앞에 있었다. 방향까지 같은 걸로 봐서는 상산으로 가는 게 확실했다.

상산 근처에 도착하자 늦은 밤임에도 많은 사람들이 모여 있는 모습이 보였다. 그 사람들이 보고 있는 곳은 가림막과 차량 및 짐을 이용해 안을 볼 수 없게 만들어놓은 장소였다. 대부분이 일반인들이었지만, 그중엔 기자들로 보이는 사람도 있었다. 딱 봐도 기자라는 걸 알 수 있었다. 사업적인 촬영이다 보니 허가를 받지 않는 한 촬영을 할 수 없었기에 큰 소리로 요청을 하고 있었다.

그때, 갑자기 천막이 올라가면서 수건을 뒤집어쓴 누군가가 밖으로 나왔다. 그 옆에는 제작 팀 스태프로 보이는 사람들이 붙어 있었고, 곧바로 다들 위로 올라가 버렸다. 자세히 보이진 않았지만, 분장을 한 걸로 봐서는 박재진이었다. 그런데 의아하게도 기자들이나 사람들이 따라나서지 않았다.

"뭐지?"

우범은 도무지 이해할 수 없다는 생각에 자신도 모르게 혼잣말을 뱉었다. 그때, 자신의 옆을 지나가는 사람의 말이 들렸고, 우범은 곧바로 통역사에게 해석을 부탁했다.

"뭔지는 모르겠는데 아니라고 하던데요? 그냥 전부 아니었대요."
"뭐가 아니란 거죠?"
"그건 저도 잘 모르겠는데요."

그때, 다시 천막이 열리더니 조금 전에 봤던 모습과 똑같은 상황이 벌어졌다. 누군가가 수건을 뒤집어쓰고 촬영 장소로 올라가고 있었다. 분명히 직접 박재진이 올라가는 걸 봤는데 이번에도 분장을 한 사람이었다. 그때, 현장을 도와주던 현지인이 천막에서 나와 하는 말이 들렸다.

"좀 비켜주세요. 오늘 촬영에 분마 없어요. 이미 다 찍고 갔어요. 오늘은 다른 촬영입니다. 괜히 힘 빼지 마시고 인터넷으로 확인하세요."

그 말이 끝남과 동시에 또 똑같은 일이 벌어졌다. 조금은 달랐던 게, 이번에는 사람들이 볼 수 있도록 아예 대놓고 나와서 수건을 머리에 올렸다. 그러자 사람들이 웅성거리는 말이 들렸다. 우범은 서둘러 무슨 얘기를 하는지 통역사에게 통역을 부탁했다.

"흑인 콘셉트인가?"
"아니지! 내 말이 맞지?"
"뭐? 인종차별에 대한 내용?"
"그렇다니까. 난 한 번 보고 딱 알았지. 박재진이라는 사람이 분마인데 인종차별 문제로 사건이 있었어. 그것도 스페인에서."
"그래? 봤던 거 같기도 하고. 그럼 오늘은 분마 없겠네."
"그렇다니까. 내가 못 알아볼까 봐 여기 박재진 사진도 들고 왔잖아."

대화를 들은 우범은 헛웃음을 뱉었다. 그러는 사이 한 명이 또 나왔다. 듣지 않아도 무슨 생각인지 알 것 같았다. 아마 한겸의 아이디어일 것이었다. 우범은 천막으로 들어갈까 했지만, 괜히 시선을 모을 수 있다는 생각에 곧바로 촬영 장소로 올라갔다.

"촬영 끝났다는데 올라가시는 거예요?"

"가야죠. 전 관광하러 온 게 아닙니다."

"아! 그렇죠. 죄송합니다!"

한겹이 한 시간도 안 되는 사이에 촬영을 끝내는 건 말이 안 됐다. 우범은 피식 웃고는 곧바로 촬영 장소로 향했다. 올라가다 보니 짐을 들어서인지 걸음이 조금 느린 스태프들과 만났다.

"어? 성우범 대표님."

"후후, 잘 어울리시는군요. 감사합니다."

"감사는요."

우범은 인사를 건네고 서둘러 올라갔다. 촬영 장소 근처에 도착한 우범은 주변을 살폈다. 그곳에도 관광객들이 보이긴 했지만 많은 인원은 아니었다. 대부분 위에 있는 전망대로 올라가거나 내려가는 사람들이었고, 밑에서부터 따라 올라온 사람들도 진입 금지라고 적힌 펜스 앞에서 스태프들이 지키고 있어서인지 기웃거리기만 할 뿐이었다. 우범은 웃으며 입구를 지키고 있는 스태프들과 인사를 나누고는 현장으로 이동했다.

현장에 도착한 우범은 눈에 보인 모습을 보자 자신도 모르게 웃음이 나왔다. 현장이 좁다 보니 스태프들이 옹기종기 모여 있었고, 야간 촬영을 위해 켜놓은 조명 밑에서 얼굴이 시커먼 사람들이 보였다. 열 명은 족히 넘어 보였다. 그때, 그들 중 한 명이 이쪽으로 다가왔다.

"대표님!"

"음… 장 프로… 고생이 많군요."

"바로 올라오셨어요?"

"네. 김 프로랑 방 PD님는 어디 있죠?"

"저기요. 김 프로님, 방 PD님! 대표님 오셨어요!"

그러자 시놉을 보고 있던 사람이 고개를 들었고, 우범은 또다시 웃음을 참았다.

"넌 왜 수염까지 달고 있어?"

"저 말고도 수염 단 사람 많아요. 그런데 올라오시면서 밑에 보셨죠? 듣긴 했는데 제대로 상황을 몰라서요. 아직 사람 많아요?"

"곧 빠질 것 같았다. 재밌네."

"휴, 다행이네요."

"수고했다. 이제 분장 좀 지우고 해."

"안 돼요. 이따 또 내려가야 되잖아요."

박재진은 피식 웃고는 입을 열었다.

"그럼 내려갈 때는 나도 도와주마."

"괜찮아요. 이제 충분한 거 같아요."

"그렇군. 정말 고생했다. 걱정했는데 잘 해결했구나. 그런데 방

PD님은?"

"저기 카메라 보고 계신 분이 방 PD님이세요."

"방 PD님까지 분장하셨군. 그런데 박재진 씨는 아직 안 올라온 건가?"

"올라왔죠. 지금 의상 갈아입고 있어요."

그때, 구석에 상당히 좁아 보이는 곳에서 박재진이 나왔다. 검은 얼굴에 하얀색, 빨간색으로 장식이 된 모자를 쓰고 빨간 무늬가 들어간 하얀색 도포를 입고서 나타났다. 박재진 역시 얼굴이 거뭇했지만, 확실히 달랐다. 옷 때문만이 아니라 분장 자체가 차이가 났다.

"그래서 수건을 쓰고 온 거였군."

"다행히 다들 모르더라고요. 촬영 시작해야 될 거 같으니까 내려가 계세요."

"괜찮다. 난 신경 쓰지 말고 할 거 해라."

그때, 한겸의 휴대폰이 울렸다. 한겸은 번호를 확인하더니 고개를 갸웃거리며 통화 버튼을 눌렀다.

"범찬이가 늦은 밤에 웬일이지? 어, 왜?"

통화를 하던 한겸은 깜짝 놀라기도 하고 큰 소리를 내며 웃기도 하더니 전화를 끊었다. 그러고는 우범을 보며 입을 열었다.

"진짜 SNS가 대단하네요."

"왜 그러지?"

"밑에 대기하는 곳 사진이 올라왔대요. 분마 촬영이라면서. 한국에서는 분마가 엄청 인기 있어서인지 바로 퍼졌나 봐요."

"그렇군."

"그런데 다들 콘셉트에 대해서 말이 많은가 봐요. 인종차별에 관한 콘셉트이다, 대부분이 동양인인 대만에서 그럴 리가 없다, 그런 문제로 논쟁을 벌이나 봐요."

"그럼요. 계속 사람들 입에 오르내리니까요. 의도치 않게 홍보를 하게 된 셈이네요."

우범은 피식 웃다 말고는 갑자기 정색을 했다.

"사과를 받긴 했는데 그래도 이 상황을 만든 거에 대해서는 화가 안 풀리는군."

"저도 스태프분들 고생시킨 거 같아서 화가 나긴 하더라고요. 일단 촬영부터 하고요. 휴우."

그때, 촬영 준비를 끝냈는지 방 PD가 다 됐다는 신호를 보냈다.

*　　　　*　　　　*

촬영이 시작되자 박재진은 스태프들이 미리 표시해 둔 곳에 자리했다. 스태프들이 볼 수 있는 모습이라고는 박재진의 뒷모습 뿐이었다. 그럼에도 모두가 박재진에게서 눈을 떼지 않았다. 복장까지 갖춘 상태여서인지 뒷모습만으로도 분마의 분위기가 느껴졌다.

한겸 역시 박재진의 뒷모습을 물끄러미 보다가 모니터를 봤다. 모니터에는 드론으로 촬영된 영상이 나오는 중이었다. 그때, 방 PD가 만족한 표정으로 입을 열었다.

"산에서 찍어서 그런지 느낌이 좋은데? 이렇게만 보면 자연만 보이다가, 반대로 찍을 때는 현대 문물과 자연이 조화롭게 나올 거 아니야. 이거 맞지? 김 프로? 한겸아! 왜 정신을 놨어."

"아! 죄송해요."

"왜? 이상해?"

"아니요. 이 앞부분은 다시 찍을 필요 없어요. 이대로 사용하죠."

"진짜? 어쩐 일이야. 빨리 찍고 가려고 그러는 거야?"

한겸은 약간 당황했다. 전혀 생각지도 못했던 부분에서 색이 보였다. 박재진은 바로 앞에서 드론이 날 때부터 색이 보였다. 박재진은 얼굴이 보이지 않도록 판결할 때 사용하는 패로 얼굴을 가리고 있었고, 포즈는 한국에서 촬영했던 분마 때와 같은 포즈였다. 그리고 드론이 조금씩 멀어져 가며 박재진의 머리 위로 넘어가는 것으로 끝이었다. 그런데 모니터 속 영상에 온전한 색이 보이고 있었다.

"진짜 다음으로 넘어가?"

"네, 이거 건들지 말고 이대로 사용하죠."

"진짜? 이거 한 15초는 될 텐데?"

"괜찮아요. 어차피 TV 광고 아니어서 괜찮아요. 이대로 써요."

"보정도 안 하고?"

"네, 아무것도 건드리지 말고 이렇게 써요."

"조금 이상한데?"

한겸은 의아한 표정으로 방 PD를 봤다.

"뭐가 이상한 부분이 있어요?"

"아니, 이렇게 빨리 끝내도 되는 건가 해서. 오중이 지금 엄청 놀란 거 안 보여?"

옆을 보자 Do It의 식구인 오중이 과장된 표정이긴 했지만, 믿을 수 없다는 듯 입을 벌렸다. 혹시 문제가 있어서인가 싶었던 한겸은 헛웃음을 뱉고선 입을 열었다.

"마지막 장면만 잘 담으면 될 거 같아요. 박재진 씨가 준비를 많이 해 오셨나 봐요."

"말해 뭐 해. 저 양반이라면 믿을 수 있지. 박재진 씨! 다음 장면 준비할 동안 쉬어요."

그 말과 동시에 스태프들이 달라붙어 땅에 끌리는 박재진의 옷을 들어주었다. 다음으로 이어질 내용은 미리 촬영해 둔 사람들의 모습이었고, 박재진의 뒷모습과 타이베이 시내를 같이 담는 것으로 끝이었다. 박재진도 너무 빨리 끝난 게 이상했는지 쉬지 않고 한겸에게 다가왔다.

"진짜 괜찮았어요?"
"네, 정말 좋았어요. 한번 보세요."
"김 프로님한테 한 번 만에 그런 말 들으니까 이상한데요……?"

그동안 한겸과 함께했던 스태프들 역시 궁금하다는 표정으로 모니터를 힐끔거렸다. 박재진 역시 기대하며 모니터를 봤고, 영상을 보며 자신도 모르게 헛웃음을 뱉었다.

"멋있네. 진짜 영화 한 장면 같은데요?"
"이거 찍을 때 무슨 느낌으로 촬영하신 거예요?"
"느낌이요? 음… 그냥 예전 느낌으로 찍었는데. 니들 잘하고 있는지 한번 보자! 이런 느낌? 진짜 좋았어요?"
"역시… 이 장면에서 가장 중요한 부분이 모델이니까 모델이 잘해줘야 되는 거네요."
"저한테 잘하라고 그러는 거예요? 아니면 잘했다고 그러는 거예요?"
"아! 그냥 혼잣말한 거예요. 정말 좋아요. 잠시 쉬고 계세요."

박재진은 이런 상황이 어색하다는 듯 어깨를 으쓱거리며 자리로 돌아갔고, 한겸은 주변에 있던 스태프들에게 입을 열었다.

"나중에 확인하시고요. 빠르게 준비 좀 해주세요."
"김 프로가 스태프들한테 그런 말도 하고 어쩐 일이야?"
"다음 장면이 어떻게 담길지 궁금해서요."

한겸은 약간 들뜨기까지 했다. 앞부분에서 색이 보였다. 잠깐도 아니고 10초가 넘는 시간 동안 색이 보인 적은 처음이었다. 사람들의 대부분 색이 보이는 장면에서 반응을 보였기에 들뜰 수밖에 없었다. 마지막 장면까지 색이 보인다면 광고를 본 사람들이 어떤 반응을 보일지 궁금했다. 그러다 보니 한겸은 어느 때보다 의욕이 넘쳤고, 들뜰 수밖에 없었다.

그러는 사이 촬영 준비가 끝나고, 박재진이 다시 카메라 앞에 섰다. 이번에는 박재진의 뒷모습만 담기는 모습이었다. 지금까진 촬영하는 동안엔 박재진과 방 PD에게 맡겼지만, 이번만큼은 한겸이 먼저 입을 열었다.

"뿌듯하다는 느낌으로! 잘했다는 느낌으로! 잘하고 있다는 그런 느낌으로 부탁드려요."
"어휴, 뒷모습으로만 표현하려니까 어려운데요."
"잘하고 계시니까 준비한 대로만 해주세요."
"휴, 부담되네. 알겠어요."

박재진이 잠시 심호흡을 한 뒤 고개를 끄덕였다. 그러자 방 PD가 곧바로 신호를 주며 촬영을 시작했다. 한겸은 약간 설렌 표정으로 박재진과 모니터를 번갈아 쳐다봤다. 그러던 중 한겸이 한숨을 뱉었다.

　"흠."
　"왜? 괜찮지 않아?"
　"아니요. 다시 촬영하는 게 좋겠어요."

　방 PD는 고개를 끄덕거리더니 입을 열었다.

　"그냥 계속 찍자. 박재진 씨 하고 싶은 대로 하게 두고 그중에 마음에 드는 거 고르는 게 낫지 않겠어?"
　"그렇게 해도 돼요?"
　"밤새 찍어도 돼. 김 프로랑 촬영한다고 준비 많이 했거든. 레코더도 잔뜩 있으니까 밤새 찍어도 돼. 그러니까 걱정 말고 가자고."

　방 PD는 쌓아둔 짐을 가리키며 웃었고, 한겸도 그렇게 하는 편이 나을 거라고 판단했다.

　"박재진 씨! 계속 촬영할 테니까 힘들면 말씀하세요."
　"알겠습니다. 이제야 좀 김 프로님하고 촬영하는 거 같네."

박재진은 고개도 돌리지 않은 채 손을 머리 옆에 올려 동그라미를 만들어 보이며 말했다. 그렇게 촬영이 계속 진행되었다. 박재진은 한겹을 경험해 본 덕분에 계속해서 포즈를 변경해 가며 조금씩 움직였다. 몸을 크게 부풀리기도 하고, 허리에 손을 짚기도 해가며 촬영을 했다. 그렇게 한참이 지났을 때, 박재진이 목을 끄덕거리는 모습이 보였다. 그 모습을 보던 방 PD가 조심스럽게 물었다.

"괜찮은 거 같은데?"
"그래요?"
"왜, 아니야?"
"일단 이 부분 사용하는 것도 고려해 봐요."
"휴, 등으로 표현하는 게 쉬운 게 아니야. 등으로 뿌듯한 걸 표현하면 그게 등 연기의 신이지. 등신!"

그 말을 들은 박재진은 고개도 돌리지 않은 채 크게 웃었다.

"하하하, 욕 같은데요!"
"농담이죠! 괜찮아요? 쉬었다 할까요?"
"아직은 괜찮아요. 고개를 조금 더 잘 보이게 흔들어볼까요?"

한겹도 어려울 거라고 생각은 했지만, 앞에서 색을 본 탓에 욕심이 생겼다. 그때, 목을 크게 흔들던 박재진이 갑자기 멈추더니 손을 번쩍 들었다.

"용진 씨! 용진 씨! 빨리빨리! 어우, 나 목에 담 왔다!"

뒤에 있던 매니저 용진이 재빠르게 박재진의 옆으로 갔고, 한 겸도 걱정스러운 표정으로 박재진에게 갔다. 용진은 이런 상황이 익숙한지 박재진의 뒷덜미부터 어깨를 주무르기 시작했고, 한겸은 그 모습을 보며 물었다.

"괜찮으신 거예요?"
"아오, 나이를 먹으니까 고개 조금 많이 돌렸다고 갑자기 담이 오고 그러네요."
"형님! 목을 그렇게 흔드니까 담이 오죠. 괜찮으세요? 고개 돌려보세요."

박재진은 살짝 돌리다 말고는 인상을 찡그렸다. 아무래도 오늘 촬영은 여기서 끝내야 할 것 같았다.

"오늘 여기까지만 해요."
"아니에요. 어떻게 그래요. 일단 고개 끄덕이는 거 말고 다른 모습도 한번 해봐요."
"나중에 일정 추가해서 하는 게 좋을 거 같은데 괜찮으시겠어요?"
"괜찮아요. 고개만 못 돌리지 다른 데는 멀쩡해요. 이것 보세요. 어……? 용진 씨, 허리 좀!"

같은 자세로 오래 서 있던 상태에서 갑자기 몸을 움직인 탓에 근육이 놀란 모양이었다.

"안 되겠어요."
"어우, 서럽다. 이럴 때 나이 먹었다는 게 실감된다니까요. 금방 괜찮아져요. 스케줄이 오늘까지만 잡혀 있는데 다시 잡으려면 또 저분들 다시 만나고, 준비하고 그래야 하잖아요. 그냥 오늘 하고 푹 쉬는 게 저도 좋아요."

박재진은 끝까지 촬영을 미루는 것에 대해 반대했다. 그러자 방 PD가 고개를 저으며 입을 열었다.

"그러다 혹사시켰다고 논란 생기면 서로 힘들어져요."
"누가 혹사했다고 말을 해요. 저희를 그렇게밖에 안 보셨다는 거죠? 섭섭한데요?"

한겸은 어떻게 하는 게 좋을지 고민하며 뒤에 있던 우범을 봤다. 우범도 나서진 않았지만, 난감한 표정으로 이쪽을 보고 있었다. 그러던 우범이 마지못해 고개를 끄덕거렸다.

"그럼 조금만 더 해봐요. 조금이라도 힘들면 바로 말씀하셔야 해요."

"알겠어요. 빨리빨리 하죠."

박재진은 자리에서 일어나더니 몸 상태를 확인하기 위해 허리를 잡고 움직였다. 제대로 움직이지도 못하는 것처럼 보였다. 그나마 허리는 다행이었다. 박재진이 고개를 끄덕여 보던 중 통증을 느꼈는지 움직임을 멈췄다. 그럼에도 괜찮다는 듯 손을 들어 올렸다. 한겸은 한숨을 뱉으며 방 PD에게 말했다.

"일단 찍어봐요."
"그냥 계속 돌아가고 있어. 그런데 박재진 진짜 괜찮을까? 지금 고개도 못 움직이는데."
"조금만 찍고 나중에 찍는 게 나을 거 같아요."
"나이 먹으면 갑자기 담 오고 막 그래. 나도 갑자기 목에 담이 오더니 팔도 못 올리고 그랬다니까. 저거 오래갈 텐데."

아직 그런 경험이 없었던 한겸은 방 PD의 말을 들으며 박재진을 봤다. 지금도 팔까지 벌려가며 연기를 하고 있었다. 고맙기도 했고, 걱정되기도 했다. 한겸이 아무래도 앞에 보인 색 부분만 이용해야겠다는 생각을 할 때, 뒤에서 누가 자신을 부르는 소리가 들렸다.

"김 프로님! 김 프로님!"

고개를 돌려보니 입구를 지키고 있던 스태프였고, 우범이 대신 조용히 하라는 듯 입에 손가락을 가져다 댄 채 스태프를 불렀다.

"왜 그러시죠?"
"어떤 사람들이 땀 뻘뻘 흘리면서 박스랑 뭐 막 들고 왔는데요. 여섯 명쯤 돼 보이더라고요. 그런데 제가 중국어를 못 해서……"

우범은 연예인의 팬들이 현장에 선물을 보내기도 한다는 말이 떠올라 혹시나 싶어 박재진의 매니저를 봤다. 그러자 용진이 손을 저으며 말했다.

"저희는 절대 아니죠. 대만에 팬클럽도 없는 건 둘째 치고 한국에도 안 알렸습니다. 오늘 SNS로 퍼진 게 처음입니다."
"그렇습니까?"

다들 갑작스러운 상황에 우범에게 시선이 집중되었다. 우범은 촬영에 방해가 된다는 생각에 서둘러 통역사를 불렀다. 그리고는 무슨 일인지 알아보기 위해 직접 입구로 가버렸다.

"무슨 일이야? 밑에서 구경하던 사람들이 선물 보내고 그런 거 아니야?"
"대표님이 해결하시겠죠. 일단 우리는 박재진 씨 힘드시니까 촬영부터 마무리 지어요."

한결도 궁금하긴 했다. 만약 극성팬들이었다면 말도 없이 이 곳까지 왔을 것이기에 그런 팬들은 아니라고 생각했다. 그렇다면 우범이 잘 해결할 수 있다고 믿었다. 촬영은 계속 이어졌고, 박재진이 점점 힘들어하는 모습이 느껴졌다. 아무래도 여기까지 촬영을 해야 하나 싶을 때, 돌아온 우범의 목소리가 들렸다.

"몇 분만 도와주시죠. 입구에 가면 박스가 있습니다. 음식하고 음료이니 그것 좀 옮겨주세요. 양이 꽤 많습니다."

한결은 고개를 돌려 우범을 봤다. 그때, 우범의 옆에서 땀을 뻘뻘 흘린 채 서 있는 사람이 눈에 들어왔다. 스태프는 아니었다. 한국에서 온 스태프들의 얼굴은 다 알고 있었다. 그때, 우범이 입을 열었다.

"타이베이시 홍보 담당이시다. 이쪽은 SNS에 글을 올린 사람이고."
"네?"
"사과를 하러 찾아왔다고 하더군. 나중에 얘기할까 했는데, 아무래도 이렇게 사과를 하러 이곳까지 올라왔는데 내치면 문제가 될 것 같아서 허락했다."

우범은 두 사람에게 한결을 소개했고, 통역사는 그대로 전달해 주었다. 그러자 두 사람 중 담당자가 고개를 숙여가며 사과를 했다.

"제대로 관리하지 못해 일을 번거롭게 만들어서 죄송합니다. 부디 저희의 사과를 받아주셨으면 합니다. 곧 근속 승진 평가가 있는데 부탁드립니다."

한겸은 헛웃음을 뱉었다. 어쩐지 사과를 하러 이곳까지 오는 것이 이상하다고 생각했는데 이유가 있었다. 한겸이 못마땅한 표정으로 우범을 볼 때, 우범이 어깨를 으쓱거리는 모습이 보였다.

*   *   *

한겸이 말없이 서 있자 우범은 타이베이 담당자를 보며 입을 열었다.

"먼저 스태프들에게 사과를 하는 게 우선 아니겠습니까?"

통역사에게 전해 들은 두 사람은 곧바로 사과를 하고 나섰다. 한겸에게는 물론이고 스태프들에게까지 사과를 했다. 그러던 중 아직까지 자리에 서 있던 박재진이 웅성거리는 상황이 궁금했는지 자세를 유지한 채 입을 열었다.

"용진 씨! 무슨 일 있어?"

"네, 형님. 타이베이시에서 나온 사람들인데 먹을 거 잔뜩 들고 왔습니다. 커피 드릴까요?"

"아니야. 그런데 왜 왔대?"

"지금 성우범 대표님하고 대화 중이라 저도 잘 모르겠는데 대충 분위기 보면 사과를 하는 것 같은데요. 어우, 이거 펑리수인데요? 맛있겠다."

한겸은 헛웃음을 짓고선 상황을 제대로 모르는 용진을 대신해 입을 열었다.

"오늘 SNS에 글 올린 거 때문에 사과하러 왔어요."

"이 늦은 시간에요? 그것도 여기까지? 대단들 하네."

한겸은 타이베이 담당자들에게 박재진을 가리키며 말했다.

"저희도 고생했는데 저분이 가장 고생하셨어요."

"내가 뭘요. 아, 됐어요. 고개도 못 돌리겠는데."

"짐도 들고 오시고 오래 기다리시고 그러셨잖아요."

통역사에게 전해 들은 타이베이 담당자들은 곧바로 박재진의 등에 대고 사과를 했다.

"짧은 생각으로 피해를 드리게 돼서 정말 죄송하답니다."

그 말을 들은 박재진은 사과를 하는데 얼굴도 보지 않는 것이 신경이 쓰였는지 몸을 조금 틀었다. 그러고는 잘 돌아가지 않는 목을 천천히 돌리며 뒤를 보려 했다.

"괜찮다고 전해줘요. 어우, 내 목! 아오, 안 되겠다. 더 해보려고 했는데 오늘은 더 이상 안 되겠어요."

박재진은 그 말을 끝으로 목을 부여잡고 그 자리에 천천히 쪼그리고 앉았다. 용진은 물론이고 스태프들까지 서둘러 박재진에게 다가가 부축했고, 박재진은 부축을 받으며 움직였다. 그럼에도 촬영이 신경 쓰이는지 한겸을 보며 말했다.

"스케줄 다시 잡아봐요. 어휴, 갑자기 몸이 말을 안 듣네."
"알겠어요. 진짜 괜찮으세요?"
"괜찮아요. 물리치료 받고 침 좀 맞고 그러면 또 괜찮아지더라고요."

한겸은 촬영이 아쉽기는 했지만, 박재진의 몸 상태가 우선이었기에 고개를 끄덕거렸다. 그 모습을 보던 타이베이 담당자들은 무척이나 당황스러워하며 어쩔 줄 몰라 했다. 그때, 우범이 무척이나 심각한 표정으로 통역사를 보며 자신의 말을 그대로 통역하라고 했다.

"사람들을 피해 무리한 스케줄을 소화하느라 촬영에 지장이 생겼습니다. 분명히 타이베이시에서 협조를 해준다는 약속을 받고 진행했는데 이런 문제를 만들 줄은 몰랐군요. 우리는 이 문제를 타이베이시에 정식으로 항의하겠습니다."

그 말을 들은 담당자는 문제를 일으킨 직원의 등을 눌러가며 고개를 숙였다. 박재진의 옆에서 그 모습을 보던 한겸이 헛웃음을 뱉자 방 PD가 혀를 차며 입을 열었다.

"쯧쯧, 사람 사는 데가 다 비슷하단 말이야."
"왜요?"
"아까 무슨 승진한다며. 저 사람이 담당자라고 했으니까 한국으로 치면 6급? 7급? 그 정도 되겠네. 거기서 더 올라가기가 얼마나 힘들다고."
"대만도 비슷한가 봐요?"
"나도 모르지. 그런데 우리나라랑 비슷하니까 이 오밤중에 땀 뻘뻘 흘리면서 저러겠지. 원래 자리가 높아질수록 사람 관리가 가장 어려운 법이거든. 하필이면 성 대표한테 걸렸어. 성 대표가 피도 눈물도 없어 보이는 사람이잖아."
"대표님 잘 안 웃으셔서 그렇지 그런 분 아니세요."
"저 봐라. 지금도 협박하잖아. 그만하라고 해. 어차피 촬영도 다 끝났는데."

그때, 우범이 사과를 하던 담당자를 멈추게 하더니 입을 열었다.

"무리한 스케줄로 인해 일정에 차질이 생겼습니다. 앞으로 어떻게 될지 저희도 알 수가 없는데 이렇게 사과를 한다고 문제가 해결이 되는 건 아닙니다."

"죄송합니다. 진짜 큰 의미는 없었습니다."

"그래서 저희가 의논해 본 결과, 저희도 얻는 게 있어야 할 것 같습니다."

방 PD는 무슨 소리냐는 듯 고개를 갸웃거리며 한겸을 봤고, 한겸 역시 모른다는 표정으로 고개를 저었다. 그때 우범이 터벅터벅 걸음을 옮기더니 박재진이 서 있던 장소에 섰다. 그러고는 손가락으로 땅을 가리키며 입을 열었다.

"난간에는 광고 게재 입찰을 받으시겠죠? 거기까지는 바라지 않습니다. 여기 이 자리 옆에 팻말 하나만 허락해 주시죠."

"네?"

"여기 이 자리! 분마가 서 있던 자리에 조그만 팻말을 세우는 걸 허가해 달라는 말입니다."

박재진은 손가락으로 땅을 찌르는 시늉을 하며 입을 열었다.

"분마지위!"

마치 중국 영화에서 봤을 것 같은 대사와 모습에 스태프들은 숨을 멈추고 고개를 돌렸다. 하지만 한겸만은 아니었다. 대놓고 응원할 순 없었지만, 속으로 박수갈채를 보내고 있었다.

"그걸 허가해 주시면 이 문제를 입에 올리지 않겠습니다."

"그게……."

"전망대의 가장 좋은 위치가 여기니 안내판 역할이 되겠죠? 그리고 타이베이시에서도 분마가 촬영한 장소라고 공개하지 않았습니까?"

"그건 어디까지나 샹산에 관심을 모으기 위한 것이지… 휴, 일단 시간 좀 주시죠."

우범은 만족스러운 표정을 짓고 고개를 끄덕거렸다. 그러고는 두 사람에게 양해를 구하고는 한겸에게 다가왔다. 그러고는 C AD의 직원들까지 불러 모았다.

"촬영 남았나?"

"아니요. 박재진 씨가 힘들어하셔서 나중에 찍어야 될 거 같아요. 스페인 분마 옷 입고 촬영하는 장면도 남아서요."

"그럼 촬영하고 내가 안 오면 장 프로와 박 프로가 김 프로 도와서 정리하고 철수해. 난 저 사람들 따라가서 좀 더 얘기하고 호텔로 갈 테니까."

"대단하세요."

"후후, 그럼 수고하고 박재진 씨 몸 상태 보면서 촬영 스케줄도 잡고 해라."

우범은 곧바로 타이베이시 담당자들을 데리고 가버렸다. 그러자 스태프들이 저마다 입을 열기 시작했다.

"분마지위래. 어렸을 때 보던 그런 무협영화 생각나더라."
"손가락으로 땅 찌를 때 표정 봤어요? 이 구역이 내 구역이다, 그런 표정이던데."
"진짜 대단하네. 어떻게 해서든 하나라도 더 얻어 가려고 저러는 거지?"
"여기에 팻말 꽂아놓으면 분트 광고 계속되는 거잖아."

한겸은 피식 웃었다. 팻말이 세워진다면 분트 광고는 물론이고 분마 캐릭터를 이용해 HT 광고까지 할 수 있을 것 같았다. 달갑지 않던 상황이 기분 좋게 변해 버렸다. 다만 마지막 장면에서 색을 보지 못한 아쉬움은 남았다. 한겸은 스태프들에게 철수하자는 말을 하고선 박재진에게 다가갔다.

"몸은 괜찮으세요?"
"괜찮아요. 진짜 미안해요. 돈 받고 일을 하면 몸 관리도 잘해야 했는데."
"나중에 촬영하면 되죠. 내려갈 수 있으시겠어요?"
"천천히 내려가 봐야죠. 저는 천천히 내려갈 테니 호텔에서 재촬영에 대해 얘기하죠."
"오늘은 병원부터 다녀오시고 천천히 하세요."

"아무리 대만이라고 해도 지금 이 밤중에 병원 가면 얼마나 시선이 쏠리겠어요. 오늘은 일단 파스나 좀 붙이고 버텨보고 내일이나 가야죠."

한겸은 박재진의 상태가 무척이나 신경 쓰였다. 아무래도 자신이 함께 내려가는 것이 나을 것 같았다. 한겸은 방 PD와 사무실 직원들에게 말했다.

"전 아무래도 박재진 씨하고 같이 가는 게 좋을 거 같아요."
"괜찮으시겠어요? 제가 같이 갈까요?"
"아니에요. 어차피 같은 호텔이니까 가면서 스케줄 얘기도 좀 하려고요."
"알겠습니다. 그런데 저 박스는 호텔에서 나눠 먹어야겠죠? 양이 어마어마한 게 들고 가는 것도 일이겠네요."

다들 짐을 챙기고는 하나둘씩 내려가기 시작했다. 시간이 많이 흘러서인지 다행히 기다리던 사람들도 없었다. 사람들이 몇몇 보이기는 했지만, 다들 궁금해하는 표정만 지을 뿐이었다. 한겸은 박재진을 부축하며 그런 사람들을 지나쳐 왔다.

박재진의 몸 상태가 좋지 않다 보니 스태프들은 이미 철수를 한 상태였고, 밑에 있던 사람들도 스태프들이 떠나자 자리를 떠난 상태였다.

"의도치 않게 잘됐네요."

"내가 이러려고 아픈 건가?"

박재진은 피식 웃고는 차에 올라탔다. 차에 올라타면서도 목
과 허리에 통증이 오는지 신음 소리를 냈다. 얼마나 심한 통증인
지 알 순 없지만 아무래도 당장 촬영은 힘들 것 같았다.

"촬영은 오늘 촬영한 거로 하는 게 낫겠어요. 어떻게든 되겠
죠."
"에이! 김 프로님답지 않게 그렇게 말씀하시면 제가 마음이 불
편하죠!"
"지금만 생각하면 안 될 거 같아요. HT 광고도 생각하셔야 돼
요."
"그럴수록 더 잘 찍어야죠. 분마가 잘돼야 HT도 잘되는 거라
면서요."

한겸도 욕심이야 며칠이고 촬영을 하며 색을 찾고 싶었다.

"그럼 몸 상태 보고 결정해요. 스케줄은 괜찮으세요? 이 부장
님하고 얘기해야 되나?"
"돈 받고 다 못 했으면 무조건 해야죠. 걱정 말고 언제든지 말
씀하세요."

한겸은 웃으며 고개를 끄덕거렸다. 앞좌석에 있던 매니저 용
진은 그런 박재진을 보며 박수까지 보냈다.

"연예계에서 보기 드문 양심적인 가수. 이래서 제가 형님을 좋아합니다! 존경합니다!"

박재진은 부끄러운 듯 고개를 돌리려다가 다시 목을 부여잡았고, 한겸은 용진의 말에 동의한다는 듯 고개를 끄덕거렸다.

*　　　　*　　　　*

호텔로 돌아온 한겸은 곧바로 방으로 향했다. 이번에도 방 PD와 방을 함께 쓰게 됐고, 한겸이 그렇게 하길 원했다. 한겸이 방에 들어가자 샤워 가운을 입은 방 PD가 입을 열었다.

"아, 좀. 수염 좀 떼고 분장도 좀 지우고 그래라!"
"아! 어쩐지 자꾸 쳐다보더라. 그런데 오늘 촬영한 거 있죠?"
"그럴 거 같아서 이미 다 세팅해 놨어. 어딜 가! 씻고 해. 씻고!"

한겸은 혹시나 자신이 놓친 부분이 있을 수도 있어 영상을 확인할 생각으로 마음이 급했다. 그런 부분이 있다면 재촬영을 하지 않아도 될 테고 박재진에게 부담을 주지 않아도 될 것이었다.
한겸은 얼굴을 한 번 쓰다듬고선 곧바로 샤워를 하러 들어갔다. 잠시 뒤 샤워를 마친 한겸은 곧바로 테이블에 자리했다. 그러자 방 PD가 맥주를 테이블에 올려놓고선 입을 열었다.

"박재진이 못 하겠다고 할 때까지 2시간 20분 정도 돼. 그거다 볼 건 아니지?"

"봐야죠."

"대단하다. 한겸아, 사람들 없으니까 이름 불러도 괜찮지?"

"그럼요. 괜찮아요."

"그런데 박재진 스케줄 괜찮대? 보통 이러면 라온에서 문제 삼을 수 있는데?"

"괜찮다고는 하는데 저도 걱정은 되더라고요. 아무래도 해외 촬영이니까요."

"모르겠다. 내가 보기에는 지금 그 부분도 괜찮은 거 같던데. 아무튼 일정은 내일 하루 여유 있으니까 상황 보고 촬영하든지 하자고."

"네, 피곤하실 텐데 먼저 주무세요."

"그래, 조금만 보고 자."

한겸은 고개를 끄덕거리고는 곧바로 영상에 집중했다. 이미 봤던 영상이었음에도 놓치는 부분을 찾기 위해 빼놓지 않고 살폈다. 두 시간가량 집중하며 영상을 봤고, 마지막으로 자신이 봤던 장면이 나왔다. 이 뒤부터는 타이베이시 담당자가 왔을 때였기에 볼 필요가 없었다. 두 시간가량이나 본 탓에 눈이 피로했던 한겸은 눈을 비벼가며 풀어줬다.

'아무래도 재촬영을 해야 하나? 휴, 일단 자야겠다.'

한겸이 한숨을 쉬며 영상을 끄려 할 때였다. 모니터 속 박재진이 몸을 천천히 틀고 있었고, 화면에 색이 보이기 시작했다.

"어?"

그리고 몸을 약간 튼 박재진이 고개를 천천히 돌렸다. 옆모습이라고 하기에도 힘들 정도로 아주 약간의 얼굴 윤곽만 보였다. 그런 박재진이 웃고 있는 것처럼, 광대가 조금 올라간 것처럼 보였다.

"보인다! 하하, 보인다!"

한겸은 자신도 모르게 큰 소리로 외쳤고, 그 소리에 자다 깬 방 PD가 잠긴 목소리로 말했다.

"몇 시야. 아직도 안 잤어?"
"방 PD님, 이거 한 번만 보고 주무세요."

방 PD는 한숨을 뱉고는 마지못해 침대에서 내려왔다. 그러고는 얼굴을 찌푸린 채 한겸이 보여주는 영상을 봤다.

"어? 이게 언제 찍혔어?"
"아까 타이베이시 담당자가 박재진 씨한테 사과할 때 찍혔나 봐요."

한겸은 무척이나 만족한 표정으로 몇 번이고 같은 장면을 돌려봤다.

*　　　*　　　*

다음 날 저녁, 한겸은 노트북을 들고 박재진의 방을 노크했다. 잠시 기다리자 매니저 용진이 이미 와 있었는지 문을 열어주었다. 용진의 안내로 방으로 들어간 한겸은 박재진을 보며 자신도 모르게 헛기침을 뱉었다. 박재진이 마치 로봇이라도 된 듯 뻣뻣한 상태로 입만 움직이고 있었다. 한겸은 그 모습을 보자 미안한 마음이 들었다.

"왔어요? 어우."
"괜찮으세요?"
"괜찮아요. 앉아요. 마사지를 받았더니 조금 나아졌어요."
"오늘까지 무리해서 그러신가 봐요."
"내가 한다고 했잖아요. 괜찮아요. 그래서 괜찮았어요? 너무 짧게 찍어서 이상하게 나왔나?"

박재진이 먼저 촬영을 해도 괜찮을 것 같다고 알렸고, 그로 인해 스페인 분마 복장을 하고 나오는 장면을 촬영했다. 한 컷만 찍으면 되고 한겸도 색을 보겠다는 욕심을 버렸기에 촬영은 금방 끝이 났다. 그럼에도 산을 오른 탓에 몸 상태가 더 심각해 보였다.

"휴, 한 이틀 정도 쉬면 괜찮을 거 같은데. 어제 못 찍은 건 이틀 뒤에 찍을까요? 스케줄이 안 되려나?"

한겸은 몸도 움직이지 못하면서 촬영에 대한 열정을 보이는 박재진을 보며 고개를 저었다. 어제부터 오늘 촬영을 하고 돌아와서 지금까지 계속해서 장면을 확인했다. 그 장면을 그대로 사용해도 된다는 판단이 섰기에 지금 말하려고 온 것이었다.

"간단하게 말하고 갈게요. 재촬영하실 필요 없어요. 어제 촬영으로 끝내기로 했어요."
"괜찮다니까요. 마사지 한두 번만 더 받으면 풀릴 거 같아요."
"아니에요. 마음에 드는 장면이 있어서 그래요. 그것만 보여 드리고 갈게요."

편집을 하진 않았지만, 마지막 장면만 따로 저장해 둔 파일을 재생시켰다. 그러고는 박재진에게 보여주자 박재진도 의문스러운 표정이었다.

"내가 이랬다고요? 내가 언제?"
"어제 타이베이시에서 온 사람이 사과할 때 모습 같아요."
"아, 그랬나?"

박재진은 자신이 저런 모습을 했는지 기억하지 못했다. 한겸은 피식 웃고선 곧바로 자리에서 일어났다.

"그럼 쉬세요. 한국에 갈 수 있으시겠어요?"
"아무래도 집보다 편한 곳이 없으니까 가야죠. 그런데 광고는 언제부터 나오는 거예요?"
"지금 원본 파일은 전부 보냈거든요. CG 팀에서 지금 작업 시작했고요. 저희 플랜 팀도 거기에 맞춰서 2주 뒤로 계획 짜고 있어요."
"굉장히 빠르네요. 그럼 한국 가서 봐요."
"네, 몸 관리 꼭! 잘하시고요. 푹 쉬세요."

한겸은 몸은 움직이지도 않고 손만 흔드는 박재진을 보며 피식 웃고선 방을 나왔다.

*　　　　*　　　　*

2주 뒤. 계획했던 대로 일이 진행되었다. 분트 관계자들과 컨펌도 문제없이 끝났다. 광고 영상을 본 관계자들은 무척이나 만족해했다. 관계자들뿐만이 아니라 직접 광고를 제작한 제작 팀은 물론이고, 지금도 광고를 보고 있는 기획 팀의 팀원들까지 모두가 만족해했다.

"겸쓰, 이건 아무리 봐도 너무 잘 나왔다. 이걸 뭐라고 해야
해."

"영상미?"

팀원들은 분마 광고를 많이 봤음에도 볼 때마다 감탄했다.

"영상미로는 뭔가 표현이 부족해."

"영상미가 아니라 화면 전체가 조화가 돼서 그런지 느낌이 좋
아. 처음에 변신하는 부분 나오고 산속에 박재진 씨 나오는 장
면은 정말 가슴 두근거리는 거 같아. 우리 아빠가 실력이 이렇게
좋았다는 게 믿어지지가 않을 정도로 좋네."

"맞아. 수정이 말대로 방 PD님도 대단하고, 박재진 씨도 진짜
대단한 거 같아. 진짜 분마가 있으면 이렇게 등장했을 거 같은
느낌이야. 마지막 장면은 진짜 소름 돋아. 얼굴 살짝 돌리고 웃
는 건 진짜. 어휴, 다시 봐도 너무 좋다."

팀원들의 감탄에 한겸은 기분 좋은 미소를 지었다. 지금까지
자신이 만든 광고 중 가장 많은 부분에서 색이 보였다. 그리고
그 부분에 대한 사람들의 반응이 굉장히 좋았다.

"겸쓰, 대만에서 연락 없어? 지금 대만에서도 난리가 났을 거
같은데. 대만부터 확인해 보자."

"이제 30분 지났잖아. 반응이 오기에는 너무 일러."

"야, 이 정도로 잘 만들었는데 곧바로 반응 오지! 기다려 봐."

범찬은 곧바로 대만 Y튜브로 들어가기 위해 인터넷 창을 열었다. 그때, 범찬이 고개를 갸웃거리며 입을 열었다.

"뭐야? 벌써 한국에 퍼졌나 본데?"

"응?"

"여기 뜨는 게 내 관심사에 따라서 추천해 주는 동영상들이잖아. 그런데 대만 분마 있는데?"

"와, 엄청 빠르네."

"대단하다. 이거 올린 지 10분이나 됐네. 이 사람 구독자는 몇 없는데 영상 조회수가 상당하네. 반응도 좋아."

"일단 이거부터 보자."

—변신할 때부터 소름ㄷㄷ

—포청천으로 변신한 거임?

—포청천이 뭐야?

—배경이 진짜 멋있다.

—동감. 산속에 있는 분마 잡히고 다시 시내 보이고 장난 아니네요.

—포청천이 뭐냐니까?

—마지막에 분마 고개 살짝 돌릴 때 개소름.

—그런데 왜 대만은 안 혼내주냐?

한껏도 어이가 없는 상황에 헛웃음을 뱉었다. 대만보다 한국의 반응을 먼저 보게 될 줄은 몰랐다. 한국에서의 반응을 보자 대만도 비슷할 거라는 생각에 기대가 되었다.

"빨리 대만 Y튜브 보자."

옆에서 먼저 대만 Y튜브에 들어가 있던 수정이 입을 열었다.

"대만은 아직 큰 반응은 없어. 이게 대만 분트 채널인데 조회 수도 생각보다 낮아. 3만 조금 넘었네. Y튜브 말고 파이온 TV부터 해서 광고한 곳 전부 확인해 보자. 범찬, 그거 그만 보고 확인 좀 해봐."
"잠깐만! 스페인만 보고!"

범찬의 말을 듣자 한겸도 문득 스페인에서는 어떤 반응을 보일지가 궁금했다. 그사이 범찬이 영상을 찾았는지 입을 열었다.

"여기도 퍼 갔어! 엄청 부지런해야 스트리머를 하는고만! 야, 여기도 장난 아니다. 지금 스페인 몇 시지? 아침 아니야?"
"지금 3시니까 아침 8시 정도 됐을 거야. 반응이 좋아?"
"스페인이 한국보다 반응 더 좋아. 이것도 올린 지 한 10분 됐는데 장난 아닌데?"
"뭐라는데?"
"나도 몰라. 나 스페인어 모르는데?"
"야이, 그런데 반응 좋은지 어떻게 알아."

"뭘 모르네. 하트는 만국 공통이거든. 좋아요 숫자도 많고 댓글에 하트 엄청 많잖아. 간판 도둑질해서 그런지 한국보다 스페인에서 더 유명한 거 같아."

그때, 옆에 있던 종훈이 급하게 입을 열었다.

"내가 가서 장 프로님 모셔 올까?"
"네, 안 바쁘시면 부탁 좀 드려보세요."

종훈은 급하게 내려가더니 곧바로 장 프로와 함께 올라왔다.

"뭐 해석해 달라고 하셨다면서요."
"네, 여기 댓글 반응 좀 알려주셨으면 해서요. 바쁘신데 죄송해요."
"아닙니다! 지금 대표님 연락 기다리는 중이라서요."
"어디 가셨어요?"
"상산에 분마지위 팻말 직접 확인하신다고 대만에 가셨습니다. 처음부터 읽어드릴까요?"

한겸은 우범을 생각하며 피식 웃었다. 장 프로도 피식 웃고는 댓글을 하나씩 읽어주었다. 한참을 읽던 장 프로는 마우스를 놓고는 놀랍다는 듯 혀를 내밀었다.

"대단하네요. 와, 저희도 스페인에서 반응이 좋은 건 알고 있었는데 예상보다 더 좋네요. 대부분이 다시 스페인으로 돌아와 달라는 말이고요. 가끔 가다 너무 아름답다고 하면서 배경이 어디냐고 묻는 댓글도 있네요."

"나쁜 댓글은 없어요?"

"왜 없겠어요. 하하. 읽어 드릴까요?"

"그냥 욕하는 거 말고 좀 부족해 보인다거나 그런 댓글만요."

"그런 건 딱히 없고요. 지적이라고 할 만한 건 길거리 장면에 대한 내용이네요. 그 동네는 분트가 슈퍼냐고 그러면서, 지나가는 사람들이 전부 분트 쇼핑백 들고 있는 게 말이 되냐는 그런 내용이네요."

"아."

"너무 신경 쓰지 마세요. 당연히 강조를 해야 되는 건데. 이런 사람들이 어느 나라에나 꼭 있습니다. 콜라 광고를 보고 죄다 콜라만 먹고 있다고 그럴 사람입니다. 그것보다 멋있다는 말이 대부분입니다."

"네, 저 괜찮아요. 계속 위로하시려는 거 같은데."

"하하, 혹시나 댓글 보고 상심하실까 봐 그랬죠."

한겸은 피식 웃었다. 모든 사람들의 마음에 들도록 만들 순 없다는 걸 알고 있었기에 당연한 일이었다. 오히려 예상보다 광고에 대한 지적이 적었다. 확실히 색이 많이 보일수록 사람들의 반응이 좋았다. 대만에서 지금 당장은 큰 반응이 없지만, 다른 곳과 다르지 않을 거라고 생각한 한겸은 미소를 지었다. 그때, 사무실에 임 프로가 들어왔다.

"어우, 장 프로님도 여기 계셨네요! 저 좋은 소식을 들고 왔습니다!"

임 프로는 씨익 웃더니 기획 팀 팀원들을 쳐다봤다. 지금 상황상 좋은 소식이라면 분마에 대한 얘기뿐이다 보니 한겸은 웃으며 입을 열었다.

"대만 반응 괜찮나요?"
"아! 재미없게!"

옆에 있던 범찬은 고개를 젓더니 한겸에게 어깨동무를 했다.

"얘가 원래 이렇게 재미가 없어요. 어? 무슨 좋은 소식이요! 제발 알려주세요! 이 정도는 해줘야지."
"하하! 그건 너무 간 거 같은데요. 아무튼 대만 반응에 대한 건 맞습니다."

한겸은 피식 웃고선 임 프로를 살폈다. 보통 이럴 땐 자료를 들고 왔는데 지금 임 프로는 빈손이었다. 한겸의 시선을 느꼈는지 임 프로가 아무것도 없다는 듯 손을 들어 올리며 입을 열었다.

"이건 저희도 지금 확인을 하는 중이라서요. 그런데 저희 쪽에서는 확인이 빠르게 되지가 않아요."

"어떤 내용인데요?"

"지금 분마 광고 영상이 엄청나게 퍼지고 있다는 얘기입니다."

"네? Y튜브 반응은 크게 없던데요?"

"이상하게 Y튜브보다 대만 유에이블TV에서 반응이 좋더라고요. 그런데 유에이블 광고가 어떻게 퍼지고 있는지 아시나요?"

"어떻게요?"

"하하. 마리아톡 경쟁사인 링크하고 초콜릿톡으로 동영상이 퍼지고 있습니다. 링크도 링크인데 초콜릿은 속이 쓰릴 겁니다. 드라마에 대한 얘기가 나오다 보니 드라마 커뮤니티가 많은 초콜릿 쪽에서 이슈 몰이가 됐나 보더라고요."

"그 얘기를 어떻게 들었어요?"

"아! 제가 HT에 심복 한 명을 심어뒀거든요. 황 과장이라고, 하하하."

한겸도 황 과장에 대해 얘기를 들어 알고 있었다.

"아무래도 메신저로 시장에 뛰어들다 보니 누구보다 링크하고 초콜릿에 대해서 관심이 많을 거고 잘 알고 있을 겁니다. 황 과장이 말하기로는 저희가 초콜릿에는 광고를 올리지 않아서 집계가 되지는 않지만, 만약에 올렸으면 무조건 1등 할 정도라고 하더군요."

"오! 진짜요? 그렇게 반응이 좋아요?"

"네, 여러 가지 이유가 있는데요. 촬영 현장에 갔던 사람들이 대만에도 분마가 온다고 퍼뜨린 것도 있고, 어떤 내용으로 혼내줄지 자기들끼리 상상하면서 토론하느라 관심도 커진 상태였거든요."

한겸은 피식 웃었다. 타이베이시에서 벌인 일 덕분에 얻는 게 생각보다 많았다. 링크와 초콜릿에 광고를 게재하지 않은 것은 임시 계약이긴 하지만 HT와 일을 하기로 했기 때문이었다. HT 플리 마켓 역시 메신저였기에 두 곳에 광고를 게재할 순 없었다. 그럼에도 초콜릿을 통해 분마가 퍼지고 있었다. 경쟁업체를 통해 홍보가 되자 HT도 만족하고 있는 것 같았다.

그때, 모니터를 보던 수정이 고개를 돌렸다.

"한겸아, 이거 봐. 지금 새로고침 할 때마다 조회수가 계속 변해. 그리고 좋아요 수가 너무 많은데?"
"그 정도로 많아?"
"빅데이터로 분석하면 조회수 비례 좋아요 숫자가 다섯 손가락 안에 들 거 같은데."

그때, 한겸의 휴대폰이 울렸다. 번호를 보니 라온의 이종락이 아닌 박재진이 직접 건 전화였다.

"네, 안녕하세요. 몸은 괜찮으세요?"
—아! 많이 괜찮아졌죠. 그거 때문에 연락드린 게 아니라 제

SNS 보셨습니까?

"네? 왜요?"

—지금 SNS에 중국어가 대부분입니다! 대만에서 영상 보고 팔로우한 모양인데요. 그 수가 미쳤어요.

"그렇게 많아요?"

—계속 늘어요. 자꾸 '大哥'라고 그래서 뭔가 찾아봤더니 따거 라네요! 이거 이러다가 대만에서도 유명해지는 거 아닌지 모르겠네요.

한겸도 놀랄 정도로 예상보다 훨씬 반응이 빨랐다. 분트에도 확실히 도움이 됐지만, 앞으로 제작할 HT 광고에도 도움이 될 것이었다. 축하를 하던 한겸은 피식 웃더니 입을 열었다.

"아직 플리 마켓에 올리실 거 남았죠? 좀 남겨두세요. 대만에서 팔게."

*   *   *

대만에 간 우범은 촬영 장소였던 샹산에 올라와 있었다. 타이베이시 담당자와 얘기 끝에 작은 안내문을 설치할 수 있게 되었다. 그리고 분마가 서 있던 자리에 발 모양까지 새겨놓았다. 우범은 만족한 듯 분마가 서 있던 자리에 발을 올린 뒤 풍경을 즐겼다. 그때, 함께 출장을 온 사무실 직원이 우범에게 말했다.

"대표님, 광고 게재된 첫날인데도 반응이 좋답니다."

"그렇군요."

"여기 이제 사람들로 미어터지겠는데요. 그럼 안내문 보고 또 광고가 되는 거고요. 분트에서도 엄청 좋아할 거 같습니다."

우범은 피식 웃었다. 분트 홍보에 확실히 도움이 되긴 했지만, 이 정도로는 부족했다. 하려면 확실히 하는 편이 낫다는 생각이었다. 그렇기에 대만까지 온 것이었다. 우범은 웃으며 휴대폰을 꺼내 사진을 몇 번 촬영하고서는 입을 열었다.

"가죠. CTV하고 미팅 시간에 맞추려면 서둘러 내려가야 할 것 같습니다."

우범은 서둘러 샹산을 내려와 기다리고 있던 차를 타고 곧바로 이동했다. 그러던 중 C AD 직원이 우범을 보며 말했다.

"전 이렇게 할 수 있다는 게 참 신기한 거 같습니다."

"어떤 거를 말하는 거죠?"

"이렇게 이해관계를 만드는 거요. 제가 오래 일한 건 아니었는데 로비는 꼭 끼어 있었거든요. 그런데 우리는 그런 게 없잖아요."

"실력이 있으니까 그런 거죠."

"그렇죠! 그래도 지금 하는 미팅만 봐도 신기하더라고요. 서로 이득을 취할 수 있는 그런 이해관계를 만들잖아요. 진짜 많이 배우는 거 같습니다."

"다른 회사로 옮기실 생각으로 말씀하시는 겁니까?"

"아! 아닙니다! 절대 아니죠! 그냥 저희는 홍보비가 줄어들고! 정식 분트 광고에 사용할 수 있게 돼서 기뻐서 하는 말입니다."

우범은 피식 웃었다. 분마가 정식 광고가 아니다 보니 계약했던 예산 내에서 진행해야 했다. 아직 분트 정식 광고도 남았기에 기획 팀의 요구를 들어주면서 최대한 예산을 소모하지 않아야 하는 게 자신의 일이었다.

직원과 대화를 나누는 사이 CTV에 도착했다. 한국에서부터 약속한 미팅이었고, 영어로 대화가 가능하다는 말에 따로 통역사를 준비하지 않았다. 우범은 곧바로 미팅을 잡았던 관계자에게 연락을 했고, 잠시 뒤 관계자가 로비로 마중을 나왔다.

"C AD 성우범 대표님이시죠? 올라가시죠."

안내를 하기 위해 콘텐츠 관리 팀장이라는 사람이 직접 내려왔고, 우범은 그를 따라 사무실로 이동했다. 사무실 안에 딸린 회의실에 들어가자 마치 미팅 준비를 마치고 기다리고 있었던 것처럼 이미 음료까지 준비해 놓은 것이 보였다. 우범이 자리에 앉자 관리 팀장이라는 사람이 먼저 입을 열었다.

"먼저 축하부터 드려야겠네요. 우리 대만에서도 분마가 제대로 자리를 잡을 것 같습니다."

"감사합니다."

우범은 속으로 피식 웃었다. 왜 기다리고 있었는지 알 것 같았다. 방송국이다 보니 사람들의 관심사를 눈여겨볼 테고 그만큼 누구보다 분마의 반응을 잘 알고 있었을 것이다. 우범은 미소를 지으며 입을 열었다.

"포청천은 어떻게 진행되고 있는지 알 수 있을까요?"

"C AD에서 알려주신 덕분에 어제부터 이벤트를 진행하고 있습니다. 시청자들이 대부분 IPTV나 인터넷으로 보니까 DVD 이벤트는 크게 변한 건 없습니다. 대신 시즌 1의 50화를 다시 보기와 같은 가격으로 판매하고 있습니다. 일단 시즌 1의 반응을 보고 좋으면 2, 3까지 이어지겠죠."

"반응은 어떻습니까?"

"아직까지는 잘 모르죠. 그래도 사람들이 분마에 관심을 보이니까 판매량이 올라가지 않겠습니까?"

우범은 고개를 끄덕이더니 휴대폰을 꺼내 사진을 띄운 뒤 관리 팀장에게 내밀었다.

"이곳은 이번에 분마를 촬영한 상산입니다."

"압니다. 저희도 이번에 촬영 현장에 찾아갔던 걸로 알고 있습니다. 다들 어떤 광고가 나올지 추측했었죠. 포청천을 모티브로 했다는 걸 알고 있던 저희도 분장한 사람들 보고 상황이 바뀐

건 아닐까 오해할 정도였으니까요."

"그러셨군요."

"그렇죠. 그런데 연막작전이란 걸 알고 나니까 촬영 나간 PD가 허무했다고 정보를 준 저한테 하소연하더군요. 그런데 이걸 왜 보여주시는지."

"다음 장을 넘겨보시죠."

우범은 미소를 지은 채 기다렸고, 사진을 본 관리 팀장은 고개를 들어 우범을 봤다.

"오늘 안전 펜스 공사가 끝났고, 내일부터 시민들에게 공개가 될 예정입니다."

"그렇군요. 그런데 이걸 왜 보여주시는지……."

"사진에 보시면 분마가 서 있던 자리와 안내판까지 설치가 되어 있습니다. 그걸 CTV에서 취재하셨으면 합니다."

"저희가요? 저희를 이용해서 홍보하시려는 겁니까?"

"맞습니다."

우범의 대답에 관리 팀장은 적잖이 당황했다. 너무 당당한 모습에 화가 나기보다는 어떤 말을 하려는지 궁금했다. 그때, 우범이 웃으며 말을 이었다.

"포청천도 많이 팔려야 하지 않겠습니까?"

"그건 그렇죠. 하지만 분마는 지금도 인기 있지 않습니까. 그리고 저희가 직접적으로 분마라고 광고하기에는 무리가 있습니다. 아예 포청천을 따로 광고한다면 모를까 분마를 직접적으로 노출시키는 건 말이 안 됩니다. 분명히 심의에도 걸릴 겁니다."

"분마를 노출시킬 필요가 없습니다."

"네?"

"이미 분마가 포청천을 모티브 삼았다는 걸 많은 사람들이 알고 있을 테니까요. CTV는 타이베이의 명소라는 이름으로 소개를 하시면 됩니다."

"그게 끝이라고요?"

"소개하는 분이 포청천의 의상을 입고 있다면 더 좋겠죠."

"아, 알아서 상상할 수 있게 해라 이거군요! 포청천도 홍보하면서 분마도 홍보해 달라 이 말씀이시군요."

"맞습니다. 포청천이 좀 더 빛을 발하기도 할 거고, CTV의 방송을 본 사람들은 올라와서 안내문을 보게 되겠죠."

우범의 말을 들은 관리 팀장은 잠시 생각을 하는 듯하더니 이내 고개를 끄덕거렸다. 우범은 당장 대답을 들을 수 없다는 걸 알기에 웃으며 입을 열었다.

"서로 성공할 수 있는 방법이라고 생각합니다. 그리고 샹산이 유명해질수록 타이베이시에서도 도움을 줄 거라고 생각하고요."

"그렇죠! 그런 것까지 얻을 수 있겠네요! 타이베이시는 관광 명소를 홍보할 수 있고 우리는 포청천을 홍보하고 C AD는 분마를 홍보하고… 좋네요."

우범은 웃으며 관리 팀장을 쳐다봤다. 표정만 봐도 미팅이 성공적이라는 걸 알 수 있었다.

*   *   *

그로부터 며칠 뒤, 분마의 반응은 무척이나 성공적이었다. 대만뿐만 아니라 분마로 광고를 했던 한국과 스페인에서까지 광고 효과를 보이고 있었다. 반응을 보던 한겸은 너무 큰 반응에 놀랄 정도였다. 그때, 기획 팀 사무실에 자리한 우범이 한겸의 어깨에 손을 올렸다.

"이래서 너도 나도 캐릭터 만들려고 하는 거다. F.F만 하더라도 사람들은 망고 캐릭을 떠올리지. 분트도 이제는 분마가 대표하게 되었다."
"그러게요. 그래도 반응이 너무 좋다 보니까 얼떨떨하네요."

특히 첫 등장 장면과 마지막 장면, 한겸이 색을 본 장면은 사람들의 엄청난 칭찬을 받고 있었다. 영상미와 화면이 변하는 구도는 물론이고, 타이베이를 제대로 담았다며 대만 사람들은 너나 할 것 없이 칭찬했다. 해외에서 본 사람들까지 대만의 풍경이 멋있다고 하니 더욱 좋아해 주는 상황이 벌어졌다. 특히 한국에서는 지나칠 정도였다.
아직까지 일본과의 문제가 해결되지 않은 상태이다 보니 여행객들이 다른 나라로 눈을 돌리고 있었다. 그런 상황에서 여행사들은 분마를 이용해 대만 패키지 상품을 내놓고 있었다. 그때, 우범의 휴대폰이 울렸다. 메시지를 확인한 우범은 피식 웃더니 팀원들을 불러 모았다.

"이거 봐라."

우범의 휴대폰에는 사진이 띄워져 있었고, 그 사진을 본 팀원들은 고개를 갸웃거렸다.

"여기 왜 줄 서 있어? 산에 올라가려면 입장권 같은 거 사야 해?"
"아니, 그런 거 없었어."
"겸쓰 네가 갔을 때도 이랬어?"
"아니, 아마 방송 보고 사람들 몰린 모양이다."
"헐… CTV에서 방송한 거? 생생정보통 같은 거 말하는 거야?"

며칠 전 CTV에서는 타이베이의 명소 이곳저곳을 소개했다. 팀원들도 알고 있는 영상이었다. 명소 중에는 상산이 포함되어 있었다. 포청천 복장을 한 리포터가 분마의 촬영 장소에서 상산을 소개했다. 그 영상을 본 사람들 중 일부는 직접 편집을 해 분마의 광고와 비교까지 해놓은 영상을 올렸고, 일부는 직접 찾아가 사진을 찍어 올렸다. 가장 멋진 배경을 찾아 만든 곳이다 보니 사진이 잘 나올 수밖에 없었고, 그 사진을 본 사람들이 너나 할 것 없이 인생 사진을 찍기 위해 몰려들었다.

"지금 대만 젊은 사람들은 물론이고 중년층까지 사진을 찍기 위해 몰린다고 한다."

"와, 이 정도로 많은 사람들이요? 거의 산 밑까지 줄 서 있는 거 같은데요?"

"꽤 많지? 여행객들까지 몰려서 그렇지. 그중엔 한국인도 상당수다."

"이걸로 얻는 것도 엄청나겠는데요. 이래서 안내판 설치하신 거예요?"

"후후, 그런 건 아니지. 물이 들어와서 노를 저었고, 젓다 보니까 도착한 곳이 보물섬이더군."

우범의 말을 듣던 팀원들은 자신들도 모르게 고개를 돌렸다. 차마 우범을 쳐다보지 못하고 있자 범찬이 나서서 입을 열었다.

"야, 적어. 적어. 명언인데 왜 부끄러워해. 겸쓰, 너까지 그러면 되냐?"

"크흠……."

우범은 아무렇지 않은 척 피식 웃고는 말을 이었다.

"이렇게 오래간다면 샹산 밑 상권도 커지게 될 거다. 그럼 자연스럽게 사람들이 몰리게 될 테고, 그럼 몰린 사람들이 다시 샹산을 찾을 테고."

"그럼 계속해서 분트 광고를 노출시킬 수 있겠네요."

"그렇지."

한겸은 미소를 지으며 우범의 휴대폰 속에서 분마가 촬영한 곳에서 사진을 찍기 위해 줄 서 있는 사람들을 쳐다봤다.

'색을 많이 담을수록 사람들의 반응도 커지는구나.'

그런 생각을 하다 보니 광고 전체에 색이 보이면 어떤 일이 벌어질지 궁금했다. 그러던 중 갑자기 윤선진의 광고가 떠올랐다. 앞부분 몇 초를 제외하고는 모든 부분에서 색이 보이는 광고였다.

"아! 윤 프로님 광고!"

"그게 왜?"

"언제 나오지?"

"연말에 효과 보려면 12월 초부터 '해야 하니까 이제 나오겠네. 플랜 보면 내일모레부턴데?"

팀원들의 대화를 듣던 우범이 입을 열었다.

"그 때문에 플랜 팀이 지금 정신이 없다. 그래서 플랜 팀 인원을 늘릴 계획이다."

"아, 네."

그 부분에 대해서는 우범이 어련히 잘할 테니 궁금하지도 않았다. 그저 윤선진의 광고를 본 사람들이 어떤 반응을 보일지가 궁금했다.

'지금보다 더 크게 반응하겠지?'

혼자 생각을 하던 한겸은 문득 예전에 방 PD가 했던 말이 떠올랐다. 윤선진의 아이디어로 만든 거나 다름없다며 부럽지 않냐고 물었었다. 그때까지만 해도 자신이 기획을 한 것이니 부럽다는 생각은 들지 않았다. 오히려 자신의 역할을 제대로 해내고 있다고 생각했는데, 막상 이번 분마 광고 많은 부분에서 색을 보게 되자 생각이 바뀌고 있었다.

'부럽다. 이래서 부럽냐고 물어본 건가? 나도 내 아이디어로 색이 보이는 광고를 만들고 싶다.'

한겸이 말없이 생각에 잠겨 있자 그 모습을 보던 수정이 한겸의 팔을 툭 치며 말했다.

"광고 잘 나왔는데 뭐가 걱정이야. 걱정하지 마."
"그래, 수정이 말처럼 윤 프로님 광고 엄청 잘 나왔잖아. 그러니까 우리가 다른 거 할 여유도 있는 건데 걱정할 필요 없지. 문제 있으면 우리가 도와줄게."

"형이랑 방수정은 크게 도움 안 되잖아요. 나라면 모를까. 안 그래, 겸쓰?"

한겸은 팀원들을 보며 피식 웃었다. 비록 오해를 해서 위로의 말을 하고 있지만, 혼자가 아니었다. 팀원들과 함께한다면 언젠 가는 모든 부분에서 색이 보이는 광고를 만들 수 있지 않을까 생각하며 웃었다. 그때, 갑자기 사무실 문이 열리면서 임 프로 가 들어왔다. 그러고는 씨익 웃으며 사무실 안에 있던 사람들을 쳐다봤다.

제5장

두립 DIO I

한겸은 임 프로를 보며 고개를 갸웃거렸다. 좋은 일이 있으니 저렇게 웃고 있을 텐데 지금 상황보다 좋은 일이 생길 게 없었다. 그때, 옆에 있던 종훈이 웃으며 입을 열었다.

"혹시 황 과장한테 전화 왔어요?"
"하하, 네!"

HT 일을 함께 진행했던 세 사람은 기대가 가득한 표정으로 임 프로를 봤다. 그러자 임 프로는 다시 씨익 웃으며 고개를 끄덕이더니 우범에게 말했다.

"대표님, HT 측에서 정식으로 계약을 하고 싶다고 합니다. 본부장이 직접 오겠다는 연락을 받았습니다."

"그렇군요."

임 프로는 전화를 받자마자 기쁜 소식을 알리기 위해 급하게 올라왔다. 자신과 함께 HT를 방문했던 세 사람은 손을 번쩍 들어 올리며 좋아하고 있는데, 우범과 한겸의 반응은 건조했다. 임 프로가 약간 당황한 표정을 지으며 물었다.

"안 기쁘십니까?"

"음? 기쁩니다."

"그런데 반응이……."

그 말을 듣던 한겸이 멋쩍게 웃으며 대신 대답했다.

"처음부터 될 거라고 생각하고 있어서 그런 거 같아요. HT와 분트를 계속 연결해서 생각하다 보니까 그랬나 봐요."

"나도 그렇군. 임 프로 말 듣고 나서야 계약을 안 했다는 게 실감이 나서 순간 아차 싶더군."

두 사람의 말에 나머지 사람들은 어이가 없다는 표정을 지었다. 그중 범찬은 고개까지 저으며 입을 열었다.

"자신감이 끝내주네."

"다 임 프로님하고 너희들을 믿으니까 그렇게 생각했지. 고생했어."

우범도 피식 웃더니 임 프로를 보며 말했다.

"미팅 날짜 내일로 진행해 주시죠."
"내일이요? 너무 빠른 거 아닐까요?"
"김 프로가 말한 것처럼 HT와 연결해서 생각했고, 이미 기획이 완성되어 있는 상태라서 상관없습니다. 아마 계약과 동시에 제작을 원할 테니 우리로서도 빨리 계약하고 빠르게 제작하는 편이 좋을 겁니다."
"알겠습니다."

우범은 그렇게 말한 후 한겸을 보며 의견을 물었고, 한겸은 자신의 생각도 같다는 듯 고개를 끄덕였다.

*   *   *

다음 날, HT의 본부장이 C AD로 찾아왔다. 팀원들에게 우범과 비슷하면서도 더 딱딱한 느낌을 준다고 들었는데 지금 보이는 사람은 전혀 그렇지 않았다. 얼굴에는 미소가 가득했다. 그리고 황 과장이라는 사람은 팀원들이 오해한 건 아니었을까 생각이 들 정도로 친절한 사람이었다. C AD에 방문한 상태였기에 손님인데도, 자신이 나가더니 인원수대로 커피까지 사 들고 왔다.
분마의 성공을 확인했기에 자신들도 성공을 확신한 모양이었다. 전에 프레젠테이션할 때도 언급했지만, HT 성공의 전제 조건이 분마의 성공이었기에 계약은 순조롭게 진행되었다. 게다가 예산이 지금까지 중 최고였다.

"1년간 영상광고 2편이 전부입니다. 예산은 200억이고 추가로 예산을 투입할 수도 있습니다. 물론 광고의 퀄리티는 분마와 동급이거나 그 이상이어야 합니다."

"항상 좋은 광고를 만들려고 노력하고 있습니다."

"하하, 그러니까 C AD를 찾은 겁니다."

"광고에 대한 기획은 잡혀 있는 상태이니 빠른 시일 내에 어떤 방법으로 게재를 할지 플랜을 짜서 설명드리겠습니다."

C AD의 대행료는 다른 광고 회사들에 비해 상당히 낮은 편이었다. 그런데도 대기업의 광고를 맡게 되니 200억의 10%인 20억을 대행료로 벌어들이게 되었다. 사무실이 뻥 뚫려 있었기에 그 말을 들은 사무실 직원들은 저마다의 방법으로 소리를 내지 않고 환호했다. 엎드려서 입을 막기도 했고 서로를 보며 입만 벌린 채 주먹을 불끈 쥐기도 했다.

한참이나 계약에 대한 얘기가 오갔고, 팀원들이 프레젠테이션을 잘한 덕분에 한겹이 나설 일은 없었다. 그러던 중 본부장이 입을 열었다.

"분마의 열기가 식기 전에 광고를 제작해서 내보낼 수 있겠습니까?"

"네, 가능합니다. 그런데 분마에 대한 반응은 쉽게 사그라지지 않을 거예요. CTV의 포청천도 판매량이 갑자기 늘었더라고요. SNS 보시면, 포청천이 언급되면 그 뒤로 자연스럽게 분마가 나오고 있습니다. 그리고 샹산의 반응도 지속적으로 유지될 겁니다."

한겸은 자세하게 설명을 해준 뒤 말을 이었다.

"HT의 광고가 나오면 HT도 함께하게 될 겁니다."
"하하, 좋네요."

본부장은 무척이나 만족한 듯 소리 내서 웃었다. 그러고는 우범과 한겸을 보며 말했다.

"역시 C AD를 선택하길 잘한 것 같습니다. 그럼 앞으로 자주 뵙게 될 테니 오늘은 이만 일어나죠."

마치 자신이 선택을 한 것처럼 말을 하는 모습에, 한겸은 DH은행을 찾아갔을 때 말 한마디로 상황이 바뀌어 버렸던 기억이 떠올랐다. 어떻게 해서든 공을 돌리려고 하는구나 생각할 때, 본부장이 손을 내밀었다.

"그럼 잘 부탁드립니다."

악수를 마치고 본부장이 나가자 사무실에서는 환호가 터져 나왔다. 어떻게 참고 있었는지 다른 때보다 훨씬 격하게 환호했다. 그때, 미팅을 하는 동안 황 과장과 함께 있던 임 프로와 기획 팀 팀원들이 웃으며 다가왔다.

"진짜 축하드립니다!"
"대표님! 축하드려요! 겸쓰! 나이쓰! 어? 라임 죽이네."
"최범찬은 진짜… 대표님, 축하드려요! 한겸아, 축하해!"
"정말 잘됐다. 계약한다는 걸 알고 있는데도 긴장되더라."

모두의 축하에 우범이 갑자기 손을 높이 들어 올리더니 그만하라는 듯 휘저었다. 그러고는 천천히 직원들을 쳐다보더니 입을 열었다.

"이건 내가 한 일이 아닙니다! 우리 C AD 직원 모두가 열심히 한 덕분입니다. 그러니 모두 서로를 축하하는 의미로 박수를 보냅시다."

환호를 지르던 직원들은 어색하게 웃으며 박수를 쳤다. 회식 때부터 주야장천 건배사를 외치던 우범이었기에 그러려니 하며 박수를 치기 시작했다. 그러던 중 옆에서 웃고 있던 임 프로가 입을 열었다.

"아까 황 과장이 그러더군요. TX기획에서 찾아와서 미팅까지 했다고요. 찾아와서는 자기들이 맡았던 회사들 얘기하면서 함께 하길 권유했다더군요. 워낙 이름이 있는 곳이다 보니 HT 팀 내에서 거의 의견이 반반이었는데 본부장이 C AD를 선택했다고 합니다. 아주 말도 못 하게 강력하게 밀어붙였나 보더라고요. 역시 보는 눈이 있는 사람이었습니다."

"그랬습니까?"

"그게 우리 미팅 끝나고 얼마 안 돼서라니까 분마 터지기도 전이었는데 저희 기획을 좋게 봤나 봅니다."

그 말을 들은 한겸은 본부장이 했던 말이 떠올랐다. 선택이란 의미가 이런 뜻인 줄 모르고 약간의 오해를 했다. 한겸은 멋쩍게 웃으며 입을 열었다.

"그런 줄도 몰랐네요. 그런데 TX에서는 무슨 기획을 내놓았대요?"

"네? 보통 이럴 때는 무슨 기획인지보다 밥그릇 넘본 걸 기분 나빠 하는 게 정상 아닙니까?"

"좋은 기획 있으면 선택하는 거죠. 우리보다는 안 좋으니까 선택 못 받았다고 해도 궁금하긴 하네요."

"그건 말 못 하겠죠… 아무튼 TX가 회사가 크다 보니까 그 큰 몸집 유지하려고 발버둥 치나봅니다."

"호정 산하니까 호정만으로 충분하지 않아요? 그리고 두립 그룹 대부분이 TX가 광고하는 거 아니에요?"

"그렇죠. 그래도 TX가 워낙 커야죠. 규모로는 최고니까요.

DH하고도 끝나고, 또 다른 곳도 끝난 모양이던데요. 그리고 광고업계가 신기하게 한 곳이 치고 올라오면, 잘나가던 회사도 주춤거리는 정도가 아니라 엄청난 속도로 떨어지거든요."

옆에서 그 말을 듣던 범찬이 이유를 알았다는 듯 손가락을 튕겼다.

"그거네! 두립도 이번에 휴대폰 광고 인바이트 해서 광고대행사 뽑잖아. 그래서 우리가 참여한다는 거 알고 불안한 게 아닐까?"

우범이 범찬을 가만히 쳐다봤다. 그러고는 사무실을 이리저리 둘러보더니 입을 열었다.

"그건 아닐 거다. 우리 같았으면 그럴 수도 있지. 하지만 업계 1위를 넘보는 곳이라면 두립에 선택되지 못했을 경우까지 계획을 세워놨을 거다. HT는 찔러봤다고 보는 게 좋겠지. 아마 다른 광고 회사들도 있었을 거다."

"아까 황 과장이 OT 계획도 없는데 광고 회사들이 미팅 신청했다고 그러긴 했는데."

"아마 우리가 HT와 한다는 것도 몰랐을 거다. 이제는 알게 되겠군."

"TX기획은 이상하게 계속 우리랑 부딪치는 거 같네."

"같은 정상을 노리니까 부딪치는 건 당연한 거다."

대화를 듣던 한겸은 웃으며 고개를 끄덕거렸다.

"두립 OT가 이번 주 금요일이죠?"

"3일 뒤다. OT이니 우리 회사 소개 말고는 준비할 것도 없다. 일단 가보고 일정에 지장이 생길 것 같으면 깔끔하게 포기하면 끝이지. 이참에 긴장도 좀 하게 해주고."

"내일 윤 프로님 광고 나오면 회사 소개에 쓸 거 하나 더 생기겠네요."

한겸의 말을 들은 직원들은 광고를 따 오기라도 한 듯 잔뜩 상기된 표정들이었다. 하지만 그것도 잠시, 현실이 눈에 들어왔는지 아쉬워했다.

"이러다 진짜 두립 광고도 우리가 맡는 거 아니야?"

"에이, 우리 지금 분트하고 HT 맡은 것도 기적인데."

"하긴 그렇지? 지금도 인원이 부족한데 두립까지 맡는 건 말이 안 되지."

한겸은 웃으며 우범을 봤고, 우범은 걱정하지 말라는 듯 입을 열었다.

"따 오기만 해라. 나머진 내가 책임진다."

우범의 든든한 지원에 한겸은 웃으며 고개를 끄덕거렸다.

*   *   *

다음 날, 일찍 퇴근한 한겸은 오랜만에 부모님과 식사를 했다. 어머니와 식사를 한 적은 많았지만, 아버지와는 서로가 바쁘다 보니 시간이 맞질 않아 무척 오랜만이었다.

"밥 많이 먹어."

"이제는 많이 먹으라고 하시네요."

"돈 많이 벌어 오면 많이 먹어야지. 나도 많이 먹잖아. 당신도 많이 먹어."

"나도 많이 먹어도 돼?"

"그럼! 당신도 집에서 얼마나 힘들어. 거기다가 그거 뭐야, 가죽 공예? 그거 배운다며. 그거 배워서 팔려고 하는 거 아니야?"

"취미인데?"

"그럼 조금만 먹어."

한겸은 부모님의 장난을 보며 피식 웃었다. 최근 어머니가 유명한 곳에서 가죽 공예를 배운다는 걸 알고 있었다. 아직 결과물은 없지만, 집에만 있기에는 심심하신 모양이었다.

식사를 마친 한겸은 여느 때처럼 거실에 자리했다. 어머니는 오랜만에 함께 있는 게 좋으셨는지 과일을 들고 오셨다.

"야구 시즌도 끝나서 볼 게 없어. 하루 종일 봤던 뉴스만 나오고 말이야."

"맨날 진다고 싫어하시잖아요."

"자기 팀이 지는 걸 누가 좋아해! 팬이니까 이기라고 응원하는 거지. 술이나 한잔할까."

"가져다 드려요?"

"그래. 가볍게 먹고 자게 맥주로 가져와."

경섭이 TV를 이리저리 돌리던 중, 일어나던 한겸이 급하게 입을 열었다.

"잠깐만요. 이 광고 우리 회사에서 만든 거예요."

"이거? 알지. 이거 경찰서에 붙어 있는 광고 아니야. 이게 나왔어?"

그때, 어머니가 조용하라는 듯 아버지의 허벅지에 손을 올렸다. 마침 광고가 시작할 때쯤이었기에 다행히 처음부터 볼 수 있었다.

―나는 음주 운전 가해자의 아내입니다.

"어머, 목소리가 너무 안쓰럽네."

"나더러 조용하라며."

어머니는 들은 척도 하지 않고 광고를 봤다. 한겸도 회사에서 TV에 나오는 것까지 확인을 했었다. 샤인에서 책정한 예산이 많진 않았지만, 12월 한 달 동안 쏟아붓기에는 충분했다. 거기다 저녁 시간에 광고를 집중해서 넣었기에 성인이라면 한 번쯤은 보게 될 것이었다. 지금 자신만 하더라도 이렇게 보고 있었다.

집에서까지 광고를 확인한 이유는 부모님에게 자신이 만든 광고를 자랑하고 싶은 이유도 있었고, 두 분의 반응도 궁금해서였다. 한겸은 TV와 부모님의 표정을 번갈아 가며 살폈다. 그러는 사이 광고가 끝나자 어머니가 먼저 입을 열었다.

"도대체 왜 술을 마시고 운전을 하는 거야! 아… 너무 가슴이 아프다. 내가 저랬으면 난 못 살았을 거 같아."
"어때요? 음주 운전 좀 줄어들 거 같아요?"
"당연하지. 누가 만든 건데."
"객관적으로요."
"아들이 만든 걸 아는데 어떻게 객관적으로 봐. 그냥 좋아. 잘 만들었네."

항상 자신의 편인 어머니의 말에 한겸이 웃을 때, 옆에 있던 아버지가 못마땅한 표정으로 입을 열었다.

"맥주 가져오지 마. 집에 있는데도 술 먹기 싫어지네."

그 말을 들은 한겸은 웃으며 자리에 앉았다. 경섭이 저런 모습을 보일 정도면 다른 사람들도 비슷하게 느낄 것이었다.

* * *

이틀 뒤. 두립의 OT에 참가하기 위해 한겸과 범찬, 그리고 임 프로가 두립으로 이동 중이었다. 한겸과 범찬은 두립이 원하는 조건으로 광고 제작이 가능한지 판단하기 위한 인원이었고, 임 프로는 그 외 일정이나 예산 등을 판단하기 위해 함께했다.

가능하면 참가를 할 것이고, 지금 일에 조금이라도 지장이 생 긴다면 포기를 할 생각이었기에 세 사람은 부담감 없이 편안한 얼굴이었다. 두립으로 이동을 하면서도 두립 휴대폰에 대한 얘 기는 한마디도 꺼내지 않았다.

"윤 프로님 광고 반응 대박 아니냐?"

"그럴 거 같았어."

윤 프로의 광고가 나온 지 이제 이틀밖에 지나지 않았음에도 사람들은 많은 반응을 보였다. 시청, 경찰서나 관공서에 대형 포 스터를 붙였기에 이미 많이 알려져 있었다. 시간이 조금 지난 상 태인지라 시들해질 타이밍에 윤선진의 목소리가 더해진 광고가 나오자 반응이 또다시 뜨겁게 불타올랐다.

"막 자기들끼리 캠페인 하고 그런다니까."

"광고의 순기능이네."

"진짜 이러다 연말에 음주 운전 아예 0% 되면 우리 또 상 받고 그러는 거 아니야?"

"상 받아서 아파트 사는 데 보태려고?"

"그거 이제 농담 아니다. 목표로 삼았어. 반포로 가기로 결정했다! 42억이니까 한 50년만 모으면 될 거 같아."

"그때도 그 아파트가 있겠어?"

앞에서 운전을 하던 임 프로가 소리 내서 웃었다.

"꿈이 대단하신데요?"

"원래 꿈은 크게 가지라고 하잖아요, 크크."

"그런데 진짜 그렇게 될 수도 있죠. 지금 저희 회사 성장을 보면 불가능할 것 같지도 않습니다. 이제 자금은 충분히 될 테고, 코스닥 상장한 다음 지금처럼 계속 잘나가면 가능하겠죠."

"역시 임 프로님은 저하고 잘 맞아요."

"하하, 그냥 하는 소리가 아니라 진짜입니다. 오늘 오기 전에 샤인에서 연락이 왔거든요. 전화 엄청 많이 온대요."

한겸도 처음 듣는 내용이었기에 관심을 가졌다. SNS나 설문 조사를 통해 듣는 반응이 아니라 직접 전화를 통해서 들은 반응이었기에 궁금했다.

"가장 전화 많이 오는 곳이 어디일 거 같습니까?"

"음주 운전 피해자 가족들이나 주변인들인가요?"

"아닙니다. 그분들한테 고맙다는 전화도 많이 온다는데 아쉽게도 아닙니다."

"그럼 지역단체들인가요? 같이 캠페인 하자고?"

"그것도 아닙니다."

한겸은 생각나는 대로 말을 했다. 하지만 내놓는 답마다 임 프로는 아니라는 말만 했다. 더 이상 생각이 나지 않았던 한겸이 고개를 갸웃거리자 임 프로가 씁쓸하게 웃으며 말했다.

"술장사하는 사람들이랍니다."

"술장사요?"

"술집 하는 사람들 있지 않습니까. 전화해서 그런 광고를 왜 하냐고, 당장 내리라고, 그런 전화를 한답니다. 그 사람들은 연말이 대목인데 광고를 보고 불안한 거겠죠."

대답을 들은 한겸은 잠시 생각하더니 임 프로처럼 쓴웃음을 지었다.

"광고와 전혀 상관이 없을 순 없네요. 그래도 술을 아예 마시지 말라는 게 아니라 술을 먹고 운전을 하지 말자는 건데 조금 그렇긴 하네요."

"그만큼 파급력이 대단할 거라고 예상하는 겁니다. 기업 문화도 음주를 하는 회식보다 문화를 즐기는 회식으로 바뀌는 곳도 많거든요. 샤인도 올해부터는 연말 회식을 아예 금한다고 했고요. 장사를 하는 사람들이니까 장사에 차질이 생기는 일이라면 누구보다 잘 알 겁니다. 우리 광고가 장사에 지장을 준다고 생각했겠죠. 사람들이 참 무섭죠?"

"그러네요. 그런데 그렇게 많이 전화가 온대요?"

"이제 곧 연말이니까요. 아마 시간이 지나면 더 많이 올 겁니다. 예약 수가 조금만 떨어져도 광고 탓으로 돌리겠죠. 원래 사람이란 게 다 자기 이익이 우선 아닙니까. 광고 회사만 보더라도 자기들 이익만 챙기는 곳들이 수두룩하잖아요. 물론 우리 C AD는 아니고요. 그래서 제가 우리 C AD를 좋아하는 거 아닙니까. 어떤 광고를 맡아도 서로 윈윈할 수 있도록 만드시잖아요."

한겸은 그런 전화가 제일 많이 왔다는 현실이 씁쓸했다. 하지만 한편으로는 그만큼 효과가 있다는 생각에 만족스럽기도 했다. 그때, 옆에 있던 범찬이 피식거리며 입을 열었다.

"사람들이 참, 왜 자기들만 아는 거지?"

"그게 보통 사람들이니까요. 음주 운전도 그렇잖아요. 나만큼은 괜찮겠지 하는 이기심으로 하는 거잖습니까."

"그러니까요. 그 술집들 우리한테 연락하라고 하면 어때요? 우리가 장사 잘되게 광고해 준다고!"

"네? 푸하하하, 대단하신데요?"

"틈새 전략이죠!"

"틈새가 아니죠! 병 주고 돈 받고 약 발라주는 거죠. 푸하하."

한겸도 범찬의 엉뚱한 생각에 피식 웃었다. 어떻게 생각을 해야 저런 생각이 나오는지, 하는 생각마다 기가 막혔다. 두립 휴대폰에 대한 얘기 한마디 없이 C AD의 얘기만 나눴을 뿐인데 벌써 두립 휴대폰 DIO의 본사에 도착했다. 차에서 내린 범찬은 혀를 내두르며 말했다.

"역시 대기업은 달라도 달라. 스페이스에 밀린다고 해도 이렇게 크잖아. 이 정도면 초콜릿이랑 비슷하나?"
"당연하잖아. 전 세계에 판매하는 회사인데. 그러니까 미디어 광고로 한 달 예산이 50억이 넘지."
"진짜 대단하네."
"두 분 올라가시죠. 지금 올라가면 딱 맞을 거 같습니다."

세 사람은 곧바로 엘리베이터에 올라탔다. 주차장에서 이미 확인을 받은 상태였기에 곧바로 올라가면 되었다. 안내받았던 층에 도착한 세 사람은 회의실을 찾아 걸음을 옮겼다.

"뭐 따로 안내해 주는 사람도 없냐."
"그러게. 신기하게 누구 한 명 신경을 안 쓰네. 회사가 커서 그런가?"

외부인이 들어오는 게 익숙한지 지나가며 마주친 사람들 모두가 그들을 신경 쓰지 않았다. 그사이 회의실을 찾았고, 세 사람은 서둘러 회의실 문을 열었다. 그러자 상당히 많은 사람들이 이미 도착해 있는 상태였다. 한겸과 세 사람은 서둘러 자리에 앉았고, 범찬은 입을 가린 채 조용하게 속삭였다.

"아직 15분이나 남았는데 뭐 이렇게 다들 빨리 왔대? 다들 종훈이 형 같은 사람들만 있나."

"종훈이 형이 왜?"

"우리 HT 미팅 때 종훈이 형 때문에 한 시간 일찍 갔잖아! 아! 저 사람들도 두렵에 잘 보이려고 일찍 온 거네."

"늦는 게 이상한 거 아니야?"

"일찍 가도 너무 일찍 갔으니까 그렇지."

한겸은 피식 웃고는 이곳에 자리한 사람들을 쳐다봤다. 꽤 많은 곳에 인바이트를 보냈는지 회사 수만 해도 상당했다. 그중에는 시상식에서 봤던 사람들도 꽤 있었다. 옆에서 같이 사람들을 살피던 범찬이 또다시 한겸에게 속삭였다.

"동양기획은 진짜 없네."

"스페이스 맡는데 DIO까지 맡으면 이상하지."

"쯧쯧, 넌 다 좋은데 고정관념이 있단 말이야."

"고정관념이 아니라 상도덕이야. 경쟁사 양쪽 모두 광고를 맡는 게 말이 돼? 그것도 같은 그룹에서 만드는 휴대폰이 있는데?"

"말이 그렇다는 거지. 어우, 저 재수탱이도 있네."

범찬이 보는 방향으로 고개를 돌리자 익숙한 얼굴이 보였다.

시상식에서 마주쳤던 TX기획의 임원이었다. TX기획 임원도 한 겹을 쳐다봤다. 눈이 마주치자 TX 임원은 씨익 웃고는 고개를 돌렸다. 어째서인지 그 웃음이 묘하게 기분을 나쁘게 만들었다. 범찬도 느꼈는지 이해할 수 없다는 표정으로 말했다.

"쟤네는 진짜 왜 코끼리가 개한테 경쟁심을 느끼지?"
"우리가 개야? 그건 아니지. 넌 말을 해도 참."
"크기로 말하는 거잖아. 그럼 개 말고 뭐가 있냐?"

그 말을 들은 임 프로가 피식거리더니 대화에 끼어들었다.

"왜 하필이면 개입니까. 늑대도 있고 사자도 있고 호랑이도 있고! 덩치는 작아도 전투력은 있죠! 사람들이 무서운 동물 하면 사자나 호랑이부터 생각하니까!"
"범찬이가 원래 저래요."
"참, 지금 다른 광고 회사들 우리 쳐다보는 거 안 보이십니까? 아주 견제하려고 눈빛들이 장난 아닙니다. 분마로 계속 떠들썩하고 있는데 거기에다가 윤 프로님 광고까지 던져 버렸으니까 저 사람들은 자연스럽게 견제를 하겠죠. 한번 살펴보세요."

한겹과 범찬은 임 프로의 말대로 다른 회사 사람들을 쳐다봤다. 신기하게도 자신을 쳐다보고 있던 사람들이 눈을 마주치면 안 본 척을 하며 갑자기 그들끼리 대화를 나눴다.

"살피고 있다는 걸 들키는 게 싫은 거죠. 약한 티를 내는 게 싫은 겁니다. 하하."

분트 공모전에서 대상을 탄 덕분에 참여했던 OT 때와는 분위기가 달랐다. 그때는 C AD를 전혀 신경 쓰지 않았는데, 지금은 모두가 C AD를 주시하고 있었다. 예전과는 달라졌다는 것이 느껴졌다. 그때 옆에 있던 범찬이 실실 웃으며 이리저리 고개를 돌리는 것이 보였다. 한겸은 조용하게 범찬의 옆구리를 찔렀다.

"야이! 또라이도 아니고 왜 그래. 그만 좀 해."
"크크크, 완전 웃기지 않냐? 왜 쳐다보면 모른 척하지? 그냥 인사나 하려고 그랬는데 자꾸 고개 돌리네."
"갑자기 고개 휙휙 돌리는 게 참 인사하려고 그러는 거겠다. 그만해."
"크크, 그래도 저 사람은 안 피해. 오히려 실실 웃는다."

고개를 돌려서 보지 않아도 누구를 말하는지 알 것 같았다. 일부러 눈을 마주치고 싶진 않았기에 한겸은 쳐다보지 않았다.

잠시 뒤, 시간이 되자 DIO의 마케팅 팀장이라는 사람이 들어왔다. 팀장은 잠시 짤막한 소개를 하고선 곧바로 자신들이 원하는 것들을 꺼내놓았다.

"이번 DIO80은 레트로 감성의 디자인에 최신 기술을 접목한 제품입니다. 이것이 내년에 출시될 DIO80입니다."

마케팅 팀장이 보여준 것은 실제 제품은 아니었다. 그래픽으로 제작한 디자인이었다. 화면 속 DIO80은 스마트폰이 나오기전 한때 유행했던 디자인으로, 화면을 위로 올리면 버튼이 나오는 슬라이드폰의 디자인과 비슷했다.

다만 겉 화면을 올리는 슬라이드폰과 달리, 내부에서 화면이 올라온다는 점이 달랐다. 아마 폴더블 폰을 상대하기 위해 화면 확장을 가능하게 만든 제품으로 보였다. 별의별 제품들이 다 나오는 시대였고, DIO80도 기존의 휴대폰 디자인에서 벗어나려 했다는 것이 느껴졌다. 하지만 한겸은 특별히 저 휴대폰을 써야 한다는 장점을 발견하지는 못했다.

마케팅 팀장의 설명은 계속 이어졌고 한참이 지나서야 제품에 대한 설명이 끝났다. 이제부터 DIO에서 원하는 것을 말할 차례였기에 한겸은 집중하기 시작했다.

"광고에 우리 DIO80의 우수성을 담아야 하는 건 기본이겠죠. 숨겨진 공간을 활용한 공간성과 옛 추억을 떠올릴 수 있게 해주는 감수성 가득한 디자인. 앞으로 우리 DIO가 확장폰의 선두에 서게 될 것이란 걸 강조해야 합니다. 이번에 내놓은 DIO80의 색상은 총 4가지입니다. 우선 가장 중요한 건 색상에 맞는 네 가지 광고를 동시에 내보내는 것입니다."

두립에서는 우선 광고에 담아야 할 것부터 꺼내놓았다. 다른 기업들도 하는 요구들이었기에 한겸은 메모를 해가며 설명에 집중했다. 그때, 한겸이 원하는 말이 마케팅 팀장에게서 나왔다.

"그 외에는 모든 것을 광고 회사에게 위임하게 됩니다. 우주를 배경으로 하든 판타지를 배경으로 하든, 아니면 옛날 고려시대나 조선시대를 배경으로 하든, 광고 회사에게 맡기겠습니다. 물론 저희와 의논이 계속되어야겠죠."

가장 어려울 수 있었지만, 마음대로 만들 수 있다 보니 자신의 마음대로 색을 찾을 수 있을 것 같았다. 문제는 한 번에 네 가지 종류의 광고를 만들어야 된다는 점이었다. 한겸이 머릿속으로 상상을 할 때, 마케팅 팀장의 말이 이어졌다.

"그뿐만이 아니라 DIO80의 이름으로 진행되는 이벤트 및 행사 전부를 광고 회사에 위임할 예정입니다. 광고 선전에 판촉까지. 물론 그렇게 된다면 예산이 커지겠죠? 맞습니다. 대신 판촉비는 상황상 예산이 변동될 수 있습니다."

마케팅 팀장이 웃으며 말을 마치자 여기저기서 웅성거리기 시작했다. C AD도 마찬가지였다. 임 프로는 믿을 수 없다는 듯 혀까지 내밀었다.

"이거 엄청 큰데요? 이벤트나 행사까지 맡으면 연예인들 섭외하는 것까지 우리가 맡는 건데 그 비용이 장난 아니거든요. 뻥

땅 치기 가장 좋은 게 섭외인 거 아시죠? 물론 우리는 그런 거
안 하지만 대행료만 봐도 어마어마해요."

"우리는 이벤트와 행사 같은 건 안 하잖아요."

"그렇죠. 그래도 놓치기 아쉬운 건 사실이죠. 동양에서 작년
에 스페이스로만 3조를 썼어요. 광고 선전비에 판촉비까지 해서.
DIO도 비슷하겠죠?"

"흠……."

한겸도 아쉽기는 했다. 다른 회사들은 어떻게 생각하는지 궁
금한 마음에 둘러볼 때, 자신을 쳐다보고 있는 TX기획의 임원이
보였다.

*   *   *

TX기획의 임원과 눈을 마주친 한겸은 도대체 왜 C AD에 저
런 모습을 보이는 건지 이해할 수가 없었다. 부딪쳤을 때라고는
DH은행 일뿐이었다. 물론 한겸의 제안을 시작으로 DH은행과
결별하게 된 건 알고 있었지만, TX기획에서 광고를 잘 만들었다
면 그런 일도 없었을 것이다. 게다가 같은 계열사도 아니다 보니
계약이 종료되는 건 일상사였다. 그럼에도 TX기획에서 왜 저렇
게 기분 나쁜 시선으로 자신들을 보는 건지 이해가 되지 않았
다.

만약 경쟁심으로 보는 것이라면 다른 곳도 살필 것이었다. 동
양기획이 빠지긴 했지만, 이곳에 모인 회사들은 전부 광고업계에

서 내로라하는 곳들이었다. 그런데도 오로지 C AD만 보고 있었다. 한겸이 TX기획의 임원과 눈을 마주치고 있을 때, 임 프로가 입을 열었다.

"어떻게 하는 게 좋을까요? 대표님이 김 프로님, 최 프로님 의견에 맞추라고 하셨거든요."

한겸은 마지막으로 TX기획의 사람들을 한번 쳐다보고선 고개를 돌렸다. 마음 같아서는 완벽하게 준비를 해 와 광고를 입찰받고 싶었다. 하지만 냉정하게 판단해서는 그럴 수가 없었다.

"DIO는 아무래도 힘들 거 같아요."
"그런가요? 이벤트, 행사에 필요한 인원은 저희가 충원할 수 있습니다."
"그건 둘째 치고, 광고 제작이 하나라면 모르겠는데 4개를 해야 하거든요. 시간을 두고 진행하면 모르겠는데 한 번에 4개의 광고를 제작하는 건 힘들 것 같아요. 이제 곧바로 HT 광고 제작도 해야 되잖아요."
"그렇죠… 저희는 기획 팀이 하나뿐이니까요. 그리고 저희 규모에 비해 떡이 너무 크죠……."

다른 회사들과 규모가 달랐기에 확실히 한계가 있었다. 한겸도 아쉬운 마음이 들었지만, 객관적으로 C AD에는 힘든 일이었다. 분트와 HT를 하지 않았더라도 C AD로서는 규모가 너무 큰

일이었다. 옆에서 대화를 듣던 범찬도 이해를 했는지 못마땅한 표정으로 입을 열었다.

"애초에 우리는 못 하는 거잖아. 생각해 보니까 좀 열받네. 우리 이렇게 한다고 자랑하려고 부른 것도 아니고."

그 말을 들은 한겸의 표정이 순간 일그러졌다. 그러자 범찬이 의아한 표정으로 물었다.

"갑자기 왜 그래?"

"생각해 보니까 그러네. 두립이 우리한테 입찰에 꼭 참여해 달라고 몇 번이나 부탁했다고 했잖아."

"어? 그러네? 진짜 자랑하려고 부른 거야, 뭐야."

"그게 이상하잖아. 이 정도 스케일이면 마케팅의 모든 부분을 광고대행사에 위임한다는 뜻인데. 두립이라는 대기업에서 그런 중요한 일을 맡기려고 하는데 회사들에 대해 알아보지 않았을까?"

"아오! 진짜 자랑하려고 부른 거야? 진짜 열받는데?"

"아… 좀. 자랑이 아니라 뭔가 꿍꿍이가 있는 거 같다고."

한겸의 말을 들은 임 프로도 그제야 이상함을 느꼈는지 얼굴 표정이 심각해졌다. 한참을 말없이 생각하더니 입을 열었다.

"그런데 이 일로 저희가 잃을 게 없지 않습니까?"

"그렇죠. 그냥 OT에 참여한 건데 잃을 게 없죠. 그러니까 의아하다는 거예요."

"김 프로님이 조금 예민하게 받아들이는 게 아닐까요?"

"그럴 수도 있고요. 그런데 저 사람들은 너무 태연하다는 게 신경 쓰이거든요."

한겸은 고갯짓으로 TX를 가리키며 말을 이었다.

"이 정도면 TX에서도 사활을 걸 정도의 규모인데 저기 저 사람들은 너무 태연해요. 다른 곳 보세요."

"그러네요. 다른 곳들은 다들 심각하네요."

한겸은 곰곰이 생각하며 TX기획의 사람들을 살폈다. 그러던 중 DIO의 마케팅 팀장과 서로 눈인사를 주고받는 것이 보였다. 우연히 눈이 마주쳐 인사를 건네는 걸 수도 있지만, 한겸이 보기에는 두 사람의 인사에 무언가가 있어 보였다.

"혹시 TX로 확정된 상태인가?"

"그럼 공정거래 위반인데 그럴 리가 없죠. 그게 밝혀지면 그 타격이 고스란히 DIO에 돌아올 텐데요. 이미지가 생명인 기업이 과연 그럴까요?"

"양쪽에서 입 꼭 다물면 누가 어떻게 알아요? 그렇지 않나요? 그리고 콘셉트에 대해서 미리 알고 오랫동안 준비를 했다면 결과는 안 봐도 뻔하지 않을까요?"

"그렇긴 하죠. 그런데 이렇게 해서 두립과 TX기획이 얻는 게 있을까요?"

한겸도 그 부분을 알지 못해 답답했다. 도무지 얻을 수 있는 게 아무것도 없었다. 그때, 범찬이 툭하니 말을 던졌다.

"쟤네는 진짜 개양아치다. 홈그라운드 뭐시기 하더니 이게 그거였네. 생각해 보니까 더 열받네. 분트 광고를 우리가 자기들처럼 딴 걸로 보고 있다는 거잖아."

그 말을 듣던 한겸은 광고 대상 시상식장의 기억이 떠올랐다. 범찬의 말처럼 자신들의 홈그라운드에서 붙자는 말을 했었다. 마치 분트에서 당하기라도 했다는 듯한 말투였다. 그 말을 듣자 저 사람들의 보냈던 눈빛이 당한 걸 돌려줬다는, 그런 느낌이었던 것 같았다. 한겸은 기분이 나쁘다는 표정을 대놓고 드러내며 말했다.

"분트 일로 잃은 것도 없는데 이렇게까지 해서 얻는 게 뭐지?"
"자랑 치려고 불렀겠지. 겸쓰, 표정 좀 풀어. 왜 그렇게 화나 있어."
"가만있는데 자꾸 건들잖아. 자랑을 왜 우리한테 해. 지들끼리 하지. 아!"

한겸이 갑자기 말을 멈췄다. 그러고는 잠시 생각을 하더니 갑자기 벌떡 일어났다.

"김 프로님?"

"겸쓰, 왜 그래! 야, 참아. 너 싸움도 못하잖아! 싸움 나면 나 저쪽 편 할 거니까 싸우지 마라."

범찬은 농담을 건네가며 한겸을 풀어주려 했지만 아무런 소용이 없었다. 벌떡 일어난 한겸은 큰 소리로 입을 열었다.

"저기, 팀장님!"

한겸의 말에 회의실에 있던 모두의 시선이 쏠렸다. 범찬과 임 프로는 TX기획에 한 소리 할 줄 알았는지 어리둥절한 표정으로 한겸을 쳐다봤다. 그때, 한겸의 목소리를 들은 DIO 마케팅 팀장이 고개를 갸웃거리며 대답했다.

"왜 그러시죠?"

"질문이 하나 있어서요."

"얼마든지 물어보시죠. 질문 받으려고 잠시 시간을 드린 거니까요."

"광고에 대한 부분은 아닙니다. 혹시 오늘 이 미팅이 밖으로 유출될 가능성이 있습니까?"

"네……?"

한겸의 질문에 회의실에 있던 사람들의 고개가 마케팅 팀장에게 돌아갔다. 질문을 한 한겸은 마케팅 팀장이 아닌 TX기획 사람들을 살폈다. 아직 마케팅 팀장의 대답을 듣지 못했지만 들을 필요도 없었다. TX기획 사람들이 당황하는 표정을 짓고 있었다.

"설마요! 갑자기 무슨 말씀이신지 모르겠지만, 그럴 일은 없죠."

마케팅 팀장이 아니라는 말에 한겸은 웃으며 고개를 끄덕거렸다. 이미 확인할 건 다 했고, 불씨를 던져놨으니 더 이상 자신이 나설 필요가 없었다. 당황한 TX 사람들의 얼굴을 보자 막힌 속이 내려가는 기분이었다. 그때, 다른 광고 회사의 사람들이 다시 확인을 하고 나섰다.

"정말 결과가 기사로 나가는 거 아니죠?"
"아닙니다. 왜 갑자기 그런 말이 나온 건지 모르겠지만 저희를 믿어주시죠."

한겸은 자신이 던진 불씨가 타오르는 걸 재밌다는 듯 지켜봤다. 대중들은 누가 광고를 만들었다는 걸 크게 신경 쓰지 않는다. 그리고 광고 일이 어떻게 진행되는지 관심도 없었다. 광고가 나오는 순간 그 대상 회사의 이름이 언급될 뿐이었다. 분마만 하더라도 C AD가 언급되기보다는 분트가 언급되었다. 그럼에도 광고 회사들이 이 부분에 신경을 쓰는 이유는 기사로 나온다면 얘기가 달라지기 때문이었다.

기사가 나오지 않는다면 광고를 보고 광고 대상을 떠올릴 뿐이었지만, 기사가 나오면 다른 광고 회사들을 누르고 만들어진 광고가 된다. 기사에는 아마 각 광고 회사들이 만든 대표 광고를 내세우며 그런 회사들을 누르고 만들어진 광고라는 내용이 담길 것이었다.

"겸쓰, 기사 내보내서 TX가 뭘 얻어? 그리고 DIO가 얻는 게 있어?"

"있지. 우리만 하더라도 분마가 있잖아. 분마의 광고를 제작한 C AD를 누르고 최종 선택 된 TX기획. 어떨 거 같아?"

"어? 저런 쌩양아치 같은 놈들."

"그리고 DIO가 더 큰 걸 얻지. 날고 기는 광고 회사들을 누르고 만들어진 광고인데 사람들이 관심을 보이겠지. 관심이 판매량으로 연결되는 건 당연하니까. 두립하고 TX하고 이해관계가 맞아떨어져서 이런 걸 했겠지?"

"그게 돼?"

"돼. 우리도 미리 알리긴 했어도 그렇게 한 번 성공했잖아."

분트의 얘기를 하다 보니 처음 공모전 때의 기억이 떠올랐다. 그때, 경섭이 이런 식으로 기사를 내본 적이 있었다. 다만 다른 점이라고는, 광고 회사들에게 사전에 공지를 해주고 참여 의사를 밝혔다는 점이었다. 그 때문에 C AD는 동양기획과 TX기획을 눌렀다는 타이틀을 얻었다. 다만 C AD가 회사라고 보기 힘들었을 때였기에 기적이라고 여겨지며 반응이 빠르게 시들었다.

"야, 기사 나오면 큰일이겠는데? 우리 조금 알려지기 시작했는데 사람들은 TX 밑이라고 인식할 거 아니야."

"그렇지. 그게 다 일로 연관이 되니까. 기왕이면 잘하는 곳 찾아가겠지. 그러니까 다른 회사들도 민감하게 받아들이는 거야. 그래서 분트 때는 아예 참가 안 한 회사도 많았잖아."

"저런 호로자식들을 봤나. 어휴, 다행이네."

"아직 다행 아니지. 지금 아니라고 해도 분명히 기사로 내보낼 거야. TX로 내정해 둔 상태라면 아무리 생각해 봐도 이렇게 하면서 얻을 수 있는 게 그거밖에 없거든."

"그럼 어떻게! 아이 씨, 내가 불안하다고 하던 게 이거였어! 알지? 내가 계속 불안하다고 그랬잖아. 이거 때문이었네!"

"뭘 다 불안하대."

한겸의 표정이 다 풀려 있는 반면 대화를 듣던 임 프로는 더 심각해졌다. 임 프로는 걱정이 가득한 표정으로 입을 열었다.

"그럼 좀 심각해집니다. 저희만 타격을 받는 게 아니라 HT 광고에도 지장이 생길 수 있거든요. TX보다 못한 회사가 만든 HT 광고라는 프레임이 쓰일 수 있습니다."

"그렇지 않도록 해야죠."

"방법은 있으십니까?"

"일단 회사 가서 대표님하고 얘기하는 게 맞는 거 같아요. 그래도 일이 생기기 전에 알아차려서 다행이네요."

그 말을 들은 범찬이 신기하다는 듯 입을 열었다.

"그런데 겸쓰, 넌 도대체 어떻게 알았어?"

범찬과 대화 중에 알아차렸던 한겸은 피식 웃으며 대답을 피했다. 범찬 덕분이라고 말하면 얼마나 생색을 낼지 안 봐도 뻔했다. 한겸은 웃으며 다른 회사들의 반응을 지켜봤다. 여전히 마케팅 팀장에게 확답을 받고 있었다.

*　　　　*　　　　*

회사로 돌아온 한겸은 우범에게 OT에서 있었던 일을 모두 설명했다.

"그러니까 TX기획이 이미 내정되어 있는 상태라는 거군."
"확실하진 않아요. 제가 민감하게 느꼈을 수도 있는데, TX기획 분위기나 예전에 했던 말들을 조합하면 그럴 가능성이 높아요. 굉장히 자신만만해했거든요. 대표님이 보시기에는 어때요?"
"그럴 수 있지. 그래서 결론은 참가할 필요도 없는 일이었군. TX가 내정되어 있지 않더라도 우리로써는 힘든 일이었을 테니."
"맞아요. DIO도 그걸 알 텐데 OT에 꼭 참여해 달라는 게 이상하잖아요."

"알았다. 다음 미팅이 2주 뒤니까 기사는 그때 나오겠군. 우리도 대비를 해야겠다."

우범도 못마땅하다는 표정을 짓고는 입을 열었다.

"괜한 발걸음하느라 고생했다. 대책은 사무실 팀에서 마련할 테니 걱정하지 말고 HT 준비나 해라. 다들 대화 들었죠? 그럼 곧바로 회의 좀 합시다."

두립에 대한 일이다 보니 사무실 직원들의 귀가 전부 이쪽에 향해 있었다. 그런데 기대했던 것과 다르게 흘러가는 상황에 모두가 화난 표정이었다. 다들 전투를 하겠다는 표정으로 모이려 할 때, 한겸이 먼저 입을 열었다.

"제가 생각한 게 있는데 그것부터 들어봐 주실래요?"

*　　　　*　　　　*

TX기획의 AE이자 기획 총괄을 맡고 있는 최 이사는 미팅에 대해서 생각할수록 어이가 없었다.

"도대체 어떻게 알고 말을 한 거지?"
"그래도 이사님이 잘 대처하셔서 다행입니다."
"우리만 가만히 있으면 이상하게 볼 텐데 당연한 거지."

한겸의 말로 OT에 참가한 회사들이 기사가 나오는지 확인하기 위해 질문을 던졌다. 거기서 TX가 가만히 있는다면 의심을 살 수 있었기에 최 이사가 나섰다. TX의 대표로 참석한 최 이사가 나서자 다른 회사 사람들도 그제야 안심을 했다.

"그래도 C AD 덕분에 자신들이 들러리라는 걸 모르게 됐습니다."

"그렇긴 하지. 다들 기사가 나가는 거에 대해서만 불안해하니까."

최 이사는 회의실에서 마주쳤던 한겸의 눈빛을 떠올렸다. 처음에는 불안한 듯 보였는데 어느 순간 웃음을 짓고 있었다.

"그래도 그놈 눈빛이 이상해. 마치 다 알고 있다는 듯 쳐다보더군."

"절대 알 수가 없습니다. 직원들 입단속도 철저히 했고, DIO 내에서도 아는 사람이 극히 드문데 알고 있는 건 말이 안 됩니다."

"그렇겠지?"

"그리고 안다고 해도 저희 광고 보고 나면 이래서 뽑혔구나 하고 물러날 겁니다. DIO70 광고가 끝나고 6개월 동안 공들여 만든 광고니까 걱정하지 않으셔도 됩니다. 그리고 최종 확정이 되면 기사가 나가고, 저희는 분마를 만든 회사를 이기고 만든 광고가 되는 겁니다."

"그건 좋군."

"저희도 한번 당했으니까 C AD도 크게 반발하지는 못할 겁니다. 분트 광고 때 저희를 이용해서 한 번에 몇 계단이나 상승한 셈인데 고마워해야죠. 얼마 전 캠페인 브리프 코리아 순위에 든 것도 저희 덕분이라고 생각합니다."

"다른 회사들의 반발은 없겠나?"

"아까 말씀드렸듯이 저희 광고를 보고 나면 스스로 인정할 수밖에 없을 겁니다."

"실력으로 찍어 누르면 된다? 좋군."

미리 정보를 얻고 오랜 기간 동안 준비를 해왔다. 지금까지 제작했던 DIO 광고 중 최고로 좋은 광고가 제작될 것이었다. 최 이사 역시 잘 알고 있었기에 고개를 끄덕거렸다.

"잘 만든 광고에 조금의 조미료를 치는 것일 뿐이지."

"2주 뒤에 기사가 나오기 시작하면 그때부터 DIO80에 대해 관심을 보이기 시작할 겁니다. 그리고 관심이 끊이지 않게 이벤트가 계속 진행될 예정입니다. 다른 시리즈보다 판매량이 확실히 올라갈 겁니다."

"그래야지."

*   *   *

C AD의 사무실 직원 모두가 한겸을 주시했다. 항상 기발한 아이디어를 내놓는 한겸이 생각한 게 어떤 내용인지 모두가 궁금해했다. 우범 역시 마찬가지인지 궁금해하는 표정으로 입을 열었다.

"다들 같이 들어도 괜찮겠지?"
"네, 진행하려면 어차피 다 알고 계셔야 하는 거니까 괜찮아요."
"그럼 말해봐라."
"그렇게 막 엄청난 건 아니고요. 기사가 나오기 전에 미리 대비를 하자는 거예요."

한겸은 우범의 표정을 보며 피식 웃었다. 우범만이 아니라 사무실 직원들도 지휘관에게 명령을 받는 병사들처럼 반드시 해내겠다는 표정이었다.

"생각해 보니까 먼저 맞을 이유가 없더라고요."
"그렇지."
"그렇다고 먼저 때릴 이유도 없다고 생각해요. 싸움을 걸어오긴 하지만 피할 수 있으면 피하는 게 맞는 거 같아요."
"똥이 무서워서 피하진 않지."
"그래서 우리가 먼저 기사를 내보내는 게 좋을 것 같아요."
"음?"

다들 의아한 표정으로 한겸을 보자 한겸이 웃으며 말을 이었다.

"그냥 증거 만들기 하자는 거예요. 우리는 TX보다 못해서 참여 안 한 게 아니라 바빠서 참여 안 한다는 식이에요. 그렇다고 두립 DIO에 참여했다는 걸 직접적으로 언급하지는 않아야 해요. 우리가 먼저 기사를 내보내면 DIO 측에서 그거로 문제 삼을 수 있거든요."

"선뜻 이해가 안 되는군. 자세히 말해봐라."

"그러니까 DIO에서 기사까지 내보내려는 이유가 관심을 끌기 위해서잖아요. 그걸 알고 나니까 괜찮은 방법 같더라고요. 그래서 우리도 이용해 보면 어떨까 생각했어요. 우리는 이런 식으로 내보내면 괜찮을 거 같더라고요."

한겸은 씨익 웃고는 주머니에서 종이를 꺼냈다. 그러고는 먼저 한번 살펴본 뒤 입을 열었다.

"모든 의뢰와 문의는 물론이고 광고 입찰 참여도 중단하기로 결정했다. 현재 참여하고 있는 입찰 경쟁도 포기하기로 결정했다. 그 이유에는 HT의 대만 광고가 있다. C AD는 HT의 대만 진출에 함께하며 모든 기획력을 쏟아붓기로 결정했다."

"……."

"이상해요? 전 꽤 괜찮다고 생각했는데. 저렇게 하면 사람들도 자연스럽게 HT에 관심을 보일 거 같은데요. 우리는 우리 나름대로 맡은 회사에 대해 최선을 다한다는 이미지도 얻을 수 있고요."

한겸의 말이 끝나자 사무실 직원들 중 한 명이 입을 열었다.

"저건 싸움을 피하는 게 아니라 먼저 때리는 수준 아닙니까? TX랑 DIO는 완전 황당하겠는데요?"

그 말을 들은 한겸은 피식 웃었다.

"때리는 건 아니죠. 피한 거 맞아요. 일부러 받으려고 돌진해 오는 차를 옆으로 휙 하고 피한 거죠. 일단 피하고 나면 그 차가 벽을 받든, 그냥 지나쳐 가든 그건 우리 문제가 아니잖아요."
"그렇죠……."

다들 한겸의 생각을 듣고 헛웃음을 뱉었다. 저렇게 된다면 TX에서 기사를 내보내도 아무런 소용이 없을 것이었다. 그때, 옆에 있던 우범이 고개를 저으며 말했다.

"그냥 피하는 건 아니라고 본다."
"네?"
"일단 받으려고 한 건 사실이지."
"그렇긴 하죠."
"피할 땐 피하더라도 그냥 피하는 건 아니라는 뜻이다. 타이어라도 펑크 내서, 가는 길 고되게 만들어야 하는 게 맞다."

한겸은 고개를 갸웃거리며 우범을 봤다. 자신이 생각하기에 최선의 방법은 제대로 된 광고를 만들어 입찰을 따 오는 것이었다. 하지만 그건 현실적으로 불가능했기에 차선을 선택했고, 그 차선이 DIO보다 먼저 기사를 내보내는 것이었다. 그러다 보니 우범의 생각이 궁금했다.

"기사를 내보내는 건 찬성이다. 그런데 우리만 할 필요는 없지. OT에 참가한 다른 회사들도 함께 기사를 내는 거다."

"같이요? 보이콧처럼 하자는 거예요?"

"아니다. 각자 내보내는 거다. 한성 같은 경우는 오일 광고를 하고 있으니까 거기에 몰두하겠다는 내용으로 기사를 내보내라고 하고, 다른 곳도 마찬가지지. 그러려면 먼저 설득이 우선이다. TX가 이미 내정되어 있다는 증거는 없지만 설득은 가능하다. 네가 OT에서 기사에 대해 말을 한 덕분에 불안하겠지. 거기에 이미 내정되어 있는 회사가 있을 수도 있다는 말을 해주는 거지. 기사가 나와서 이득을 보는 건 내정되어 있는 회사니까."

가만히 듣던 한겸은 그제야 이해를 했는지 박수까지 쳤다.

"와, 좋네요. 저는 증거가 없으니까 우리만 생각했어요. 대표님 말씀대로 하면 설득을 못 하더라도 의심을 갖게 만들 수 있겠네요."

"맞다. 원래 모든 건 의심으로부터 시작되는 거다."

그때, 뒤에서 듣고 있던 임 프로가 입을 열었다.

"OT에 참가한 회사들이 기사를 내보내면 DIO는 기사를 내보낼 내용이 없어지네요. 다른 회사들이 끝까지 참여하더라도 결과에 쉽게 승복하지 않을 거고요. 그럼 잘못하면 싸움 나겠는데요?"

"원래 싸움 구경이 제일 재미있는 법이죠."

"그건 싸움을 붙인 거 아닙니까……?"

"싸움을 붙인 건 아닙니다. 우리 피할 테니까 너희도 피하라고 알려주는 거죠. 군대 안 다녀왔습니까? 화생방 터지면 옆에도 알려야 되는 건 기본입니다. 가스!"

"아……."

한겸은 태연하게 가스 전파 흉내를 내는 우범을 보며 웃었다.

"그런데 그렇게 하기 위해서는 아는 기자가 있어야 하거든요. 어중간하게 기사 나오면 안 될 거 같아요. 근황이다 보니까 크게는 아니더라도 최소한 DIO에서는 봐야 할 것 같거든요."

"걱정하지 마라. 우리 홈페이지에 등록된 전문가들 중에 기자도 있다."

"아, 그러네요."

"우리한테 관심이 많아서 전부터 계속 인터뷰 요청을 했었다. 그 부탁도 들어줄 겸 분마에 대해 얘기도 하고 HT에 대한 얘기까지 하면 된다. 문제는 네가 말한 대로 기사 내용이 우리의 근황처럼 흘러가게 된다는 거다."

"한 방에 관심을 끌게 할 순 있는데… 아니에요."

"그게 뭐지? 일단 들어보고 판단을 해보지."

"아니에요. 지금은 못 들은 걸로 해주세요. 문제가 있을 수도 있어서요. 제가 확인을 하고 말씀드릴게요."

확실히 대중들에게 관심을 끌 수 있을 만한 내용이었지만 마음대로 해서는 안 될 것 같았다. 한겸은 확실치 않은 얘기를 꺼낸 걸 실수라는 듯 고개까지 저었다. 그러자 우범은 의아한 표정을 짓더니 이내 알았다는 듯 고개를 끄덕였다.

"네가 그러면 뭔가 이유가 있겠지. 네가 말한 방법이 뭔지는 모르지만 어느 정도 기사를 노출시킬 수는 있다."

"어떻게요?"

"이런 문제로 언쟁이 많이 일어났지. 질보다 양, 양보다 질. 우리는 양보다 질이지만, 이번만큼은 질보다 양으로 진행해야겠다. HT에서도 협력을 해줄 테니 여러 개의 기사를 동시다발적으로 내보내면 해결될 것 같다. 물론 인터뷰를 하느라 고생은 하겠지만 가장 좋은 방법이라고 생각한다."

가만히 듣던 한겸은 피식 웃으며 고개를 끄덕거렸다. 인터뷰가 걱정되긴 했지만, 가만히 앉아서 당하는 것보다는 나을 것 같았다.

"그럼 그렇게 진행한다."

"네, 저희는 인터뷰 준비만 하면 돼요?"

"할 것도 없다. 있는 그대로 물어볼 테니까. 윤 프로님은 빼…
아. 네가 말하려다 만 게 이거였군?"

한겸은 어색하게 웃으며 고개를 끄덕거렸다. 대만이 분마로 시
끄럽다면 한국에서는 윤선진의 광고로 떠들썩했다. 기자들 입장
에서는 당연히 음주 운전 예방 광고에 대해 질문을 할 거고, 모
델에 대해서도 질문이 나올 것이다. 만약 윤선진이 C AD 소속
이라는 걸 알게 되면 당연히 취재 요청을 할 것이었다. 그렇게
되면 많은 사람들이 기사에 관심을 보일 터였다.

하지만 한겸은 고민이 됐다. 윤선진이 어떤 삶을 살았는지 자
세히는 아니더라도 어렴풋이 알고 있었다. 그 어렴풋이 아는 내
용만 하더라도 굉장히 힘든 삶이었다. 광고에 나온 내용은 극히
일부분이었는데, 기자들과 인터뷰를 한다면 그 내용에 대해 물
을 것이 분명했다. 윤선진이 말을 하면 그 내용이 기사에 실릴
것이다. 지금 음주 운전 예방 광고의 반응으로 보면 모든 사람
들이 기사를 읽을 것 같았다. 그렇기에 윤선진의 의견을 묻지도
않고 마음대로 결정할 순 없었다. 게다가 윤선진이 한다고 하더
라도 다른 문제가 남아 있었다.

우범도 그 부분을 알아챘는지 쉽게 말을 꺼내지 못했다. 한겸
은 우범을 보며 이건 아니라는 듯 고개를 저었다. 그때, 갑자기
사무실 문이 열리더니 범찬이 들어왔다. 뭔가 굉장히 신난 얼굴

로 말을 하려다 말고 사무실 분위기를 느꼈는지 입을 다물었다.

한겸은 범찬을 힐끔 쳐다보고선 이내 고개를 돌렸다. 그러고 는 우범에게 말을 했다.

"윤 프로님은 일단 배제해 두고 생각해요. 우리 선에서 해결 하는 게 맞는 거 같아요."

"그래. 내 생각도 그렇다. 그래도 음주 운전 예방 광고에 대해 서 질문하는 건 대답해 줘야 한다."

"네, 그건 알죠."

"내일 아침부터 진행하려 했는데. 음, 윤 프로님은 쉬라고 하 는 게 맞겠군."

그때, 범찬이 무척이나 난감하다는 표정으로 대화에 끼어들었 다.

"무슨 얘기를 하는지 모르겠는데…… 지금 윤 프로님 와계시 는데요……?"

"음? 장난하지 마라. 아까 퇴근하셨다."

"저기 보세요… 진짠데. 저희 매일 김치 없이 라면 먹으니까 김치 가져다주신다고 가져오셨어요. 사무실 김치도 가져오셨는 데. 지금도 사무실에 김치 냄새 밴다고 밖에 계시잖아요."

범찬의 말이 끝나기 무섭게 열려 있는 사무실 문으로, 윤선진 이 무척이나 섭섭하다는 표정으로 고개를 내밀었다.

＊　　　　　＊　　　　　＊

윤선진은 김치 통을 복도에 내려놓고는 사무실로 들어왔다. 어디까지 얘기를 들었는지 모르지만, 윤선진은 섭섭해 보이면서도 이해한다는 듯 어색한 미소를 짓고 있었다. 한겸은 멋쩍은 상황에 자신도 모르게 뒷머리를 긁적였다. 그때, 윤선진이 양손을 모으고 고개를 숙였다.

"부담 갖지 마세요. 여러분 덕분에 새 삶을 살고 있어요. 이렇게 좋은 회사에서 좋은 분들과 일도 해보고 저로서는 좋은 경험이었어요. 그동안 감사했습니다."
"네? 무슨 말씀을 하시는 거예요?"

한겸은 조금 전의 상황을 떠올리고는 헛웃음을 뱉었다. 조금 전 우범과의 짧은 대화를 듣고 오해를 한 모양이었다. 한겸은 윤선진의 고개를 세운 뒤 입을 열었다.

"그런 게 아니고요. 일단 윤 프로님이 안 계신 자리에서 저희끼리 의논해 죄송해요. 그 부분에 대해서 설명을 드리려고 하는데 잠깐 시간 좀 내주실 수 있을까요?"

제대로 설명하기 위해서는 모든 일을 설명하는 편이 나을 것 같았다. 한겸은 이미 말을 꺼냈음에도 여전히 고민되었다. 윤선진의 성격상 거절을 하지 못할 것 같았기에 조용히 의견을 물어보려 했다. 그런데 이렇게 많은 사람들이 얘기하고 있었다는 걸 윤선진이 안 이상, 거절하고 싶어도 거절하지 않을 것 같았다. 한겸은 고개를 끄덕거리는 윤선진을 이끌고 우범과 함께 자리에서 일어났다. 될 수 있으면 편안하게 들을 수 있도록 회사 바로 옆 커피숍으로 자리를 옮겼다.

커피숍에 들어간 한겸은 윤선진에게 있는 그대로 설명을 했다. 그러자 윤선진의 반응은 한겸이 예상한 대로였다.

"제가 할게요."

"괜찮으시겠어요?"

"그럼요. 예전에 김 프로님이 제 그림으로 음주 운전을 줄어들게 만드신다고 그러셨죠? 이것도 그 연장 아닐까요……? 억울한 피해자나 저 같은 사람이 나오지 않을 수 있다면 제가 노출되는 게 뭐가 중요하겠어요."

윤선진의 말을 듣던 우범은 살짝 고개를 숙였다.

"어려운 일인데 그렇게 생각하시는 모습 존경합니다."

"어우, 무슨 그런 말씀을… 당연한 건데요."

윤선진은 멋쩍게 웃으며 한겸을 봤고, 우범 역시 한겸을 보며 대답을 기다렸다. 하지만 한겸은 대답 대신 한숨을 크게 뱉었다. 그러자 윤선진이 미소를 보이며 입을 열었다.

"절 걱정해 주시는 마음 너무 고마워요. 그런데 전 정말 괜찮아요."

"흠… 그런 게 아니라. 휴."

한겸은 윤선진의 미소를 물끄러미 쳐다봤다. 한겸이 고민한 이유 중 가장 큰 문제가 윤선진의 저 모습이었다.

"저기 아무래도 안 될 것 같아요."

"네? 전 정말 괜찮은데요."

"그건 감사한데… 대중들이 괴리감을 느낄 수 있어서 그래요. 지금 음주 운전 예방 광고가 사람들이 큰 반응을 보이는 데는 진실성이 가장 큰 이유라고 생각해요. 물론 지금은 윤 프로님의 진심이 사라졌다는 건 아니에요."

윤선진은 제대로 알아듣지 못했는지 어리둥절한 표정이었다. 하지만 우범은 곧바로 알아차렸는지 윤선진을 물끄러미 봤다.

"그렇군. 그래서 네가 고민을 한 거구나."

"네."

"광고와 다른 모습. 윤 프로님이 처음 뵀을 때 모습과는 많이 변했지. 인터뷰를 하게 되면 사진을 무조건 담으려 할 테지. 광고의 실제 인물이니까. 그런데 모델은 같은데 분위기는 달라져 있으니 자세한 사정을 모르면 오해할 수 있겠군. 그런 인터뷰가 나오면 광고의 효과도 떨어질 수 있다는 게 문제군."

윤선진은 전과 비교하기 힘들 정도로 달라져 있었다. 외모는 큰 차이가 없지만, 내적으로 변했다. 전과 다르게 잘 웃었고, 지금의 삶이 행복하다는 게 보였다. 그런 윤선진에게 다시 예전으로 돌아가라고 할 수도 없는 일이었다. 한겸이 말하지 못한 부분이 이것이었다.

가만히 듣던 윤선진도 이해를 했는지 자신의 얼굴을 쓰다듬으며 말했다.

"제가 많이 달라졌군요……."

"당연히 달라지셔야죠. 그건 절대로 자책하실 일이 아니에요. 그 어르신 두 분도 윤 프로님이 편한 삶을 살길 바라시잖아요."

윤선진이 변한 건 잘못된 일이 아니었다. 바람직한 일이었고, 한겸도 변한 모습을 좋게 보기 때문에 말을 하기가 어려웠던 것이다. 혹시나 자신이 변했다는 걸 알고는 다시 예전처럼 자책할까 걱정되었다. 그때, 우범이 입을 열었다.

"윤 프로님의 문제가 아닙니다. 대중들이 문제죠. 대중들은 자신들이 보고 싶은 것이 있는데 그것과 다른 모습을 봤을 때 어떤 반응을 할지 예상할 수 없습니다. 편안한 얼굴로 그동안의 삶을 얘기한다면 많은 얘기가 나오겠죠. 응원하는 말도 있겠지만, 아닐 수도 있습니다. 그럼 그 부분을 윤 프로님이 감당하셔서야 합니다. 김 프로는 그 부분을 걱정한 겁니다."

윤선진은 입술을 꽉 다물었다. 그 모습을 본 한겸은 곧바로 결정했다. 윤선진이 감당하기에는 벅찬 일이었다. 기사를 노출시키기 위해 가장 효과적인 방법이기는 했지만, 가장 좋은 방법은 아니었다. 누군가는 힘들어하는 게 마음에 들지 않았다. 그때, 윤선진이 입술을 깨물고는 입을 열었다.

"다른 사람이 제 얘기를 해주면 어떨까요?"
"네, 아무래도 그 질문이 나올 테니까 윤 프로님이 인터뷰를 안 하는 대신 저희가 얘기를 하게 될 것 같아요."
"아니⋯ 그게 아니고요. 저 대신 아버님, 어머님이 해주시면 어떨까 하는데⋯⋯."

한겸은 윤선진이 말하는 사람들이 누구인지 단번에 알아차렸다. 그렇게만 된다면 윤선진이 나오는 것보다 훨씬 효과적일 것이었다. 하지만 피해자의 가족으로서 인터뷰를 하는 게 쉬운 일은 아니었다.

"두 분이 저희가 만든 광고를 보시고 항상 고마워하셨거든요. 억울한 피해자가 줄어들 것 같다고 하셨어요."
"고마운 마음과 인터뷰는 다를 거예요."
"알죠. 그런데 어머님이 도울 일 있으면 돕겠다고 항상 그러세요. 오늘 가져온 김치도 저하고 같이 만든 거예요. C AD에 고맙다고."

"그걸 직접 담그신 거예요? 후… 몸도 아직 불편하신데."

윤선진도 윤선진이었지만, 나이가 많은 어르신이 김치를 담가
줬다는 말에 고맙기도 하면서 부담스럽기도 했다. 게다가 오로
지 음주 운전 예방을 위한 목적으로 만든 광고가 아니었다. 윤
선진을 영입하기 위해서가 첫 번째였고, C AD를 위해 기획했다
는 것이 두 번째였다. 그렇게 감사를 받을 만한 일은 아니었다.
그 때문에 한겸은 아무런 말도 하지 못하고 있었다.

"그렇게라도 해드려야지 마음은 편하잖아요. 그리고 제가 두
분께 말을 해볼게요. 힘들 것 같다고 하시면 안 하면 되지 않을
까요?"

"그렇긴 하죠."

"그런데 인터뷰를 하면 사람들이 관심을 갖는 게 맞죠?"

"그렇죠."

"그럼 두 분도 찬성하실 거예요. 사람들이 관심을 갖게 되면
음주 운전을 예방하는 데 도움이 되는 일이잖아요."

"그럼 윤 프로님의 얘기가 나오게 될 텐데 괜찮으세요?"

"사람들이 욕할까 봐 조금은 걱정되죠. 그런데 생각해 보니까
지금도 욕이 있더라고요."

지금 음주 운전 예방 광고에도 일부 사람들이 악플을 남겨놓
았다. 모든 사람들을 만족시킬 수는 없다 보니 당연한 일이었다.

그중에는 당신이 그런 삶을 살았으니 음주 운전 한 당사자를 용서해 달라는 건지 묻는 댓글도 있었다. 광고에서 하고 싶은 말이 그것이 아니라는 것을 충분히 느꼈을 텐데도 그런 글을 남겨놓았다. 그래도 광고 대부분에서 색이 보여서인지 그나마 악플이 적은 편이었다.

"욕을 하는 사람들은 그냥 기분풀이 하려고 욕을 하는 거 같아요. 제가 뭘 해도 욕을 하겠죠. 그런 사람들한테 겁을 먹긴 싫어요."

한겸은 자신의 생각보다 강한 윤선진의 모습을 보며 적잖이 놀랐다. 우범도 마찬가지였는지 약간 놀란 표정으로 입을 열었다.

"멘탈이 강하시군요."
"제가 그런가요? 안 좋은 말을 자주 들어서 그런가 봐요."

윤선진은 멋쩍게 웃었고, 한겸은 윤선진이 말한 의미를 떠올렸다. 그때, 윤선진이 옆에 놓아둔 목발을 챙기더니 말했다.

"이럴 게 아니라 아버님, 어머님 찾아뵙고 말을 하는 게 좋을 거 같아요."
"지금요?"
"그럼요. 아까 들으니까 내일부터 저 쉬라고 한 이유가 내일부터 인터뷰하려고 그러신 거 아니에요?"

"맞아요."

한겸은 어색하게 웃었다. 그러자 우범이 윤선진을 말리며 입을 열었다.

"저희 회사 차로 모셔다 드리죠. 잠시만 계세요."

"아니에요! 제가 알아서 가도 돼요."

"아닙니다. 이건 엄연히 회사 일입니다. 잠시만 기다리세요."

우범은 곧바로 전화를 했고, 사무실 직원 중 한 명이 급하게 나왔다. 그러고는 윤선진을 태우고 곧바로 가버렸다. 한겸은 자신의 선택이 맞는 것인지 선뜻 판단이 되질 않았다. 한겸은 차가 사라진 방향을 가만히 바라봤고, 그 모습을 보던 우범이 입을 열었다.

"너무 걱정하지 마라. 안 한다는 걸 강요하진 않으실 테니까."

"제가 괜한 말을 한 것 같기도 하네요."

"인터뷰를 하게 되면 당연히 광고에 대해서 얘기가 나올 건데 그건 어쩔 수 없는 부분이다."

"그런데 아까 윤 프로님이 안 좋은 말을 자주 들어서 그렇다는 게 무슨 뜻이에요? 아세요?"

"음. 윤 프로님이 지금까지 하신 일들을 보면 그럴 수 있다고 생각된다. 전단지만 돌려봐도 그냥 지나가도 되는 걸 꼭 욕하는 사람이 있지. 게다가 청소하는 일은 더할 테고."

"그러네요. 청소하시는 분들을 자기보다 못하다고 생각하는
사람이 많으니까요."

"아무래도 그렇겠지. 그것도 20년이나 했으니까."

그 말을 들은 한겸은 숨을 크게 들이마셨다. 윤선진에게 너무
무거운 짐을 짊어지게 한 건 아닐까 미안했다.

＊　　　＊　　　＊

다음 날, 전날부터 대청소를 한 덕분에 회사 전체가 깔끔했
다. 인터뷰를 하게 되면 회사 내부가 나오게 될 것이었기에 정리
를 할 수밖에 없었다. 2층 플랜 팀, 3층 포스터 제작 팀과 기획
팀은 대청소를 처음으로 한 탓에 아침까지도 정리 중이었다.

"다음부터 인터뷰는 커피숍에서 하는 걸로!"

"나도 찬성."

"그러니까 미리 정리해 두고 일했어야지. 이거 다 최범찬이랑
오빠가 어지럽혀 놓은 거잖아."

범찬은 수정의 잔소리를 들은 척도 안 하고 한겸을 보며 말했
다.

"기자들 언제 온대?"

"이제 곧 올 때 됐어."

"그럼 어르신들 미리 와 있어야 하는 거 아니야?"

"장 프로님이 픽업 가셨으니까 곧 오실 거야."

어제 윤선진에게서 피해자의 가족인 어르신 두 분이 허락하셨다는 연락을 받았다. 대신 윤선진의 얘기를 하는데 당사자를 앞에 두고 하면 제대로 말을 못 할 것 같다는 이유로, 윤선진이 없는 자리였으면 한다고 했다. 한겸으로서는 그편이 오히려 좋았다. 윤선진의 부재 덕분에 광고의 이미지를 그대로 유지할 수 있었다. 기사로 인해 사람들이 반응을 보인다면 그때 윤선진이 나와도 됐다. 그때가 되면 인터뷰 내용을 본 사람들은 조금은 변한 윤선진을 이해해 줄 거란 생각이 들었다. 그때, 한겸의 휴대폰이 울렸다.

"네, 윤 프로님."

─아버님, 어머님 아직 도착 안 하셨죠?

"네, 직접 전화해 보시지 그러세요."

─말씀을 잘 안 해주려고 하시네요.

"걱정하지 마세요. 저희가 편안하게 모시고 댁까지 모셔다 드릴게요."

─감사해요. 그런데 그것보다… 담아두셨던 말, 속으로 삼키지 마시고 꼭 하실 수 있게 도와주세요. 그래야지 사람들이 음주 운전에 대해서 경각심을 갖죠. 부탁드려요.

"알겠어요. 그렇게 할게요."

한겸이 예상하기에는 노부부가 윤선진에게 차마 하지 못한 말을 인터뷰에서 이야기할 것 같진 않았기에 쉽게 대답할 수 있었다. 주로 자신들이 힘들었다는 것을 얘기하겠지만, 윤선진이 없길 바라는 걸 보면 윤선진에 대해서도 말을 하실 생각이신 것 같았다. 그래도 안 좋은 말을 하진 않을 것이었다. 그때, 사무실 직원이 문을 열며 기자가 도착했다고 알렸다.

『눈으로 보는 광고 천재』 7권에 계속…